JN195080

超越への回路

超越への回路

戦間期日本における科学と文芸

加藤夢三
KATO Yumezo

水声社

目次

凡例

一、引用本文は、断りのない限り全て初出に拠った（第八章の『紋章』のみ『定本　横光利一全集』〔第五巻、河出書房新社、一九八一・一二〕から引用したことを、特記事項として章の冒頭で記している）。

一、引用に際しては、原則として仮名遣いは原文のままとし、旧字体は新字体に改めた。

一、引用内の傍点は、断りのない限り全て原文の通りである。

一、引用内の〔……〕は引用者による省略を、／は改行を表わす。また、同じく引用内の〔　〕は、引用者が注釈のために付したものである。

一、同時代史料の書誌情報は本文内に（　）で示し、その他の言及した先行研究や補足などは脚注に回した。

一、新聞記事や雑誌の論説、学術論文の表題は「　」、書籍名・新聞・雑誌名・作品名は『　』で示した。また、年次は西暦での表記を原則とし、月刊紙誌については年月まで、週刊・日刊紙誌については年月日と朝刊／夕刊までの表記とした。

序章　〝科学／技術言説の文化史〟を編むために

「科学」をめぐる修辞学

一九二一年一月、内務省神社局によって刊行された『国体論史』という書物がある。その中味は、おおよそ徳川時代から現代（大正中期時点）にかけて、日本で「国体」という概念がどう論じられてきたかを網羅的に紹介したものだが、その末尾（「余論」）で、編者を務めた歴史学者の清原貞雄は、次のように述べている。

吾人今我国体を説かんと欲するもの、人の信ずると信ぜざるとを度外にして一個の祝詞嘉詞を述ぶるにはあらず、国民をして之を了解せしめ、之を信ぜしめんと欲するにある以上は、国民が殆ど常識として有する所の科学的智識に抵触せざる理論の上に立たざる可からず、皇統連綿万世一系を説く如きは最も良し、然れども諸冉二神が始めて虚空の内に世界を作成したるを如実的に説きて、かるが故に人民は素より一木一草に至るまで其御子孫たる皇室の私有なりと説くは如何にや、之れ我国の神話なり、神話は其国民の理想、精神として最も尊重すべし、只それ尊重すべきのみ、之を根拠とし我国体の尊厳を説かんと欲するは危し、先入主として、之等の「国造り説」と相容れざる進化学上の智識を注入せられ居る国民は或は之を信ずる事を得ざるが故なり、（ママ）

清原は、伝統的な「国体論」が、今日の「科学的智識」に抵触するものであってはならないこと、また神話的な「国造り説」と「進化学上の智識」が、必ずしも共存しないことを説く。清原自身、こうした「科学的智識」を重視する立場から、天皇の権能を組織体系としての国家の枠内に組み込もうとする発想――いわゆる天皇機関説を支持しており、ゆえに後年、この学説が言論空間で排斥されていくと、前述の「余論」を全て削除した改訂版を私的に製作していくのだが、少なくとも大正半ばの時点で、現行の「科学的智識」に即して「国体」を論じるべきであるという主張が、内務省神社局という中央官庁から公的に刊行された書物に記されていたという事実は注目に値する。

この「国体」と「科学的智識」の関連は、昭和改元以降、たとえば里見岸雄によって深められていく。国柱会の創設者である田中智学の三男として、早くから論壇で頭角を顕わした里見は、みずから創刊した雑誌『日本文化』掲載の諸論や、『日本国体学概論』（里見日本文化研究所、一九二六・九）などの著作を通じて、「科学的国体論」という独自の知的体系を構想する。この「科学的国体論」の提唱について、里見は後年に「東條内閣の成立に及び右翼の各派百数十名の連名脅迫」を受けたことを明かしているが（『科学的国体論』眞日本社、一九四七・七）、そうした弾圧にも屈さず、さらに里見は『天皇の科学的研究』（先進社、一九三二・七）を上梓し、天皇制や「国体観念」のあり方自体を「科学」的に討究することの必要性を講じていく。その冒頭に付された「例言」の一部を引用しておきたい。

天皇を科学的に研究するといふ事を、この上なき不敬だと考へたり、又は危険だと考へたり或は余計な事だと考へたりする者がすくなくない。この種の人々こそ、意志は兎に角、結果に於て国体観念の明徴になるのを妨害し厭避するに等しい。然し若し日本が今後益々国体事実を明かにし、以て明確なる国体観念を樹立する事を必要とするならば、この必要は科学的研究を生む。科学的研究は民族の生活的必要を限度とする。必要が無いのに又は必要の無い部分まで科学的に研究せねばならぬといふのでない。本書に示した天皇の科学的研究は実に現下日本の民族的生活の切実なる必要に基いて微力をも顧みず世に問ふものである。

ここで強調される「科学的研究」の必要性は、さらに「日本の政治的機構、社会的機構等が、益々科学的に究明せられつゝある日に、これらのものと、深き関係に立つ国体、天皇、皇室等の機構や機能が科学的に研究せられて居らない事は、日本の一の矛盾でさへあるのであつて、学的に皇運扶翼の十分なる状態現出し得てゐない事にほかならぬ」と嘆く『国体憲法学』（二松堂書店、一九三五・一〇）へと受け継がれる。林尚之が指摘するように「里見の国体論では、国体は共存共栄社会の建設にむかっていく過程として動態的に把握され、天皇主権を制限するものとして位置づけられていた」と要約できるが[1]、「科学的研究」という標語は、そのような試みを根拠づける重要な支柱として導入されていたことが窺われる。

もとより、帝国日本の存立機制と「科学」の交錯は、とりわけ天皇主権の制限・批判に留まるものではない。本書でも述べていくように、戦時下の統治権力は「科学」を否定した反－理性的な主張を展開するどころか、往々にして時局の政策判断が「科学」的であるべきだということを盛んに強調していた[2]。たとえば、一九四〇年に文部大臣へと就任した橋田邦彦は、理科教育の振興という見地から『科学する心』（教学局、一九四〇・一〇）と銘打たれた書物を刊行し、明確に「皇基の振起といふことに科学が御役に立つことは申すまでもない」と念を押す。言うまでもないことだが、一九三〇年代の後半以降（特に第二次近衛内閣の発足以降）、帝国日本における「大東亜共栄圏」構想の一端は、知的劣位にあることにされた諸国に対する「文明の救済」という名目で行なわれたのであり（松岡洋右『興亜の大業』第一公論社、一九四一・五）、その点で一連のアジア太平洋戦争もまた、しばしば「科学」的な洞察に基づいた「実に必然にして、合理的」な営みと捉えられていたのである（小山謙吉「科学と国家」『学生の科学』一九四二・三、傍点引用者）。

直截的な行政の担い手たち以外にも、帝国日本の伝統的な思想理念と「科学」を、独自の仕方で縫い合わせた論述の仕方は散見される。一九三二年、左傾学生への対策として設立された国民精神文化研究所に所属した経済学者の作田壮一は、著作『国民科学の成立』（国民精神文化研究所、一九三四・

三）において、帝国日本における国民生活の指導方針として「国民科学」なるものの設立を提唱する。また、東洋漢方医学の権威として知られる中山忠直も、戦時下に「日本主義」を「科学」的に根拠づけようと、さまざまに試行錯誤を重ねていく。一九四〇年一一月に刊行された『日本に適する政治』（私家版）では、「今後の日本主義は本能的日本主義から、理智的日本主義へ進歩せねばならぬ」と説かれる。こうした着想が、本書の第九章でも検討していくように、同時代の「日本科学」という表象概念と分かちがたく結びついたものであったことは論を俟たない。

ほか、明確に国粋主義的な立論の構えを取っていなかったとしても、たとえば「今日の政治国防経済は啻に科学研究の結果を利用するのみならず、その運用自体が科学的なることを特色とする」云々（田邊元「科学性の成立」『文藝春秋』一九三七・九）、「戦争も科学戦であれば、戦時体制もまた科学的体制でなければならぬ」云々（末川博「科学への用意」『中央公論』一九四〇・七）など、戦時下の政治・経済体制が「科学」的であるべきという主張の類は、個別の事例を示していけば枚挙に遑がない。[3]要するに、時代情勢を「科学」的に捉えることの大切さは、それ自体が口当たりの良い文言として、その社会的立場の如何にかかわらず、実に多様な論客たちが挙って言い募っていたのである。

もちろん、翻って戦間期の左派論壇では、いわゆるマルクス主義に端を発する「科学」（社会科学／科学的社会主義）が、圧倒的な覇権を握っていた。一九三〇年代、雑誌『唯物論研究』を中心に、反体制的な言論活動を続けた科学史家の岡邦雄は、現行の社会状況について「真の科学性が隅っこの方に小さく踏みつぶされ、最も非科学的なものが「科学的」として跳梁」していると評す（「「科学主義」と科学精神」『唯物論研究』一九三七・一〇）。また、本書の第五章でも詳述するように、同じく

『唯物論研究』の創刊に携わった一人であり、マルクス主義系の批評家として広く活動した戸坂潤は、一貫して「科学」的な思考の訓育を通じて、同時代の統治権力に対抗することの必要性を唱えていた。こうして見ると、さしあたり真っ向から相対立していたはずの左右陣営において、ともに「科学」に即した思考のあり方を獲得し、物事を「科学」的に把捉することが強く求められていたことを確認できる。

もとより、今日でも総体的に見て「科学」への信頼は一向に疑われていない。新型コロナウイルス感染症（COVID-19）の騒乱を挙げるまでもなく、しばしばジャーナリズム上の争点は「科学」対「非科学」ではなく、ある「科学」と別の「科学」の衝突として顕われ、どちらの側が真に「科学」の枢要を理解しているかという解釈学的な抗争を引き起こす。しかし、なぜ多くの論客たちは、左右問わず自身の主張が「科学」的なものであることを声高に強調するのだろうか。

さしあたり、それが理知的なものの見方を標榜するものであり、だからこそ普遍的に共有可能な説得性を託されているというのが、その暫定的な解答となるだろう。では、理知的なものの見方に、これほどまで人びとが魅了されることの意味を、どのように問うべきだろうか。この点について、H・アーレント『全体主義の起原』（第三巻、大久保和郎ほか訳、みすず書房、二〇一七・八）の見解を引用しておきたい。

人間の精神の能力で、確実に機能するために自己も他者も世界も必要とせず、経験にも思考にも依存していない唯一のものは、自明性をもってその前提とする論理的推論の能力である。否応のない自明性の基本的原則、2+2=4という自明の理(トルーイズム)は、絶対的な独りぼっち(ロウンリネス)であることのもとにおいてすらも枉げられることはあり得ない。これは、人間が経験するため、生活するため、そして共通の世界の中で彼らの進むべき道を知るために必要とする相互的な保障を失ったとき、すなわちコモン・センスを失ったときにもなお頼ることのできる、唯一の信頼できる〈真理〉である。だがこの〈真理〉は空虚である。いや、むしろこれは全然真理などというものではないのだ。なぜならそれは何ものをも啓示しないのだから。

アーレントによれば、各々の「論理的推論」は「経験にも思考にも依存していない唯一のもの」(=〈真理〉)であり、ゆえに「大衆(モッブ)」に対して生きるべき指針を導くものであるという。ここだけ取り出してみると、社会活動における「論理的推論」の重要性を称揚しているようにも見えるが、アーレントは続けて、こうした「論理的推論」(=〈真理〉)は「空虚」であり「何ものをも啓示しない」と批判する。なぜなら、政治的な全体主義は一種の「イデオロギー」を差し出すものだが、前述の「論理的思考」は諸々の「イデオロギー」に表層的な必然性を与えるものであり、ゆえに「大衆(モッブ)」は――それこそが「科学」的であるという理屈によって――〝正しさ〟を大義名分として、諸々の社会共同体に自発的従属を志していくからである。

「科学」は諸々の「イデオロギー」と対立する(あるいはメタ次元に立つ)ものではなく、むしろ諸々の「イデオロギー」が人びとに共有されるための重要な因子となる。そのような「科学」の相貌は、特に戦間期の帝国日本において顕著に認められよう。先に挙げた論客たちが意識していたのは、言わば「科学」を万能の知的意匠として用いようとする弁論の進め方であり、その点において自身の理論的立場を枠づける「科学」の無謬性を信奉する限り、予め〝正しい〟ことが自明の前提となっていた。ならば、ここで検討すべきなのは、各々の主張の〝正しさ〟を判定すること自体ではなく、そこに如何なる修辞（レトリック）が繰り込まれているのかを解き明かすことであろう。

　戦間期日本の文学者たちも、しばしば「科学」という知的意匠の覇権について旺盛に論じている。その典型と言うべきものを瞥見しておこう。

> 　今は一切が科学である。猫も杓子も科学の認定を経なければ存在理由を所有しない。そして人は、科学の生んだ一切の思想、生活、器械、商業の支配下に押しこめられてしまった。
>
> （加藤一夫「芸術を科学より解放せよ」『読売新聞』一九二五・九・二八朝刊）

　ここには、近代社会が産み出した「科学」のあり方が、それ自体として社会活動の「一切」を取り込もうとしていることの逆説が綴られている。無論、そのような捉え方自体が、前述した「イデオロギー」の賜物であるとも言えるが、しかし「我々は今や我々の王座に「科学」の君臨を仰いでゐる」（雅川滉「科学的より超科学的への軌道――貧しき覚書として」『新文学研究』一九三一・一）と、ひとまず同時代の文学者に語らせてしまうほどの「科学」の権能が、そもそも何処に由来するものであったのかは確認しておかねばならないだろう。

辻哲夫は、昭和初期において「科学」が「あらゆる機能を推進する最も強力な手段として、大きく社会的関心の的になった」ことから「限られた個々の専門的職業にとどまらず、いまや多様な国家的任務をになう社会的存在としての本性をあらわにした」と指摘している。[4] また、佐藤文隆は「高学歴者の配属先としてあった「職業としての科学」」が、一九二〇年代を境に「大衆文化の中で消費されるものにも拡大した」と述べている。[5] 出版市場でも、たとえば『大衆科学叢書』や『誰にもわかる科学全集』などを始めとして、『科学知識』『科学画報』から『科学ペン』『科学朝日』『科学主義工業』に至るまで、戦間期の帝国日本では実に多くの科学雑誌・科学全集が創刊・刊行され、一種のフロンティアが開拓されることになった。

特に、理論物理学者の石原純や寺田寅彦らによって、岩波書店から一九三一年に創刊された『科学』は、人文・社会系知識人と自然科学の遭遇という観点から見て象徴的な意味を持つ。「創刊の辞」（一九三一・四）において、石原は「一方に於ては一つの専門的研究に従事する学者の為めに他の分科に於ける重要なる最近の進歩を知らしめて学者としての常識を補ひ、他方に於ては現に活躍しつゝある学界と、之を取り遶る一般社会並びに特に将来の学徒たらんとするものとの間によき連絡を保たしめんがためには、是非とも之に適応した一般科学雑誌が必要である」と述べる。従来、限られた学術共同体のなかで占有されていた専門知のあり方は、より公共性を帯びた有益な企てとして再編され、併せてアカデミズムとジャーナリズムの境域もまた着実に融解していくことになる。

他方、そうした専門知と関連するかたちで、より具体的な科学技術の成果もまた、人びとに多くの恩恵を与えることになった。[6] この点について、本書の第Ⅱ部で主題的に取り上げる横光利一は、関東大震災の衝撃を回想する文章のなかで次のように述べている。

眼にする大都会が茫茫とした信ずべからざる焼野原となつて周囲に拡つてゐる中を、自動車といふ速力の変化物が初めて世の中にうろうろとし始め、直ちにラヂオといふ声音の奇形物が顕れ、飛行機といふ鳥類の模型が実用物として空中を飛び始めた。これらはすべて震災直後わが国に初めて生じた近代科学の具象物である。焼野原にかかる近代科学の先端が陸続と形となつて顕れた青年期の人間の感覚は、何らかの意味で変らざるを得ない。

（「解説に代へて（一）」『三代名作全集――横光利一集』河出書房、一九四一・一〇）

横光は、関東大震災の後に生まれた「近代科学の具象物」――自動車・ラジオ・飛行機など――が、人びとの「感覚」に大胆な質的変容を促したことを指摘している。日常生活が「近代科学の具象物」に覆われ始めたことが、横光を中心とする新感覚派、ひいてはモダニズムと呼ばれる文芸思潮の興隆を導いた一因であることは言うまでもない。同時代には、美術評論家の板垣鷹穂などによって「機械芸術論」という新たな表現営為が探られ、また本書の第八章でも触れるように、特に左派論壇では技術論や技術者論が流行していくことにもなるのだが、それらも横光の言う時代の転変に応答した文化運動の一種として捉えるべきものであろう。

つまり、戦間期の帝国日本は、人文・社会系知識人が「科学」という知的体系や、その技術的な恩恵と、従来とは異なる次元で本格的に出逢い始めた時期にあたり、そのなかで先述したような「知」をめぐる権威のあり方も、言わば新しい思想的課題として浮上したわけである。マルクス主義から

「国体論」に至るまで、戦間期の人びとを突き動かしていた思想理念は、必ずと言っていいほど「科学」とどう向き合うべきかという問いを突きつけられていた。そこに、アーレントの言う「論理的推論」と「イデオロギー」が入り混じる重層的な問題系が顕われてくることになる。

本書の目的と理論的背景

本書では、以上のような前提を踏まえ、戦間期日本の言論空間と「科学」——以降の本書では、学知の中味自体ではなく論客たちによる扱われ方を指すという意味で、便宜的に「科学／技術言説」と呼び表わしたい——の関係を、特に文学運動の周辺領域を中心としつつ考察していくことを試みる。この考察は、前著『合理的なものの詩学——近現代日本文学と理論物理学の邂逅』（ひつじ書房、二〇一九・一一）における研究成果を拡げたものであり、前著が概ね理論物理学という限定的な学知の受容と展開に照準を絞っていたのに対して、本書では特定の専門領野に拘らず、より多面的に戦間期日本における〝科学／技術言説の文化史〟を編みなおすことを目指す。とはいえ、その方法意識は前著と相補的なものであり、必要に応じて本書でも適宜参照していくことになるだろう。

もちろん、こうした立場からの分析と考察は、相応に先行研究の蓄積がある。特に、近年の重要な文献として岡本拓司『近代日本の科学論——明治維新から敗戦まで』（名古屋大学出版会、二〇二一・二）を挙げておきたい。岡本は、近代日本における複数の「科学論」の抬頭を通時的・共時的に検討し、各々の理論的背景や社会状況を踏まえつつ、その消長のあり方を包括的にまとめ上げる。実際にアカデミズムの領野で流通していた学知の歴史ではなく、その言説(ディスクール)としての装いを詳らかに検討した岡本の仕事は、本書にとって幾つもの重要な示唆を与えるものであった。また、岡本の研究成果に先行するものとして、廣重徹『科学の社会史――戦争と科学』(中央公論社、一九七三・一一)や山本義隆『近代日本一五〇年――科学技術総力戦体制の破綻』(岩波新書、二〇一八・一)、Hiromi Mizuno, *Science for the Empire: Scientific Nationalism in Modern Japan*, Stanford University Press, 2010 なども特記すべきであろう。これらの書物では、いずれも戦時体制を頂点とする科学/技術言説の権威成立の過程が、同時期の政治的背景を踏まえつつ丁寧に論証されている。

他方、近代日本文学研究の次元では、吉田司雄編『妊娠するロボット――一九二〇年代の科学と幻想』(春風社、二〇〇二・一二)や山本亮介『横光利一と小説の論理』(笠間書院、二〇〇八・二)、千葉俊二『文学のなかの科学――なぜ飛行機は「僕」の頭の上を通ったのか』(勉誠出版、二〇一八・一)などが挙げられるだろう。海外の研究成果としては、Gregory Golley, *When Our Eyes No Longer See: Realism, Science, and Ecology in Japanese Literary Modernism*, Harvard University Asia Center, 2008 なども目を引く。これらの書物では、いずれも戦間期の文学者と科学/技術言説の遭遇のあり方に即しつつ、具体的な書き手たちの表現営為に即して(潜在的・顕在的を問わず)「知」の受容と展開をめぐる実態が辿られる。

先述の前著『合理的なものの詩学』は、こうした研究成果の延長線上に位置づけられるものだが、特に考察の焦点となっていたのは、先端的な科学理論に自身の足場を置いていたはずの文学者たちが、ある時点を境として、堰を切ったかのように(「非科学的」とも言うべき)超越的な審級へと惹きつけられていくことの意味である。横光利一や中河與一といった作家たちの国粋主義への接近は、その象徴的な好例だが、何処かで理知的なものの見方が反転し、ある種の根拠なき観念論（アイデアリスム）を招き寄せる——端的に言えば「合理」的なものが「非合理」的なものに転化してしまう回路が、戦間期の文学者たちの仕事には見いだされる。この点について、前著では自己言及のパラドックスをめぐる解決の方略（B・ラッセルの階型理論（タイプ・セオリー））と絡めつつ、そこに介在していた構造的破綻のポイントを探った。その結論に相当する部分を引用しておきたい。

> なぜ昭和初期の文学者たちは〝ラッセルのパラドックス〟につらなる諸々の問題群に取り憑かれていたのか。そこには、本書の序章でも触れた二〇世紀物理学の解釈学的な志向が介在している。理論知が実践知を先導するかたちで「形式化」された相対性理論や量子力学の方法論は、何よりも人びとが素朴に感得している〈いま・ここ〉という「経験」の特権性を穿つような思想的意義を携えていた。そのような新しい理論物理学に拠って立つ世界認識の枠組みは、何より「合理」的な価値規範を内破する「非合理」的なものの存在を文学者たちに突きつけたのである。
> そして、その論理的な帰結として、根拠律をめぐる問いを制止させる〝超越的なもの〟への思弁が誘発されることにもなる。「形式化」の隘路に対する知識人たちの慄きが、同時代における政治思潮のあり方と結びついてしまったとき、統治システムに内在していた認識論的な盲点は、諸現象の運動を可能にさせるための唯一無二の絶対的規範へと反転する。それは、戦時下における知識人たちの相次ぐ「転向」の動きの源流に、従来指摘されてきた国粋主義や古典回帰の情念

とは別の精神回路を見いだすことにもつながるだろう。

この結論自体には、いまも修正の必要を感じていないが、より広い射程から再定位することは可能であろうと思われる。前著では、柄谷行人『内省と遡行』（講談社学術文庫、一九八八・四）を援用しつつ、ある「形式体系」から脱出する営みが持つ自家撞着の罠を、先述した「合理」的なものから「非合理」的なものへという内破のあり方に重ね合わせて論じたが、それは論理(ロジック)と修辞(レトリック)の狭間において、戦間期の文学者たちが直面した超越的なものの存立機制を問いなおす作業にほかならない。ここに、文学研究の次元で「合理」的なものから「非合理」的なものへの逸脱を検討すべき理屈が顕われてくることになる。

なぜ、文学研究の次元で科学／技術言説をめぐる言表営為を検討することが重要だと言えるのか。たとえば、二〇世紀のフランス哲学には科学認識論(エピステモロジー)という一分野がある。ごく大雑把にまとめれば、ある学術概念が形成される知的考察のプロセスを繙くことで、その妥当性や正統性を辿りなおす試みとして知られており、著名な論者としてG・バシュラールやA・コイレ、G・カンギレムの名前などが挙げられる。特に、ここではバシュラールの代表的な著作『科学的精神の形成――対象認識の精神分析のために』（及川馥訳、平凡社ライブラリー、二〇一二・四）を引用しておこう。

> 科学は**単一性**〔単位〕*unité* を求めるし、多様な外観を呈する現象の原因を同一化しようとする傾向があり、原理や方法としては単純さとか簡略さを求めるものであるらしい。だが科学がこ

の単一性を好むのだとすれば、科学はそれをたちまちのうちに発見することであろう。ところが実際は正反対であって、科学的進歩は〈創造者〉の行為の単一さ、〈自然〉の計画の単一さ、論理的単一さというような安易な単一化（ユニフィカション）に組する哲学的因子を切りすてることによって、もっとも確固たる発展段階をたどってきたのである。

バシュラールは、自然科学の進展が「単一さ」によって説明しえないことを強調し、むしろそこに介在する幾重もの方法論的な混迷を「精神分析」することで、その失敗や撹乱の歴史をできるだけ動態的に記述しようと試みる。[7] それは、理性の勝利を自明のものとせず、逆に学究活動のうちに潜む無数の挫折を丹念に検証することの重要性を訴えかけた点で、極めて啓発的なものであった。

ただ、こうした科学理論の解釈史について、バシュラールは〝正しい〟研究成果という観点から遡行的に評価基準を定めることで、そこに胚胎される葛藤のあり方を一律に「認識論的障害」として断罪していた節がある。それは、ある唯一の真理へと到達する行程を、先験的に〝善〟であると措定した勝者の歴史観にほかならない。

しかし、特に人文系の言表営為にとって、必ずしも誤読や誤解はネガティヴな意味だけではなく、しばしば間違っていることや矛盾することは許容されるどころか、そこに何らかの閃きを与える契機があれば、むしろ積極的に肯定されることもある。そのような事情は、狭義の小説・詩歌作品に留まるものではない。「私は言語の修辞的・比喩的な潜在可能性を文学そのものと同等視することをためらわないだろう」——かつて、P・ド・マンは右のように述べたが、[8] それは何も高度な〝文彩〟を持つ言語体系でなくとも適用されるだろう。少なくとも、ある術語の意味内容が多義的に飛散し、そこに解釈のハレーションを生じさせるようなテクストの騒めきは、一様に有害無益なものと断罪すべきではないと思われる。

だとすれば、バシュラールの問題意識を引き受けつつも、なお人びとの思考と感性を駆動させる沃野として、自然科学の（歪曲をも含み込んだ）学術的知見を捉えることができるのではないか。そういう観点から、論理（ロジック）と修辞（レトリック）の狭間において、自身の仕事を展開していた文学者たちの系譜を、本書において明らかにできればと思う。

この点について、もはや説明不要の古典となった節もあるが、改めて「ソーカル事件」で名高いA・ソーカルとJ・ブリクモンの著作『「知」の欺瞞――ポストモダン思想における科学の濫用』（田崎晴明訳、岩波現代文庫、二〇一二・七）を参照したい。その「エピローグ」では、学術研究に携わる者たちへの教訓として、次のような七つの格言が示される。

1 自分が何をいっているのかをわかっているのはいいことだ。
2 不明瞭なものがすべて深遠なわけではない。
3 科学は「テクスト」ではない。
4 自然科学の猿真似はやめよう。
5 権威を笠に着た議論には気をつけよう。
6 個別的な懐疑と極端な懐疑主義を混同してはならない。

7　曖昧さは逃げ道なのだ。

これらの主張は、一般的な学術研究の作法を示したものであり、それ自体は各々が穏当な方針だと言える（ただし、三つ目の「科学は「テクスト」ではない」は、その定義次第では、必ずしも人文系の研究者から全面的な賛成を得るものではないだろう）。しかし、言うまでもないことだが、あらゆる知的探究の全般が、こうした方針に従属すべきではない（ソーカルもそのようなことを述べているわけではない）。ある種の文学者は、不明瞭なものや曖昧なものにこそ拘泥し、殊によると「自分が何をいっているのかをわかって」いないのではないかと疑いたくなるようなことを書き記してしまう。もちろん、その内実を丁寧に解きほぐし、ある種の一貫した見通しを与えることが本書の目的だが、文学運動に携わる者の仕事を検討する際、論理的な破綻があるか否かという判定基準だけではない修辞学的な位相の重要性を、改めて強調しておきたかった所以である。

本書の構成と概要

以下、本書の構成と概要を述べておきたい。なお、それぞれの章は各々に独立しているが、全体が有機的に接合するような方法を志したので、相互の章には幾つもの連関を含み持たせてある。

第Ⅰ部「戦間期の文学者と科学／技術言説の邂逅」では、一九二〇年代から四〇年代にかけて（広義の）文学者たちが、同時代の科学／技術言説をどのように摂取し、どういう仕方で自身の批評実践へと昇華させたのかを考察する。ここで取り扱われる小説家・評論家・思想家たちの多くは、必ずしも同時代文壇の中枢に居たわけではなく、むしろ周縁的な存在であった者も含まれるが、戦前の科学／技術言説と人文系知識人の遭遇を捉えていく際に、いずれも語り落とすことのできない重要な役割を果たした書き手たちである。こうした書き手たちの表現営為を改めて再検討していくことで、既存の近代日本文学史で共有された常識的な見取り図を更新することを試みたい。

第一章「主観の交響圏——石原純・賀川豊彦・新感覚派」では、一九二〇年代の論壇・文壇で討究された〝客観から主観へ〟という時代思潮の流れを踏まえたうえで、石原純・賀川豊彦・新感覚派の言論活動を検討する。一九二〇年代前半の日本では、いわゆる〝特殊／一般相対性理論ブーム〟など、先端的な理論物理学の成果を踏まえた知的革命の可能性が盛んに考察されていた。石原純は、その紹介者として名高く、同時期に覇権を握っていたマルクス主義に集約される社会思想のあり方とは異なる思考の枠組みを、人文・社会系知識人に根づかせるための礎石を築いた。賀川豊彦は、こうした理科系の学知の構造的変容を踏まえつつ、同時代のマルクス主義に依拠した経済学理論に対抗して「主観経済学」なる独自の学術体系を構想していく。また、新感覚派とその周辺の書き手たちも、従来の自然主義的な文芸理念とは別の次元に自身の〝新しさ〟を託していくのだが、その際に強調される認識論的な思索の発現もまた、先端的な科学思想を背景とした「主観」の権能と結びつけられるものであった。それは、プロレタリア文学陣営の依拠していた「科学」観を古いものとして排斥し、結果として同時代思潮を席巻したマルクス主義という覇権に対しても、確かな一石を投じるものとなりえていたことを明らかにしたい。

第二章「物質の境域——初期中河與一と衛生理念」では、新感覚派の中心的な旗手の一人であった中河與一の文業について、特に初期の論説や創作に示された衛生（衛生学）に関わる主題を検討する。周知のように、一九一八年から翌一九年にかけて、いわゆる「スペイン風邪」（H1N1亜型インフルエンザ）が世界的な猛威を振るっていたが、それは人びとに感染症への恐怖をもたらし、ゆえに政府は各人の身体を〝清潔〟に保つことを強く奨励していった。自身も重篤な潔癖症に悩まされていた中河は、こうした時勢に青年期を過ごしており、その経験は初期作品において、滅菌というモチーフを通じて顕現していくことになる。そこには、同時代のマルクス主義思潮に支えられた「唯物論」とは異なる意味での、厳格に統制された客体としての身体観が照射されていよう。従来、中河の作風はあまりに神経質であり、重厚な「人生」の思索を描けていないという批判があったが、右のような文脈を踏まえてみれば、そこには物質依存／物神崇拝の機制をめぐる新たな批評的意義を読み取ることができる。それは、後年まで続く観念（イデー）への行路を導き出すと同時に、新感覚派の試みを文体や技巧の次元だけでなく、より思想的な水準から再考する契機ともなるだろう。

第三章「探偵小説の条件——小酒井不木と平林初之輔の「科学」観」では、小酒井不木と平林初之輔という、主に一九二〇年代を中心に活躍した探偵小説に関わる書き手たちの「科学」観を検討する。平林は、自身の探偵小説（論）の執筆にあたり、万人に備わる思惟の方法論として「科学」を捉えていたが、不木は同じく探偵小説（論）を構想していくなかで、具体的な理科系の知識の集積として「科学」を位置づけていた。とりわけ双方の差異は、各々の「生命観」に関する違いに集約される。「生気論」の発想をもとに各々の怪奇趣味を惹起することが企まれた不木の文業と、「機械説」に依拠することで「科学」と探偵小説の歪な結託を戒めようとする平林の論説は、その点で興味深い好対照をなすものであった。こうした差異は、単に両者の個人的な信条のみに還元できるものではない。不木と平林の「科学」観の相違は、時局において商業価値を持つ「科学」と持たない「科学」というかたちで分別され、特に大衆文化の市場では、後者の「科学」概念が切り捨てられつつあった。それは、まさに「本格」に対する「変格」の優位を導く大きな理由にもなったわけであり、この点において一九二〇年代の探偵小説と「科学」の結託もまた、より一義的な文芸ジャンルに収まりえない抜本的な再編を迫られていたことが了解できる。

第四章「発明のエチカ——海野十三の探偵／科学／軍事小説」では、日本SFの始祖として名を挙げられる海野十三の文筆活動を検討する。海野は、探偵小説の書き手として自身のキャリアを確立させたが、一九三五年前後を境として「科学小説」という新興の文芸ジャンルを創設することに意欲的な姿勢を見せていく。そこには、分かりやすく珍妙な科学的装置の「発明」を作中に描くことで、高尚な〝謎解き〟とは異なる講談のような興趣をもたらそうという独自の方略が認められる。海野は、それを探偵小説の「低級化」と呼び表わし、むしろ「発明」の新奇さによって読み手の興味・関心を惹起するような記述のあり方を積極的に肯定していたが、そのような作意のあり方は、戦時下において「発明」という営みが政治的有用性と結びつくなかで、次第に「軍事小説」の物語文法へと近接していくことにもなる。それは、単なる体制翼賛的な政治イデオロギーへの迎合というばかりでもなく、複数の文芸ジャンルを越境する過程で、海野が「発明」の政治的有用性をめぐる同時代の言論動向に絡め取られていったことの帰結とも捉えられよう。本章では、右に述べたような一連の転遷を概観しつつ、海野の文業と「発明」というモチーフの関連を通時的に解き明かすことで、その表現活動の振幅を再考してみたい。

第五章「科学者・統治権力・文芸批評——戦時下の科学振興と戸坂潤」では、一九三〇年代において大きく変容した科学ジャーリズムのあり方と、左派系の批評家として知られる戸坂潤の言論活動を検討する。この時期、それまで専門知の探究に力を注いでいた職業科学者たちが、同時代論壇への参入を通じて社会参画の意思を志すようになった。この動きは、高尚な人格と洞察能力を持つ総合的知識人としての科学者像を確立する一方で、結果的に科学振興を目論む統治権力に迎合する側面も含み持つことになる。一九三〇年代における戸坂の批評営為は、こうした職業科学者と統治権力の協働関係に向けられたものとして理解することができる。職業科学者による公共意識の高まりが批判精神を欠いたまま帝国日本への国策貢献と接続してしまう事態に対して、戸坂は幾度も警鐘を鳴らしていた。このような協同関係を回避するためには、公共的な価値理念とは異なる個別具体的な視点を持つことが重要であり、ゆえに巷間の職業科学者には「文学」に携わることが積極的に奨励されていく。戸坂は、こうした「文学」の解釈や吟味を通じて認識論的な思索を深める企てを「文芸学」と呼び、そこに時局の政治力学とは異なる知的対話の契機を探ろうとしていた。本章では、同時代文壇の外部で試みられていた、人文知の役割と意義をめぐる理論的考究のあり方を改めて探ってみたい。

第Ⅱ部「横光利一と科学／技術言説の交錯」では、特に横光利一という作家に焦点を当てて、同時代の科学／技術言説を横光がどう捉え、また自身の文芸理念をどのように変転させていったのかを考察する。第Ⅰ部で取り上げた多くの書き手とは異なり、横光は「文学の神様」とも評された、紛れもなく戦前日本の文壇の中心に位置する小説家である。この類まれな作家の仕事をひとつの視座として、第Ⅰ部で跡づけてきた戦間期の科学／技術言説と人文系知識人の遭遇を、さらに多角的な視点から解明することを試みたい。

第六章「マルクスの誤読――福本和夫・三木清・横光利一」では、昭和初期の言論空間におけるマルクス主義の受容と展開の行方を取り上げる。周知のように、この時期のマルクス主義は、何よりプロレタリア文学運動とそれを支えるロシア共産党系の解読格子――いわゆるマルクス＝レーニン主義――が絶大な覇権を握っていたが、そのような思潮動向を挑発する論客として、福本和夫と三木清の名が挙げられる。彼らのマルクス理解は多分に「哲学」的な趣向を帯びており、その釈義のあり方は、それぞれ同時代の人文・社会系知識人たちを大いに魅了していくことになるのだが、その系譜に横光もまた数え入れられる。具体的には、単なる下部構造決定論ではなく、現象世界の関係論的・相補的な構造理解を前提とした福本の「交互作用」論や、広く西欧哲学の延長線上にマルクス主義を読解することを試みた三木の「人間学」を摂取することで、横光の文学的方法論には大胆な認識論的転回がもたらされることになる。結果として、それは後年の国粋主義や皇国思想の礼賛まで続く、横光の観念論的な趣向への理論的な調停を果たしえたとも言えるが、こうした福本と三木を経由した横光によるマルクスの〝誤読〟は、昭和初期論壇と文壇をめぐる言説交渉の拡がりを検討する契機ともなるだろう。

第七章「超越への回路――横光利一と中河與一の「心理」観」では、特に一九二〇年代後半に展開された形式主義文学論争を中心的な焦点としつつ、横光と中河の論説・小説作品の幾つかを検討することを通じて、改めて両者の問題意識の差異が何処にあったのかを照らし出すことを試みる。横光と中河には、ともに同時代のマルクス主義思潮とは別の仕方で「物質」の相貌を論じようとしていたという点で、ひとつの共振する問題意識が見いだされるものの、そこには同時に各々が拠って立つ文芸理念の違いが明瞭に刻まれてもいる。具体的に言えば、一九三〇年前後の横光は、現象世界とその内奥にある(と措定される)「メカニズム」の形而上学的二元論を志していたのに対して、中河は一切の自然現象を「形式」に還元しようとする「物質」一元論を構想していた。各々の主張は、どちらも「心」=「心理」の存立機制への問いを回避した「物質」観(=双方が論敵とみなしていた素朴実在論的な世界認識)とは大きく異なっていつつも、その目指すべきベクトルは全くの逆方向を指し示している。その違いは、中河の初期作品群と横光の短篇小説『機械』(『改造』一九三〇・九)のあいだに、人びとの理性のあり方と「物質」の関係をめぐって、ある種の興味深い対照点を浮かび上がらせるものでもある。

第八章「献身する技術者――『紋章』前後の横光利一」では、横光の長篇小説『紋章』(『改造』一九三四・一~九)を取り上げる。『紋章』には、内省する知識人としての山下久内と、魚醤の醸造に没頭する発明家の雁金八郎という二人の主要な登場人物が対比的に描かれるが、特に本書の関心に照らして注意すべきなのは、雁金がアカデミックな学術機関に所属する専門研究者ではなく、ごく私的な発明の動機に突き動かされるアマチュアの職業技術者として設定されていた点である。そこには、最先端の理論的成果よりもむしろ日常生活に根ざした次元に〝科学的なもの〟の発露を読み取ろうという、この時期の横光の方法意識が投射されている。それは、同時代において知識階級の役割が、思弁的な内省から日常世界の探究へと向かい、さらに一九三〇年代後半にプラグマティックな技術統治の担い手へと変容していったことと無関係ではない。また、私人としての雁金が公人としての社会的使命を自覚するまでの筋立てには、同時代の職業技術者の社会参画をめぐる状況文脈を重ね合わせることができる。そこに、戦時下における横光の行き過ぎたナショナリズムの萌芽をも見いだせるのではないか。本章では、横光の文学活動における知識人表象の転換点をなすものとして『紋章』を位置づけてみたい。

第九章「帝国の論理／論理の帝国――横光利一『旅愁』と「日本科学」」では、戦時下に書き継がれた横光の長篇小説『旅愁』(『東京日日新聞』『大阪毎日新聞』一九三七・四・一四夕刊～『人間』一九四六・四)について、ちょうど連載の狭間となる一九四一年あたりを中心に興隆していた「日本科学」をめぐる言論動向との関連を検討する。「日本科学」とは、帝国日本に独自の「知」のあり方をめぐって、当時の言説空間で盛んに討究された表象概念であり、それは横光自身の問題意識と深く結びつくものであった。主に一九三〇年代に発表された『旅愁』第一・二篇では、「知性の民族性」の有無をめぐる認識論的な葛藤が描かれていたが、一九四二年に再開された第三篇以降では、西欧近代とは異なる「論理」の所在が検討されたうえで、前述の葛藤に強引かつ独善的な解決が与えられる。そこには、一九四一年五月に確立した科学技術新体制を基軸とする「日本科学」論の興隆が関わっており、その思想的変転は、同時代の座談会「近代の超克」(『文学界』一九四二・九～一〇)に見いだされる特有の話法とも共振するものである。本章では、こうした時勢において、横光が『旅愁』を書き継いでいったことの意味を検討することで、その多面的な相貌を共時的なパースペクティヴを踏まえて再定位してみたい。

第一〇章「「ポリチカル・エンヂニアー」の戦後――横光利一『微笑』の倫理」では、横光の遺作『微笑』(『人間』一九四八・一)について、横光晩年の〝戦争責任論〟として、その方法意識の在処を解き明かすことを試みる。『微笑』には、天賦の才覚を持った栖方という青年が登場するが、その描かれ方には、現実の戦時下において統治権力へと積極的に加担し、軍事技術の開発にも深く携わった理科系知識人の存在が密かな影を落としている。随所で「少年の面影」を持つことが強調される栖方は、卓越した研究能力によって「殺人光線」の製造を企てつつも、結末では敗戦とともに「発狂死亡」するという劇的な最期を遂げていくことになる。しかし、その特異な人物造型には、一見すると政治イデオロギーとは無縁の無垢さや純真さこそ、時局において帝国日本への狂乱的な献身性を導いていたという皮肉な事態が、極めて寓意的な仕方で刻まれている。実際のところ、職業技術者の多くは、戦後復興の掛け声のもとで戦争責任が巧妙に漂白され、その社会的地位を延命させていくのだが、こうした事実とは対照的なかたちで示される栖方のドラマティックな最期は、上述した戦中/戦後の科学振興に関わる陰画(ネガ)の側面を照らし出すことになるだろう。他方で『微笑』には、右に示したような事情とともに、先述した栖方の姿態が、梶という視点人物によって真偽不定の「噂」として語られることで、戦後空間における曖昧さの整序と忘却に抗う視角をも内包させている。そこに、戦後論壇における職業技術者の功罪をめぐる単純な二項対立に回収されない批評的可能性を読み取ってみたい。(9)

第Ⅰ部　戦間期の文学者と科学／技術言説の遭遇

第一章　主観の交響圏——石原純・賀川豊彦・新感覚派

はじめに

よく知られるように、西欧近代科学の始祖と評されるG・ガリレイは、あらゆる自然現象のうち、各々の趣味判断に属する事柄（匂い・味・音など）を退けつつ、大きさ・形・数・運動といった計測可能な事柄を、理性的に検討するための母胎を築いた。E・カッシーラーによれば、ガリレイは「自然」なるものを「一般的にたんに視ゆるもののコスモス、物理的事物の総体」ではなく、「確実性と偽りなき純粋性とが主張され擁護さるべきそもそもの特殊な認識源泉」として捉えようとした[1]。言い換えれば、ガリレイによって「この世界そのものをテーマとし対象とする認識に、新たな地位と新たな尊厳とが与えられた」のである[2]。

こうした世界理解の仕方は、当然ながら「主観」的なものと「客観」的なものを厳密に切り分けたうえで、観測者（＝「主観」）が観測対象（＝「客観」）を、ありのままに記述‐模写することこそが、あるべき自然科学の姿であるという着想を導くことになる。とりわけ、それは理論物理学の領域で「客観主義 Objectivism」――これ自体は社会科学系の術語であるものの――と呼ばれるような、特定の立場から実証的に観測された出来事を「客観」的な真理として探究するための学問姿勢を支えていく。

廣重徹によれば、こうした背景のもとで一八世紀以降の理論物理学は着実に進展していき、一九世紀末においては「いまや全自然を理解するに十分な原理と方法とをわがものとした、というオプティミズムをいだくにいたった」という。[3] それは、前述した「主観」と「客観」の分別を前提としつつ、事物の運動現象を解明するための理論モデルが、ひとつの完成形を示したことを意味していよう。だが、廣重はまた、その直後に「一九世紀最後の数年から二〇世紀初頭にかけての物理学は、このようなオプティミズムをまったく裏切って、激しい変動のなかに投げこまれた」と続ける。[4] 俗に言う「科学の危機」の到来であり、それはA・アインシュタインの特殊／一般相対性理論と、W・ハイゼンベルクに代表される量子力学（＝不確定性原理）の抬頭に集約される。

J・パワーズは、その思想的意義を「自然を再び不可解な神秘のマントで覆ったもの」と形容している。[5] 雑駁なまとめ方であることを承知で言えば、特殊／一般相対性理論や量子力学は、観測対象に向けられた観測者の認識作用を考察の起点に据えている。それは、ある事物の大きさ・形・数・運動を超越的な視点から外在的に記述‐模写することの不可能性を示唆してもいた。つまり、ここで「主観」と「客観」の関係は、少なくともガリレイが想定するほどの厳格な分別が成り立たないことが明らかとなったわけである。

こうした理論物理学史上におけるパラダイム・チェンジを、広く同時代日本の言論空間に紹介した担い手として、石原純の名を挙げることができるだろう。一九二〇年代の石原は、前述した「科学の危機」をめぐる諸問題を平易に解説しつつ、その重要な論点として〝客観から主観へ〟というものの見方を打ち出していく。それは、少なくとも石原にとって、特殊／一般相対性理論や量子力学の発想が、単なる理科系の専門領域に留まらず、およそ近代的な思考様式に介在していた「知」の構造的変容を促すものであったことを意味してもいるだろう。

本章では、石原の言う〝客観から主観へ〟という流れに、直接的／間接的な仕方で対応した事例として、やや意外な組み合わせであろう賀川豊彦と新感覚派の文業を取り上げる。従来、双方の仕事は特筆すべき接点を持たないものと捉えられてきたが、前述した知的変革のあり方を考慮したとき、彼らがともに「客観」を偏重する同時代の文化思潮に対して不信を表明していたという、興味深い共通点が浮かび上がるだろう。

一　〝客観から主観へ〟

大住嘯風は、第一次大戦後に「製造工業の必要上、今迄智力的考察に費した学術的研究の精力をば全く理化学の上に集中せしめた」と指摘しつつ、その「結果として生じなるものは物質論の勃興」であり「今まで哲学に於て、心とか精神とか書かれて居た箇所は茲に至つて物質と肉体と云へる文字に席を譲るの已むなきに至つた」と述べている（『現代思潮』仏教学会、一九一八・三）。軽工業から重工業へという大戦後の抜本的な産業構造の転換に伴い、広義の「物質」に対する哲学的思索が、この時期の人文系知識人たちの注目を集めていくことになる。

しかし、先述したように、当時の先端的な理論物理学においては、むしろ「物質」自体の考究というよりも、その外在性・自律性を問い返すような認識論的転回が生じつつあった。こうした転回のあり方を積極的に示そうとした科学ジャーナリストの一人が石原純である。周知のように、東北帝国大学の助教授として、早くから理論物理学に関する多くの学術論文を発表し、改造社が主導した一九二二年のアインシュタイン招聘にも尽力、来日の際にはその通訳も担当した石原は、名実ともに日本を代表する理論物理学者であったと同時に『アララギ』派を代表する歌人でもあった。

多くの先行研究で指摘されるように、原阿佐緒との恋愛事件によりアカデミズムの業界を追放されて以降、石原は文系・理系の境域を自在に往還するような評論や随筆を次々と発表し、同時代の論壇・文壇における科学知識や科学思想の浸透に多大な貢献を果たしていくことになる[6]。特に、その文学理論と科学理論の共振関係については、かつて拙著でも論じたことがあるが[7]、以下では多少の重複を含むものの、改めて石原の仕事を、より共時的な言論動向を踏まえつつ位置づけなおしてみたい。

石原は、現行の理論物理学における世界理解の仕方が、必ずしも人びとの「経験」に依拠した現象世界の捉え方と一致するものではないことを繰り返し強調している。たとえば「物理学理論の意味について」（『思想』一九二四・一〇）において、石原は「外界なるものも抑も私たちの認識を離れて存在するのではなく、少くとも自然科学的には、それが構成する世界形像以外に、何等の客観的な外界も成り立ち得ない」と述べつつ、「外界の客観的認識は之が世界形像に統一されることによって始めて完成される」と説く。こうした現象世界の存在論的な外在性・自律性を退け、その「世界形像」としての相貌を重視する石原の着想は、殊更に特殊／一般相対性理論の成果を誇張して述べたものというわけではなく、たとえば桑木彧雄『物理学と認識』（改造社、一九二二・六）や三枝博音「相対性理論の含める哲学的問題」（『思想』一九二二・七）、西田幾多郎「物理現象の背後にあるもの――理念の因果と経験的因果」（『思想』一九二四・一）などにも類似した指摘があり、先述した理論物理学史上における認識論的転回が、折からのアインシュタイン・ブームとも踵を合わせつつ、一九二〇年代の言論空間を賑わせていたことが窺われる。

もう少し、当時に共有された特殊／一般相対性理論の思想的意義を参照しておきたい。以下、西欧の理論物理学者の文章を石原が編纂した論集『空間及時間概念――相対性理論の諸断面』（第弐輯、改造社、一九二二・一〇）から、Wildon Carr, *The metaphysical aspects of relativity*, Nature vol.106 (1921) の抄訳を引用する。

> 物と原因と――即ち単一性の原理と一様性の原理と――が確実に経験の客観から主観へ移されました。私は客観と主観とが分離してゐるのを意味するつもりではありません。私は物と原因とが本質的能動の函数であつて、経験の受動者でないことを言ふつもりです。斯くして宇宙は経験の主観に依拠するものです。

ここで示された〝客観から主観へ〟というパラダイム・チェンジは、自ずと事物のあり方をめぐる認識論的な考究を導いていくことになる。石原自身も「アインスタインの原理の私たちに齎らす最も重大な影響は、それが従来の自然法則の内容を変更したと云ふことの外に、自然法則やそのなかに入る物理学的諸概念の認識論的意義を深く反省せしめ、之に新らしい解釈を与へさせた処にある」と述べている（『アインスタインと相対性原理』改造社、一九二一・一二）。この書物のなかで、石原は観測者（＝「主観」）と観測対象（＝「客観」）の二元論に支えられた西欧近代科学という学術体系が、ひとつの重要な岐路を迎えていたことを幾度も強調している。

こうした着想は、ある種の驚きを以て同時代の論壇・文壇に迎えられていくことになる。その詳細は、金子務『アインシュタイン・ショック――日本の文化と思想への衝撃』（第二巻、岩波現代文庫、二〇〇五・三）などの先行研究でも指摘されているが、ここで加えて眼を留めておきたいのは、その受容と展開の行方が、やや不精確なかたちであるにせよ、一九二〇年代における社会主義思潮の改良運動にまで波及していたことである。

たとえば、理論経済学者の福田徳三は、ある論説のなかで、巷間のマルクス主義の隆盛を瞥見しつつ、その帰結として「一切の内容を許さない所のアプリオリを以て誘導概念となすべしと云ふ主張は果して向後の世界の思想を導く力があるか」と問うたうえで、「此の点に於いて、我輩は、端なく今学界に大問題となつて居るアルベルト・アインシユタイン教授の相対説に思ひ到らざるを得ない」と述べている（「行き詰れる世界と其局面転回」『実業之世界』一九二〇・一二）。この論説は「マルクスから其の階級闘争論から解放せらるゝ為めには、社会思想の上に於ける、アインシュタインの起ることを待つこと、誠に切なるものである」と結ばれ、従来の「階級闘争論」を再検討するための契機として、アインシュタインの名が持ち出されている。

同論は、翌月には石原によって「哲学及び一般の科学の本質を深く考へて行つたなら、アップリオリの全否定といふことは不可能であるのではないかと私は思ひます」と、その恣意的な援用の仕方を窘められるが（「福田博士の所謂アップリオリの否定といふことに就て」『実業之世界』一九二一・二）、その石原もまた「相対論といふことが、宇宙創造の大きな原理としてはたらいてゐると云ふ事実はいろ〳〵な考索のうへに省慮されなければならないことに相違ない」という点には同意しており、やはり特殊／一般相対性理論が単なる一領域の理論的更新に留まるものではなかったことが示唆される。

それは、とりわけ当時に隆盛を誇ったマルクス主義の権威にも関連づけられるだろう。よく知られているように、当時のマルクス主義の方法論的な基礎づけを担ったV・レーニン『唯物論と経験批判論』（*Materializm i empiriokrititsizm*）は、理論物理学史上におけるE・マッハ以降の反‐素朴実在論的な世界理解のあり方を全く認めず、飽くまで現象世界の記述‐模写という主客二元論的な着想に貫かれていた。それは、マルクス主義を支える科学理論の前提とも言えるものである。たとえば、平林初之輔は「科学的法則」が「かつて一度も経験と矛盾しなかつた」と述べたうえで、「たゞの一度でも、経験と矛盾したが最後、その法則は忽ち、科学の舞台から退場しなければならないのである」とまで断言している（「土田杏村氏に答ふ」『文藝公論』一九二七・七）。ここからは「科学的法則」と「経験」の強固な結びつきが、同時代のマルクス主義（マルクス＝レーニン主義）を根拠づける思想的背景としてあったことが了解される。

こうした論者たちの立場と、石原の言う〝客観から主観へ〟という知的変革の諸相が、真っ向から衝突するものであったことは言うまでもない。実際、マルクス主義を標榜する左派系の論客たちは、先端的な理論物理学を理解しておくことの重要性を強く主張していたにもかかわらず、管見の限りでは、ほとんど石原の論説を援用することが無かった。

しかし、それは逆の見方をすれば、同時代に覇権を握ったマルクス主義（マルクス＝レーニン主義）に与さなかった書き手たちにとって、その反駁の土台を支えていくことにもなるだろう。石原が示した理論物理学史上の転遷は、その理解度が不精確なものであったとしても、同時代において広く「客観主義」への不信の念を育んでいく。次節では、その事例のひとつとして、賀川豊彦の「主観経済学」を検討してみたい。

二　「主観経済学」の射程

賀川は、俗に〝貧民街の聖者〟とも呼ばれ、早くからキリスト教に由来する徳義に基づいた救貧活動に力を尽くしていた。従来、無産政党の樹立運動に貢献しつつ、独自の労働組合論を提唱したことなどが、その功績として讃えられているが、一方で賀川が「主観経済学」という奇妙な学術体系を構想していたことはあまり知られていない。しかし、それは現象世界の記述－模写を前提としたマルクス主義の教条理念に対して、別の視角を差し挿むことを志した意欲的な企てであったと言える。以下、その内容を確認しておきたい。

アメリカ留学と前後して執筆・発表された最初の著作『貧民心理の研究』（警醒社書店、一九一五・一二）の冒頭で、賀川は「朝から晩まで貧民窟に住んで居る」人間の肌感覚として「唯物的歴史観が、万象の精神生活を凡てパンの問題で解決が出来ると思つたのは二三十年前からの事であるが、私は、貧民窟の哀史を一日一日繙くと共に何だか、ランプレヒトや、マルクスの所説が「ほんとぢやないのか知ら」と釣込まれ相なこともある」という感想を抱いたことを吐露している。続く『精神運動と社会運動』（警醒社書店、一九一九・六）のなかでは「主観的変異と、客観的確実性とが相交渉する係数を測定するのが、主観経済学の任務である」と宣言され、前述した問題意識が「主観経済学」という独自の術語へと収斂していくことになる。

「主観経済学」は、その後も『主観経済の原理』（福永書店、一九二〇・六）において精緻な検討が加えられる。この著作において、賀川は「今日までの経済学が欲望から出発しながらも、いつとはなしに物質と貨幣に捕へられて行くのと違つて、私は飽迄その主観性で経済学を貫かんとする野心を持つて居るのであります」と述べたうえで、いわゆる下部構造決定論との違いを強調する。その着想が、純粋な理論経済学の学術体系として、どの程度の妥当性を備えていたのかはともかく、少なくとも一連の著作において、賀川は伝統的な「物質」＝「貨幣」の運動を基軸とした理論経済学に「主観」という関数を含み入れることで、その方法論的な更新を図ろうとしていたことが窺われる。参考までに、当時の「主観経済学」に対する論評のひとつを紹介しておきたい。

主観経済学とは経済の中心を人間及其生命に置き、人の意思は常に物質を支配するものとし、物質よりも精神を重じ、科学よりも倫理を、功利よりも人格を、現実よりも理想を、所有よりも創造を、主智よりも霊威を高調し、此見地に於て一切の経済現象を観察し批判し規箴せんとする諸説の総称にして、主として哲学上の唯心的主観論に淵源し、其の哲学上に於ける推移と倶し変遷し来りたるものなるが、二十世紀に至り特に顕著の勢力を有するに至れるを見る。

（小林丑三郎『経済思想及学説史』日本評論社、一九二七・五）

ここで指摘されているように、賀川の「主観経済学」は、純粋な「科学」というよりは「倫理」の次元に属するものであり、ある種の「霊威」に依拠したものとも捉えられていた。ゆえに、その理論的骨格も、同時代の経済学者たちから純粋な学術体系として受け止められていたとは言いがたいが、しかし賀川自身は、そこに科学的な〝正しさ〟という意匠を纏わせようと画策しており、特にその方法論的な光源として、賀川が頻繁に挙げていたものが特殊／一般相対性理論であった。

前出『精神運動と社会運動』では「幾何学や物理学にまで主観幾何学や、相対律が侵入し居る時代である、規範科学の経済学が主観化されるのは当然だと私は思ふ」と指摘される。アインシュタインの「相対律」については『主観経済の原理』でも紙幅を取って検討されており、その要諦が「関係せる位置を換へて行けば色々とその形象を変化する存在」の探究であると説明されたうえで、ゆえに「直観の世界、先験的世界 A world of a priori は自我を離れて存在しない」と講じられる。

ここから了解されるように、賀川はアインシュタインの特殊／一般相対性理論を、同時代の社会思想（階級闘争論）に応用することに意欲を燃やしていた。勇ましくも「経済学を規範科学として取り返し、心理学の範囲に於て根本的に改造する必要があらうと思ふ」と宣言していた賀川にとって（「経済心理より見たるマルキシズム」『新思想の解剖』高木八太郎編、教文社、一九二一・二）、現象世界の外在性を自明視せず、そこに「主観」の発動を繰り込もうとする理論物理学の進展は、自身の方法論の正しさを裏づける証しとして受け止められたのである。管見の限り、賀川が石原の論説に対して何かしらの言及をしていた例は確認できなかったが、そこには明らかに〝客観から主観へ〟という知的変革の痕跡が見いだされるだろう。

しかし、こうした試みの共時的射程は、あまり理解されてこなかったように思われる。そもそも、賀川は同時代から清廉な社会事業家として認知されており、その人物像も「貧民窟の生活や、自由な宗教的伝道の緑葉を鬱蒼と生ひ繁らして行くべき人」という評価が一般的であった（麻生久「賀川豊彦は何処へ行く」『東京日日新聞』一九二九・九・二五朝刊）。ゆえにと言うべきか、その著作の理論的趣向については、前述のような経済思想史の領域を超えて、当時の論客たちから充分な検討がなされていたとは言いがたい。

また、後年の研究史においても、たとえば隅谷三喜男は賀川の「自然科学への関心」を指摘したうえで、そこに「自然法則を直接神の秩序として理解するようになる危険」を読み取っている。[8] T・ヘイスティングは、賀川の文筆活動を「科学的神秘主義（scientific mysticism）」であると形容したうえで、その骨子が「開かれた目的論的な宇宙創造」にあったと述べている。[9] C・ゴダールは、賀川の文業を「科学を再聖化することによる、宗教と科学の和解を試みた」ものと総括している。[10] 一連の先行文献において、一九二〇年前後における賀川の企ては、宗教的な博愛精神に基づいた理想論として受け止められていたことが窺われる。

実際、賀川自身もまた、一九三〇年代に差し掛かると、その主張は次第に精神主義的な装いを含み持つようになっていく。たとえば『神に就ての瞑想』(教文館出版部、一九三〇・六)では、次のように説かれている。

心とは何であるかと云へば、法則と目的と力とがより集まって出来たものである。だから心は性質上なくなる事が出来ない。単なる素人考へから行けば、人が死ねば魂もなくなると考へられるが、それは明かに間違ひである。人間の智慧といふものは、やうやく手探りで物質の奥にある玄妙な世界を探り始めたばかりである。

あるいは、翌年の『神と永遠への思慕』(新生社、一九三一・一〇)では「ケンブリッヂ大学の天体物理学の教授エヂングトン博士の「物理的宇宙の本質」といふ本」の紹介を通じて、「我々は物理だけで認識出来ない物の奥の心の存在がある」という主張を展開している。一九三〇年代の賀川の著作には「内奥」や「深奥」という修辞が多用され、さらに「物質が神とは縁の無いものであるとは考へられぬ」云々(『聖霊に就ての瞑想』教文館出版部、一九三四・四)や「物質は神の衣である」云々(同)というように、その知的探究の宛先は、如実に神秘思想と結びつくことになる。その飛躍を含んだ論理構造は、賀川が「科学的神秘主義」と評される所以でもあろうが、こうした着想の淵源に、一九二〇年代における「主観経済学」の模索があったことを忘却すべきではない。それは、たとえば「客観の世界が主観に吸収され、主観の世界が客観の世界に通告出来る」というように（『黎明を呼び醒ませ』第一書房、一九三七・一）、後年もなお「主観」の権能が変わらず強調されていたことからも裏づけられよう。

そして「主観」概念の導入によって、マルクス主義の理論的更新を図ろうとする姿勢は、結果として一九二五年前後の文壇においても、同様の脈絡から生起していくことになる。次にその点を検討してみたい。

三　思想運動としての新感覚派

周知のように、新感覚派の機関誌『文藝時代』には多くの文芸評論が掲載されたが、それらの諸論には幾度も「主観」という語句が用いられた。たとえば、川端康成「新進作家の新傾向解説」（『文藝時代』一九二五・一）は、新感覚派の文芸理念を標榜した最初期のものとして知られているが、その要諦は「私の眼が赤い薔薇だ」という表現技巧の用例に示されるように、概して「主観」を織り交ぜた対物描写の確立を主張することにあったと言えよう。

この論説において、川端は「これまでの文芸の表現」が、全て「古い客観主義」でしかなかったと論じつつ、自身は「ドイツの表現主義」に範を取った「新主観主義的表現」に依拠することを宣言する。ここに開陳されるのは、川端を含めた新感覚派の創作営為が、概ね「客観主義」の超脱という方針を共有しているという着想にほかならない。別の雑誌でも川端は、新しい文芸ジャンルとして「コント」(短篇小説)の流行を論じつつ、その魅力を「表現派などに於ける主観の現れ方とは違つた主観の現れ方の一つとして、やはり新文芸の一傾向としての意義と価値とを持ち得るもの」とまとめている(「短篇小説の新傾向」『文藝日本』一九二五・六)。

また『文藝時代』同人のなかで、恐らく最も「主観」の権能に拘りを見せていたのは横光利一であろう。「感覚活動(感覚活動と感覚的作物に対する非難への逆説)」(『文藝時代』一九二五・二)は、川端の論説と同じく新感覚派の理論的マニフェストとして知られているが、そこには「物自体に躍り込む主観」という評言が見いだされる。そのような「主観」の働きは、後述するように、必ずしも後年まで横光の持続的な関心を集めていたとは言えないものの、掛野剛史が指摘するように、少なくとも『文藝時代』終刊前後までの横光にとって、「主観」という術語が重要な意味を担っていたことは疑いない[11]。特に、かつて拙著でも述べたように、特に一九二〇年代後半の横光が、やはり(石原純の論述を援用するかたちで)アインシュタインの特殊/一般相対性理論の導入を試みていたことは注目に値する[12]。

併せて、同人の一員ではないものの『文藝時代』に多くの論説を寄せた書き手である伊藤永之介も、「新感覚派が客観主義から更に一歩を進めて、主客一如主義を執らうとしてゐるのは、客観一点張りの不自由さから解放されやうとする一つの現はれなのだ」と述べている(「昨日への実感と明日への予感」『文藝時代』一九二五・三)。同論は「自然主義、現実主義が概念化し方法化する事に依つて、凡ゆる主観の自由を剥奪し主観の流露に束縛を与へ来つた事に想ひ合せるならば、新感覚派に於ける主客合体にさへ憚らず反逆する主観の強烈さがあり得るのは当然の事とされなければならない」と結論づけられる。ここには「客観主義」への不信を表明することで、各々に連帯を結ぼうとした『文藝時代』同人たちに対する共感の念を見いだすことができる。

　こうした新感覚派とその周辺作家の自己規定は、しばしば同時代において、自身の「人生観」を率直に表明する（かのような表現操作が見いだされる）文芸思潮――とりわけ自然主義文学との隔たりが指摘される。たとえば、川路柳虹は新感覚派の文業について「その人生観的側面に於てあの単調な、灰色な十年昔の常凡な平面描写に現はされた世界とは、もつと多彩に明るい自由な世界へきてゐる」と述べつつ、「少くともそこに主観の或る自由は許されてゐる」と論じている（「新文学の方向」『新潮』一九二五・三）。川路は、別の論説のなかでも「多くの論者がいふ如く感覚派が主観的であるといふのは明瞭すぎることであるがその主観が決して人道主義の如く一つの観念に帰一されるやうな主観でなく、個々の自我の創造を以て表現描写の上に迄齎らされる個的主観であることを重大視せねばならぬ」と述べており（「実験室（ラボラトリー）の文学――新感覚主義についての断想」『文藝日本』一九二五・六）、やはり従来の「主観」概念との差異が強調される格好となっている。

　もちろん、近代日本の文芸様式史において「主観」の権能をめぐる議論は、新感覚派の抬頭より以前から多くの蓄積があり、そもそも自然主義文学においても、片上天弦「自然主義の主観的要素」（『早稲田文学』一九一〇・四）を始めとして、「主観」の発現は重要な論点のひとつであった。実際、このあたりの事情について、永井聖剛は「自然主義文学運動の当初の中心的課題は、観察する主体と観察される客体との同一（主客合一・自他合一）をいかにして文学作品のうちに達成するか、ということだった」と指摘している。[13] 少なくとも、ある時期までの自然主義文学において「主観」と「客観」の関係は、もとより明晰・判然と切り分けることができないもの、あるいはそれ自体が文芸論争――いわゆる「野の花」論争など――の焦点となりえるものとして扱われている。

とはいえ、ごく大雑把に言って自然主義文学の論客たちが説いた主客の混淆性は、ある事物の外在性・自律性を問い返そうとする認識論的な思考の枠組みに向かうものではない。たとえば、相馬御風は「文芸上主客両体の融会」(『早稲田文学』一九〇七・一〇)において「外界自然の事象に持し来つた知識的な態度を以て、内を省みるに至つたのが、即ち謂ふ所の自然主義である」と述べている。また、島村抱月は『近代文芸之研究』(早稲田大学出版部、一九〇九・六)の冒頭に置かれた「序に代へて人生観上の自然主義を論ず」のなかで、「客観は知識によつて代表せられ、主観は情意によつて代表せられる」と要約している。これらの諸論で言うところの「主観」は、むしろ内省的な自我の探究と関連づけられるものであり、新感覚派の言う「主観」の発動とは異なる脈絡で理解されねばならない。[14] 既述のように、新感覚派は自然主義文学と同じように「主観」の顕われを強調しつつも、むしろ人生訓的な話型を忌避し、より認識論的な考究を展開することに意欲を燃やしていた。ゆえにと言うべきか、そこに批判の勘所も集中していくことになる。

次章でも詳述するが、この時期の文壇における新感覚派の評価は、およそ自然主義文学の書き手たちが直面していたような「人生」(の煩悶)を描きえていないといった否定的なものが目立つ。たとえば「諸君の唱へる人生や生活は、やはりロマンテイックな夢すぎる」云々(神崎清「新感覚派の歴史的批判」『辻馬車』一九二五・七)、あるいは「彼等の描いてゐる人生が実人生であり乍ら自然主義作品の如き生々しさと、迫真力の無い所以もそこに因するのである」云々（加藤清憲「新感覚派の芸術的根拠」『創生』一九二六・五）といった文言に、それは顕著に示されていよう。こうした評価の枠組みは、新感覚派が些末な表現技巧に拘泥しているといった、雑誌『不同調』に集う同人たち（＝「新人生派」）からの批判とも結託しつつ、良くも悪くも一九二五年前後の文壇における新感覚派の位置を枠づけてもいた[15]。ここに、ある意味では新／旧の文学者たちを分かつ交代劇の一端を読み取ることもできるだろう。

ともあれ、以上に見てきた川端・横光・伊藤・川路らは、いずれも当時から「既成文壇の否定者であり、明日の文芸の主張者であつて、即ち客観主義を拒否して主観の強調を主張する事に於て其の精神を一にする人々」として括られる書き手であった（能田太郎「新文芸異見」『文藝春秋』一九二五・四）。ただし、それは一部の文学者たちに限った主張というわけでもなく、たとえば美術評論家として活躍していた一氏義良もまた、二〇世紀初めの絵画運動を、総じて「主観から客観への反動、能動、影響、そして主観が客観を征服し、超越し、つひに主客両体そのものゝ破滅にまで結果しようとしてゐるのが、現にみる「芸術」の現象なのである」と要約する（『立体派・未来派・表現派』アルス、一九二四・五）。

ここに示された「主観が客観を征服」云々という記述は、やはり先述の〝客観から主観へ〟という標語を想起させるだろう。ここから、個別の理論体系に特殊／一般相対性理論の着想が関わっていたかは措くとしても、二〇世紀物理学における認識論的転回は、しばしば芸術思潮の領域で生じた表現史上の変転と、互いに近接するものとして受け止められていたことが了解される。

では、こうした新感覚派の主張する〝新しさ〟は、同時代文壇においてどのような意味を持っていたのか。次節ではその点を検討したい。

四 〝新しさ〟の地平

従来の先行研究のなかで、新感覚派の試みは、主としてドイツ表現主義やカント哲学などの影響のもとに議論されてきた[16]。特に、高橋幸平は「表現主義の芸術的態度」を「主観によって対象を個性化し新たな創造物として表現する」ものと要約しており、その主張と横光の文学理論の密接な関連を浮かび上がらせている[17]。また、掛野剛史は「生活」や「作者」といった術語をめぐる同時代文壇の言論動向を検討したうえで、川端・伊藤らと横光の「主観」概念の相違を明らかにしている[18]。

双方の指摘は示唆に富むものだが、しかし前節でも述べたように、この「主観」の権能を強調する論理展開の運びは、ドイツ表現主義や同時代文壇、あるいは哲学思想の潮流に関連づけられるとともに、石原純の唱えた理論物理学史上における認識論的転回の動きとも相即している。西欧近代科学の歴史的展開は、――少なくとも石原の示した捉え方において――特殊／一般相対性理論を通過することで、現象世界を観測対象として記述‐模写することができない錯綜した状況に直面した。そのような学術原理の質的変容が、新感覚派とその周辺作家たちの方法意識に対して、狭義の因果論的な構えでは推し量れない知的源泉となり、「普通の文芸上の知識では追ひつきさうにもない」ほどの「学問的な理論的な色彩」を与えたわけである(伊藤永之介「通俗、非通俗」『文藝春秋』一九二五・四)。

前節でも指摘したように、こうした〝新しさ〟の演出は、その実態以上に旧来の文芸思潮との差異を印象づけることにもなった。それを象徴的に示すのが、新感覚派の命名者でもある千葉亀雄の論説「主観強調の文学を提唱す――文壇現状打破の一方面」(『新潮』一九二五・九)であろう。この論説で、千葉は「現代以後の芸術を指標するものは、真に主観の全解放であらねばならぬ」と述べつつ、同時代文壇における試みの革新性を主張する。尤も、千葉は「新感覚主義を、直ちに主観派だと見る批判と手を分つ」とも述べており、新感覚派とは異なる「主観」の発現――それは「叡智と霊感との合致」であると説かれる――を模索してもいるのだが、こうした振幅を踏まえつつも、この時期において、新旧文壇の境界の一面が「主観」概念の再解釈によって縁取られていたことは確かであろうと思われる。

では、その〝新しさ〟の地平は、一九二五年以降の文学動向にどのような影響を与えただろうか。以下では、一九二〇年代後半のプロレタリア文学運動と横光の衝突を概観することで、その共時的な意義をさらに掘り下げてみたい。

一九二八年、横光はプロレタリア文学運動の陣営に対して、次のような批判を差し向けている。

元来唯物論は、客観あつて主観が発動すると云ふ原則をもつてゐる。しかしながら、マルクス主義の文学理論は、形式が内容によつて決定せられると断定する。〔……〕そこで、蔵原惟人氏、此の優秀なるマルクス主義者はマルクス主義の原則たる唯物論に、一大革命を与へたのだ。いかなる革命を与へたか。曰く。

「主観が客観を決定する。」と。（「文芸時評」『文藝春秋』一九二八・一一）

ここで横光が言及している「一大革命を与へた」蔵原の論説とは、『戦旗』一九二八年八月号に掲載された「芸術運動当面の緊急問題」を指す。この論説のなかで、蔵原は「芸術作品の形式は新しき内容に決定されたる過去の形式の発展としてのみ存在する」と述べている。横光は、この「形式の発展」としての蔵原の「芸術」観を「主観が客観を決定する」という仕方で（やや恣意的に）要約しつつ、その理論的な徹底化が未だ不充分であることを指弾し、いわゆる形式主義文学論争と呼ばれる応酬を仕掛けていくことになる。

この応酬は、多くの先行研究でも指摘されるように特段の実りある成果を上げず、蔵原の論説「プロレタリア芸術の内容と形式」（『戦旗』一九二九・二）あたりを一応の帰着点と捉える見方が一般的だが、ここでは横光が、芸術作品の「形式」と「内容」をめぐる討議の枠組みを「主観」に関わる問題系として提示していることを重視したい。前節で述べたように、かつての新感覚派とその周辺に属する書き手たちが、自然主義文学／新感覚派の対立図式を「客観」対「主観」という論点に集約させたのと同じように、形式主義文学論争の時期の横光は、プロレタリア文学運動と自身の文芸理念を分かつ差異を、各々の「主観」の捉え方をめぐる見解の相違として定位している。もちろん、その具体的な中味は異なっているものの、双方における横光の立場の取り方に、一定の相同性を見いだすことは可能であろう。

では、横光がプロレタリア文学運動を「客観」に偏重した世界認識に囚われていると考える根拠は、何処にあったのか。同年に、横光は「マルクス主義と云ふものは、芸術家にとつては、どのやうな見方をしようとも素朴実在論にすぎない」と述べ（「愛嬌とマルキシズムについて」『創作月刊』一九二八・四）、現象世界をありのままに記述−模写できるはずだという実体論的な前提を強く論難している。つまり、ここでマルクス主義（あるいはマルクス＝レーニン主義）に基礎づけられたプロレタリア文学運動というのは、自身を含めた一九二〇年代の思想動向を貫く〝客観から主観へ〟という「知」の構造変化に、適切なかたちで応答できなかった旧時代の遺物のように見立てられている。

ここに関連づけられるのが、同時代における「物質」観の刷新にほかならない。本書の第六章や第七章でも詳述するが、既に一九二〇年代には「物質は前世紀の科学者が考へてゐたほど簡単なものではなかつた」ということが盛んに喧伝されていた（大町文衛『最近自然科学十講』太陽堂書店、一九二三・二）。平林初之輔もまた、自身が事物の外在性・自律性を前提とする「唯物論」に依拠することを主張しつつ、他方で「旧い唯物論を聯想するやうな人々にとつて、近代の物質観は非常な革命が行はれてゐること、旧時の機械観はもはや唯物論の基礎とはなり得ない」という見方を示している（『物質観の変遷』南宋書院、一九二七・八）。横光は、こうした状況を睨みつつ、マルクス主義の思想的核心を「物質」一元論と捉えることで、そこに「主観」の権能を的確に組み込めないことを理論的不備として糾弾したのである。

もちろん、プロレタリア文学運動が一概に「主観」の働きを軽視していたわけではない。たとえば、少し時代を遡って今野賢三「文芸の新主観（三）」（『東京朝日新聞』一九二二・九・一七朝刊）などを参照してみると、まるで新感覚派の主張を先取ったかのように「強烈な主観の燃焼が表現のすべてゞなければならない」と述べつつ、黎明期のプロレタリア文学運動に「新主観的傾向」が見いだされている。また、日本プロレタリア芸術連盟の内部対立後に創刊された雑誌『プロレタリア藝術』は、山田清三郎が指摘するように、多分に「主観主義」的な傾向を打ち出すことを憚らなかった(『プロレタリア文学史』下巻、理論社、一九七〇・二)。一例として、鹿地亘「プロレタリア芸術は何者を継承するか?」(『プロレタリア藝術』一九二八・三)には「対象は彼から独立した客観的な存在ではなく、生ける彼自身の姿に外ならない」という文言が見いだされる。この箇所だけを抽出してみると、何処か「感覚活動」の理論体系と親近性を帯びているようにも思われる。

それは、戦前日本のプロレタリア文学運動と科学的社会主義の邂逅を告げる画期となった蔵原惟人「プロレタリア・レアリズムへの道」(『戦旗』一九二八・五)が、「主観」による現実把握を強く否定しつつも、翻って「プロレタリアートの階級的主観」の存立を主張するという、独特の理路を備えていたこととも関連する。[19] この論説において「主観」は、単に批判されるべきものではなく、むしろプロレタリアートの側において再解釈すべきものとして捉えられている。それは、やはり一読して横光の文芸理論と多分に似通ったところもあり、先述のように形式主義文学論争の焦点が不明瞭となったことの一因ともなっていよう。[20] こうした論客たちの主張が、本章で検討してきた「主観」の交響圏とどのように切り結ぶものであるのかは、いま少し詳細な検討が必要になるだろうが、ともあれプロレタリア文学運動の先導者たちが、決して「客観」を一辺倒に標榜していたわけではないことは留意せねばならない。

しかし、重要なのは横光(新感覚派)による〝新しさ〟の演出やプロレタリア文学運動への挑発が、仮に対立陣営の主張を単純化することで成り立つものであったとしても、そこに「知」の尺度の更新という思想的課題が織り込まれていたことである。それは、一九二〇年代の論壇・文壇を席巻したマルクス主義という社会思想の覇権に対して、確かな一石を投じるものとなりえていた。「客観主義」を無前提に承認できない時勢の到来が、同時代の文化思潮において重要な意味を持っていたという所以が、ここからも了解されるはずである。

おわりに

二〇世紀物理学の哲学的衝撃について、また別の評言を参照しておこう。廣松渉は、特殊／一般相対性理論や量子力学の抬頭によって「空間、時間、質量といったものがそれぞれ独立自存の絶対的な存在ではなくして、相互的な被媒介的な連関の相において、しかも観測者というモメントを規定的一因子とするような総体的連関の相で観ぜられるようになった」と述べている。[21] ここで言う「総体的連関の相」は、一九二〇年代日本の言論空間において、理論物理学という一分野の学術体系を超えて、ある種の「知」一般への挑発や改革を導くものとして受容されたと言える。

その点を踏まえつつ、本章では特に「主観」の権能を強調することで、いわゆる「客観主義」と形容される素朴実在論的な世界認識とは異なる知的探究（石原が言う〝客観から主観へ〟という思想的転遷）を目指した試みとして、賀川豊彦と新感覚派の仕事を概観してきた。こうした「客観主義」という旗標の撹乱を企てた言表営為の系譜を検討することは、同時代に生じた諸々の文化現象を、より相互並存的なものとして再考することにも繋がるだろう。

本章の第一節でも紹介したように、特殊／一般相対性理論の文化史的な影響については、金子務の労作『アインシュタイン・ショック』に詳しいが、ここで論じたかったのは、直截的に特殊／一般相対性理論に言及しているか否かとは別に、そのようなパラダイム・チェンジの趨勢が、同時代の言論空間をマルクス主義一色に染め上げることを妨げていた——少なくともそのような動きの一翼を担っていた——という点である。それぞれの試みは、各々に固有の問題意識から出来したものであると同時に、結果としてマルクス主義を支える「物質」観の刷新を含み入れるかたちで、大きく〝客観から主観へ〟という流れに相即してもいる。そこに、従来は視えづらかった異質な陣営の人文系知識人たちを貼り合わせていくような、歴史的パースペクティヴの一端が顕われてくるはずである。

最後に言い添えておくと、石原や賀川、新感覚派たちを貫く「主観」の交響圏は、以降も持続的な強度を持ちえていたわけではない。一九三〇年代の賀川が神秘趣味へと逢着していくことは前述した通りだが、新感覚派とその周辺の書き手たちも、後年には明らかに「主観」の権能に対する熱意を喪失している。特に、横光は転向の振幅が著しく、既に一九二〇年代後半には「今に主観的なものは芸術の世界では斃れるだらう」云々（「笑はれた子と新感覚——内面と外面について」『文藝時代』一九二七・二）や、「主観的なものはどうも浅い」云々（「嫁支度・天才と象徴」『文藝公論』一九二八）など、数年前の自身の文芸理念の根幹に当たるような部分を放棄していくことになる。こうした論点の詳細な検討は別稿に委ねたいが、その呆気ない一過性の理由も含めて、同時代の「主観」と「客観」をめぐる言論配置は、より精緻かつ巨視的に描き出すことが求められていよう。

第二章　物質の境域——初期中河與一と衛生理念

はじめに

『文藝時代』創刊号（一九二四・一〇）に、中河與一は「新らしい病気と文学」と題された短い論説を寄せている。その冒頭を引用しておきたい。

新らしい文学の発生——時代に新らしい健康が生れる事以上に、時代に新らしい病気の発生する事が文学の為めには直接的である。文学それ自身が病気でさへある。自分はさう思つてゐる。

このなかで、中河は「新らしい文学の発生」を「病気」の譬喩によって説明している。右の引用だけでは分かりにくいが、この少し後の箇所で、中河は「自分は一つの個性がどのやうに病み、疲れ、狂気しつつも、尚ほ且つどのやうに或る生の一つの根拠に希望を求めて寄りすがらうとするか、そこに新らしい文学の発生をみる」とも述べていた。中河にとって、みずからの文学表現における「生」の発露は「病み、疲れ、狂気しつつ」ある心身のあり方と分かちがたく結びついている。それは新感覚派と括られる他の『文藝時代』同人たちの活動と共鳴しつつも、なお独自の問題意識に貫かれたものであった[1]。

こうした中河の「文学」＝「病気」論は、同時代（大正末期〜昭和初期）の日本における衛生理念の興隆・普及と関連づけられる。一九一八年から翌一九年にかけて、いわゆる「スペイン風邪」（H1N1亜型インフルエンザ）が世界的な猛威を振るっていたことは周知の通りだが[2]、この流行を受けて、早くも一九二一年一月には、内務省衛生局によって「流行性感冒ノ予防要領」が提示された。その冒頭には「流行性感冒ハ幸ニシテ昨今未タ甚シキ流行ヲ見サルモ今ニ於テ注意警戒ヲ厳ニシテ之ヲ未然ニ防止スルニ非スムハ再ヒ曩年ノ如キ惨禍ヲ反覆スルノ虞ナキヲ保セス」と記されており、本格的な近代国家としての佇まいを整えつつあった帝国日本が、感染症に対して一層の注意を払わねばならなくなった旨が説かれている。

中河もまた、前出の論説よりも少し前に「科学と神経」（『読売新聞』一九二四・四・三〇朝刊）という随筆を発表しているが、その後半では「流行性感冒」への対処の仕方が論じられ、このままだと「日本人は〔……〕病気の為めに全滅するかもしれない」と警鐘が鳴らされている。一九二〇年代、迫り来る感染症に対抗するための身体統御のあり方は、少なくとも中河にとってひとつの重要な思想的課題となりえていた。[3] 本章では、初期の中河文学について、そこに感染症と衛生理念をめぐる共時的な文脈を含み入れることで、その方法論的な射程を再考する契機としてみたい。

一　マルクス主義とは異なる「唯物論」

本章の冒頭でも見たように、一九二〇年前後の日本社会では、スペイン風邪などの「流行性感冒」に関わる諸々のトピックが、新聞・雑誌の紙面／誌面を賑わせていた。「この恐しき死亡率を見よ 流感の恐怖時代襲来す 咳一つ出ても外出するな」（『東京朝日新聞』一九二〇・一・一一朝刊）といった仰々しい表題の記事が、この時期の言論空間には散見される。もとより、こうした防疫のあり方は、学理的な次元では一九二〇年代よりも遥か以前から議論されていたものだが、こうした話題が大衆社会に広く浸透していくことで、人びとの感染症に対する一層の強い恐怖感が育まれたものと推察される。

折しも一九一九年には、京都市岡崎の勧業館で「全国衛生博覧会」が開催されている。それまでにも、衛生理念を民間で共有するためのイベントは各地で行なわれていたが、全国規模のものはこれが初めてとなる。二カ月弱の会期中、実に五〇万人以上の動員を得たこの博覧会では、感染症を引き起こす細菌やウィルスの培養標本のほか、コレラや赤痢に冒された人体の生々しい写真・模型なども展示され、さまざまな病態が視覚的に把捉できるような趣向が凝らされていた。

その最大の目的は、小野芳朗が述べるように「見えない病原菌を見る者にイメージ化させ、かつ病気になったときの醜く、おぞましい病症を見せることで、病気への恐怖心をあおり、防疫、保健の教育を普及させるというところにあった」と言える。[4]「全国衛生博覧会」は、さしあたり市井の人びとに日々の体調管理を怠らないよう説諭し、また感染症に対する厳しい対処の仕方を刷り込ませていくことに成功した。こうした個々人の健康状態に対する注意を促す諸々のイベントを通じて、各々の身体を〝清潔〟に保つことが、国力を増強する方策として精力的に喧伝されていくことになる。

こうした時代状況のなかで、中河は青年時代を過ごしていた。もともと、一〇代後半から二〇代にかけての中河が重篤な潔癖症に悩まされていたことは知られている。「狂気した生活の中から」（『文章倶楽部』一九二五・九）で、中河はおよそ「三年の間」にわたって、「実際生活の上で伝染病に対する恐怖から、強烈な毒薬を使つて、自分の生活を狂気にした」ことを回想している。また、中河幹子（妻）の証言によれば、「それは一種の狂気で、何でも彼がキタナイと思ったものは捨ててしまうか、強い昇汞水で消毒しないではいられなかった」という。[5] 中河は、とりわけ父親が医療従事者であり、その職場で消毒液が容易に手に入る環境に居たこともあって、幼少期から滅菌の習慣が身近であり、消毒行為に執着・耽溺するための環境が整っていたのだろう。後述するように、初期中河の小説作品において「昇汞水」は頻繁に顕われる重要な道具であり、自身を重ね合わせたと思しき潔癖症に苛まれる登場人物も多い。

こうした中河の度を超えた消毒意識について、長谷川泉はそれを「自然科学の呪縛」と評しつつ、「滅菌や消毒が、細菌学やウイルス学の厳密な自然科学的根拠に支えられているように、人体の細胞が病原微生物学の感染の危険からのがれるための措置は、最も厳密な自然科学的な応対を必要とする」とまとめている[6]。青年期の中河は、感染症への厳格な対処を通じて、生理学的に統制される身体観を習得していった。そうした身体観の形成は、「科学のアプリオリである数学上の冷厳な原理」が「新らしい束縛」を生むという（やや安直な）科学決定論・数学還元論を通過しつつ（「性的圧迫の世界」『手帖』一九二七・三）、結果的に一九二〇年代後半より顕著となる理論物理学への熱烈な興味・関心を準備することになる。しかし、それは単に、長谷川の指摘するような自然科学に対する漠然とした信頼を育んだだけでなく、もう少し深いところで以降の中河の世界認識のあり方に寄与していたのではないかと思われる。

たとえば一九二八年より以降、中河は盟友である横光利一とともに、広義の「唯物論」に関わる哲学思想へと近接していくのだが、その際に着目されていたのが、一九世紀半ば以降に興隆した理論物理学の学術的知見とともに、W・ジェイムズによるプラグマティックな実験心理学の発想であった。その要諦となる部分を引用しておきたい。

「ウヰリアム・ゼームスは云つた――吾々がをかしいと思ふのは、をかしいといふ心理があるからではない。をかしい顔の表情があるからだ――この心理上の説明は如何にも唯物論的だ。形があるから心理が生れると説明するのだ。私はこの説を採用する。何処まで行つても、私は形が内容を生むといふ率直な説を採用したい」〔……〕

即ち吾々の形式主義は、単に形式が大切だけといふやうな素朴な関心ではなくして、生活に基礎を置きながら、形式の重要さを強調する文学論上の革命である。即ち過去の文学論とは反対の立場に其の基礎を置いて、新鮮なる文学論を樹立しやうとするものである。

（「形式主義に関する諸問題――内容主義者への突撃」『文藝都市』一九二九・四）

「形が内容を生むといふ率直な説」は、一貫して中河の形式主義文学論の重要な理論的基盤となっていたが、併せて着目すべきなのは、そこに「生活」上の実感が託されているのを幾度も中河が強調していたことである。[7] ここには、前述した「昇汞水」の服用に関わる青年期の経験が投射されていないだろうか。「物質」としての「昇汞水」を体内に取り込むことで、かろうじて精神の安寧を得ていた中河は、みずからの感情や感覚の発現を「物質」の働きから把捉することに、さほどの違和感を抱かなかった。その意味で「形式主義は唯物論にまで発展するが故に最も強力である」（「形式主義理論の発展」『文藝春秋』一九二九・二）という著名なテーゼは、一見すると同時代に興隆したマルクス主義思潮の教義（＝下部構造決定論）と類似しつつも、また別様の動機に支えられていたものと思われる。

この時期、中河は自身の文芸理念が「唯物論」に基礎づけられていることを、さまざまな媒体を通じて強調していたが、総じてその試みは、あらゆる事象を階級闘争に還元することを目論む（弁証法的）「唯物論」との違いを訴えようという意志に貫かれていた。[8] 一九三〇年、いわゆる新興芸術派を自認する作家たちが旺盛な活動を始めた時勢において、中河は「吾々の芸術派は、形式主義が主張するやうに、唯物的根拠に立つて芸術を新らしく解釈しなければならない」としつつも「この立場こそは、唯物論的といふ意味ではマルキストと同じではあるが、決してマルキストのやうに十九世紀を回顧しないところの最も新らしい近世唯物論に立脚する」と述べている（「新芸術派の勝利と危機」『新潮』一九三〇・七）。この新しさを支えるのが、先端的な理論物理学の進展だったことは先述の通りだが、ここからは「唯物論」の方法論的射程を、同時代のマルクス主義とは異なる方途に簒奪しようという中河の戦略性が認められるだろう。

さらに「私は大正十三年、初めてものを書きだした頃、小著の中に「科学と神経」なる単文を草して、科学への熱烈なる関心を発表した」とあるように（「科学上のテクニックと形式主義」『創作月刊』一九二九・四）、その主張は大正末期の「病気」論に由来していたことが――飽くまで遡行的にであるが――明かされることになる。いわゆる形式主義文学論争において、各々の論者の「物質」観（＝物理主義的な世界認識）が限りなく近接しているように見えつつも、なお折衝点を見いだすことができなかった最大の要因は、右で見てきたような「唯物論」に関わる思想的光源の差異に拠るのではないかと思われる。

翌年の論説では、より端的に「精神の所在と考へられるところの大脳皮質は、神経細胞の集合体であつて、精神現象はたゞその神経細胞の種々なる形式によつて現はれる」と主張される（「芸術派の今後に就て――横光利一氏への駁論（下）」『読売新聞』一九三〇・三・二五朝刊）。本書の第七章でも詳述するように、ここには横光を悩ませていた「心理」の起動条件に対する認識論的葛藤は一切見られない。そのような「精神現象」を「神経細胞の種々なる形式」に置き換えようとする着想もまた、前述した「文学」＝「病気」論の骨格を継承したものであろう。実際、たとえば「殊に病的なるものが文学的作品に於て示す溌剌とした積極味、光輝――それこそは古来文学的労作を飾つてゐる一つの大なる條件ではあるまいか」というように（「病的な積極」『新文学研究』一九三二・一）、一九三〇年以降も中河は「病的なるもの」への拘泥を捨て去っていたわけではなかった。その一事を踏まえても、青年期における感染恐怖の経験と厳格な衛生理念の体得は、後年の活動まで持続的な影響力を持ちえていたことが了解できよう。

ここまでの論旨をまとめておきたい。青年期の中河を魅了した「昇汞水」の効能は、取りもなおさず人間の身体を消毒されるべき「物質」（＝生理学的に統制しうる客体）へと還元し、その代謝機能のあり方を厳格に支配するものであった。そこには、当然ながら人間の身体が総じて自然法則に従属するものだという前提がなければならず、その点で同時代のマルクス主義思潮とは異なる方向から汎－物理主義の世界認識を導いていくことになる。こうした方法意識に照らしてみたとき、大正中期に興隆した衛生理念が、少なくとも一人の文学者に――もちろん、潔癖症という資質自体は中河の個人的な性格とみなすべきだとしても――、看過できない思想的影響を与えうるような出来事であったことが了解できるだろう。

こうした中河の「物質」一元論的な構想が、一九二〇年代において具体的な小説作品や論説へと実装されていったという事実は、たとえば新感覚派の書き手たちに対する次のような評価に、若干の修正を加えることになるはずである。

一個の個人の体験し実感しうる範囲に世界があるという自然信仰が失われ、人間はなにものかえたいの知れぬ抽象的法則と物質の運動によってカイライの如く動かされているという不安――

それは機械の発達が人間生活を支配しはじめたこと、独占資本の目には見えない力が社会を蔽いはじめたこと、そして時代が大きく直接転換しはじめる兆しをみせた危機の時代の意識である──に裏うちされていた。新感覚派の文学者は新しい文体によって、この変化した現実を再構成し、芸術的にこの不安を克服しようとしたものといっていえないことはない。[9]

ここで佐々木基一は、新感覚派の書き手たちの「不安」の源泉に、同時代における「機械の発達」や「独占資本の目には見えない力」があったことを指摘しているが、中河の文業に限ってみれば、加えて先述した衛生理念に関わる要素をも含み入れるべきであろう。そして、そこには茫漠とした「不安」のみならず、精神的な平穏をもたらす「抽象的法則と物質の運動」へのアイロニカルな信仰を見いだすこともできるはずである。だとすれば、青年期の中河を悩ませた〝病理〟のあり方は、一九二〇年代に起こった新世代の文学者たちの仕事と呼応するものであったと同時に、巷間で言われる新感覚派的な表現技巧の洗練とはまた別の問題系を包摂していたとも言えよう。[10]

しかし、そのような新感覚派に内在する思潮動向の微妙な振幅は、既成文壇の側からひと括りに断罪されていた。次節では、さしあたり一九二五年前後の文壇状況を概観することで、出発期の新感覚派に与えられた評価のあり方を再確認し、後節で検討する中河の文学活動を理解するための一助としたい。

二　中河與一は「人生」を描けていたか

新感覚派という名が千葉亀雄「新感覚派の誕生」（『世紀』一九二四・一一）に由来することは知られているが、この論説の発表以前からも、横光利一や川端康成などの新進作家に対する既成文壇からの注目は集まっており、同時にその創作営為の空虚さや軽薄さについても論難されていた。たとえば小島徳彌「新表現・新形式・新内容」（『新潮』一九二四・六）では、新進作家の活躍について「思ひ付の「新」であり、人気取の「新」であり、小手先の新であるところの表現だけの、形式だけの、更に内容だけの「新」を軽蔑する」と手厳しく指弾されている。一方で、翌号の『新潮』では「われくは既成文壇を如何に見るか」という特集が組まれ、横光利一「絶望を与へたる者」や川端康成「敵ではない」など、新進作家の側も既成文壇に対して自身の〝新しさ〟を盛んに主張していくことになる。[11]

初期中河の作風も、こうした文壇状況のなかで評価の枠組みが方向づけられていった。その具体的な中味は次節でも検討するが、同時代評を瞥見してみると「何も彼も神経で解決を付けて行かうとする」云々（片岡鐵兵「新進作家に就て」『新潮』一九二四・一〇）、「全体に刺すやうな神経質がある」云々（相田隆太郎「創作を主として（三月の文壇を見渡す）」『読売新聞』一九二五・三・一〇朝刊）、「病的なほど鋭敏な神経、纖細な感覚、さうしてその二者に伴ふ憂鬱な情緒」云々（木蘇穀「新進作家二十氏を評す」『新潮』一九二五・四）、「情意的といふよりは理智的、感覚的といふよりは神経的」云々（中村星湖「新らしい作家のグリンプス（承前）」『文藝日本』一九二五・五）など、総じて「神経」の働きに拘泥する書き手として認知されていたことが窺われる。こうした評言は、確かに中河の創作技法の一端を言い当てているだろう。しかし、それは後述するように、他の新感覚派に属する作家たちと同様、「人生」の機微に触れるような内的葛藤の欠如という批判を招来するものでもあった。

　こうした状勢のもとで、先述したように千葉亀雄「新感覚派の誕生」が発表される。その主張の要諦は「「文藝時代」派の人々の持つ感覚が、今日まで現はれたところの、どんなわが感覚芸術家よりも、ずつと新らしい、語彙と詩とリズムの感覚に生きて居るものであること」にあったわけだが、同時に「神経や感覚のみが、異常に病的に敏感になつて居るところ」（傍点引用者）にも、新感覚派という文学運動の特性が見いだされていたことには注意しておきたい。「病的」な「敏感」さを重視する千葉の評言は、まさに中河の文業に対する同時代の論説と通底するものであり、良くも悪くも中河の作風が新感覚派の典型をなすものと位置づけられていたことが了解できる。

　一九二五年になると、前年の秋に創刊された『文藝時代』誌上で、川端康成「新進作家の新傾向解説」（『文藝時代』一九二五・一）や横光利一「感覚活動（感覚活動と感覚的作物に対する非難への逆説）」（『文藝時代』一九二五・二）など、新感覚派の理論的なマニフェストが次々と発表されていくのだが、特に横光は、前出の論説のなかで、中河の文業について「繊細な神経作用の戦慄情緒の醗酵にわれわれは屡々複雑した感覚を触発される」（傍点引用者）と評している。それは、恐らく前述した千葉の新感覚派に対する評価のあり方を意識的に取り込んだ表現選択でもあり、ここにおいて中河は、名実ともに新感覚派を代表する旗手の一人として躍り出ることになった。

そのような「繊細な神経作用」を描くことの提唱は、もとより既成文壇から一層の反発を招くものだったが、ここで何より議論の焦点となっていたのが、新感覚派は細かな表現技巧に執着し、大局的な「人生」に迫るテーマを描けていないという趣旨の批判であった。実際、一九二四年から二五年にかけての新感覚派に対する評言を概観してみると、概して新感覚派は文学者が本来担うべき「人生」をめぐる重厚な思索が欠落しているといった見解が、既成文壇のあいだで大まかに共有されていたことが窺われる。[12] 一九二四年末には、条件つきで新感覚派的な表現技巧のあり方を称揚していた千葉亀雄もまた、その僅か半年後には「享け入れた感覚を裸で吐き出す前に、あまりに作為的な人生観、脚色観が、その純粋な感覚の白熱をさまし、切りきざみ、途法（ママ）もないちぐはぐなものにして了ふ」（「新覚（ママ）感論」『文藝日本』一九二五・四）というように、「人生観」の軽薄さを批難する始末であった。[13]

中河の小説作品についても「精々光景のスケッチ程度のもの位ゐに止まつて、とても、人間とか、生活とかいふものが描ける筈がない」（堀木克三「新感覚派再論」『新潮』一九二五・九）、「要するに子供らしくて、本当の文芸としては何でもない」（同「新潮合評会」『新潮』一九二五・一二）、「重箱の隅をほじくるやうな神経質が、他の反感を招いてゐる」（無署名「現代文壇一百人」『文章倶楽部』一九二六・一）、「病気と神経と科学とを誇示しすぎてゐる」（岩永胖「既成文壇批判評と新理想主義への展開」『文藝時代』一九二六・一二）など、手厳しい批判がなされていくようになる。それは「人生」への深い思慮が足りていないという新感覚派の総体に対する既成文壇の評価と、明らかに相即するものであった。ここでの詳述は避けるが、同時代に新感覚派への対抗勢力として唐突に迫り出してきた新人生派の文学運動も、こうした批判の受け皿としての役割を果たしていたと言える。[14]

以上のような一九二五年前後の文壇状況において、たとえば中河の次のような論説に込められた企図も推し量ることができるだろう。

新感覚派を特色づけるべき何の哲学もない。少くとも構成派ほどの哲学的根拠は何も無い。そこが新感覚派といふ名称の長所だ。それ故に新感覚派は神経派をも人生派をも、尚ほ構成派をさへも其の一部門にすることが出来る。〔……〕

新時代は既に来てゐる。新感覚派だ。神経派だ。新人生派だ。構成派だ——

自分は新感覚派と呼ばれる事を光栄には思つても、迷惑には嘗て思つた事がない、

（「新しき時代の為に」『文藝時代』一九二五・七）

ここで、中河は「新時代」を司る文学運動として「神経派」「新人生派」「構成派」とともに新感覚派を併記している。それは、自身を含めた新感覚派の文業を共時的に位置づけるための方略だったとも言えようが、他方でこうした主張の仕方は、結果として新感覚派の活動全体を、ある種の派閥抗争の一幕として処理しようという風潮を助長することにもなっただろう。実際、同号の『文藝時代』には新感覚派が「『文藝時代』の樹立したイズムではなくて、単に二三氏の原動によつて、文壇がデッチあげたもの」といった評言もある（橋爪健「第二義的考察」）。総じて、一九二五年の文壇は新感覚派について「其の一篇一篇について批判し議論さるべき必要もなく、また為される性質をも所有してゐない」という見方が趨勢を占めるようになった（野村吉哉「次に来るべき文芸（上）」『読売新聞』

一九二五・六・二一朝刊）。そして、翌年には「新感覚派でも、文芸上の新時代でも、その主張だけで、主張が消え去つてしまつた後には、作品は一つも残つて居ない」というように（中村武羅夫「芸術家の努力【二】」『東京朝日新聞』一九二六・九・二五朝刊）、早くも新感覚派は一時的な流行現象として、その文学史的使命を終えていくことになる。

以上、一九二五年前後の文壇状況を概括的に跡づけてきたが、ここから読み取れるのは、同時代から今日にかけて新感覚派の作品群を個別に検討する機会に恵まれなかった要因のひとつとして、新感覚派は些細な表現技巧に拘泥し、何より重要な人生（の煩悶）を描きえていないという既成文壇の共通理解があったということである。特に「末梢神経や、子供らしい科学もいゝ加減にして貰ひたい」（堀木克三「新潮合評会」『新潮』一九二六・二）と評される中河の作風は、新人生派などの論陣にとって、何処か軽薄で微温的なものであるという批難を招来させやすいものであった。中河の文学活動は、良くも悪くも典型的な新感覚派の評価に収まる（ように見えた）ために、既存の対抗勢力からの格好の的となりえていたのである。

しかし、前節でも見たように、青年期の中河を襲った過剰な感染恐怖と衛生に対する拘泥は、むしろ人間の思考や理性の一切が、ある特定の自然法則に従属していることへの明確な自覚を促すものであった。こうした世界認識のもとでは、一九二五年前後の言論空間で盛んに討議された「人生」の深刻さと真摯に向き合う小説実践が、また別のかたちで試みられることになるだろう。少なくとも、中河にとって感染／衛生に関わる物語文法を自身の文学活動のうちに導入することは、単に奇を衒った修辞や文体の探究ではなく、何かしら「人生」の思索に値するだけの切実な訴求力を備えるものであった。[15] 次節では、具体的な小説作品を幾つか取り上げ、その思想的な境位を改めて策定してみたい。

三　初期作品における物神崇拝

中河が商業雑誌に発表した最初の短篇『悩ましい妄想』（『新公論』一九二一・六）は、中河自身をモデルにしたと思われる青年が、潔癖症による強迫観念に苛まれつつ、あらゆるものの滅菌に異常な執着を示す様子を克明に描いたものである。[16] その象徴的な箇所を二つ引用しておこう。

> 彼は何となく自分の手が汚く思はれたので、立つて毒薬の甕に手を浸しに行つた。其の毒薬は例へば彼にとつて絶対的な信仰を以て総ての清めの水とせられてゐた。——自分は毒薬と書く事を、なぜか、不愉快に思ふ、それ故今後分子式 Hgx で其れをあらはす事にする——

> 殆ど強迫するかのやうにモルヒネの注射を医者に要求する狂態。そしてどうする事も出来ぬ程だらけきつてゐる身体が一本の注射で生れかはつたやうに元気になる光景。然し、その度が強まるに従って益々多量のモルヒネを要求し。[ママ] 使用すればする程、益々頽廃し破滅してゆく肉体。彼は立ち上つてベッと庭に唾を吐いた。

作中の「Hgx」——恐らく昇汞水＝塩化第二水銀 $HgCl_2$ のことであろう——は、血中の蛋白質を変性させ、数々の病原体から自分の身体を潔癖に守り続ける一方で、その効能が強すぎるために、当の身体そのものを腐蝕させてしまう。それは、あたかも「モルヒネの注射」と同じように自身の肉体を汚染する「毒薬」でありながらも、「彼」はそこに「絶対的な信仰」の念を抱くことになる。ここでは「彼」の「人生」を挫折させている諸々の鬱屈や懊悩が、単なる生理学的な身体反応へと還元され、「Hgx」の摂取によって快復可能な器質性のトラブルとして表象されている。

同時に注目すべきなのは、こうした日常生活の「狂態」に対する自意識もまた作中に書き込まれていたことである。[17]「彼」は「少しの間だつてHgxを持たないではもう安心の出来なくなつてゐる自分をも知つてゐた」のであり、みずからの精神構造を「物質」の挙動が規定しているということに自覚的である。それは、言わば「私」の内側に混入する異物こそが「私」の理性を成立させているという認識論的な倒錯にほかならない。ここで既成文壇が強調していた「人生」に対する重々しい思索や懊悩は、「Hgx」のプラグマティックな効能の前に脆くも敗北していることが了解できよう。

また『悩ましい妄想』の終盤近くには、次のような記述がある。

——Hgx急性中毒

口腔、咽頭、胃粘液の腐蝕、銅の如き味感を覚え、咽頭狭窄の感、灼熱、嘔吐、下痢を発し、脈膊頻促不整、顔面蒼白を呈し、虚脱に陥りて斃る。——慢性中毒。水銀性赤痢と名づけ血便を下し著名なる裏急〇〇(ママ)を発す。屡々、汞毒性歯齦炎、泌尿減少又は絶止、口内炎、貧血麻痺、精神障害を来し斃る——彼は叱られるやうな気持で、いそいで本を閉ぢて目をつぶつた。

引用部では「昇汞水」の摂取に伴う副作用が即物的に羅列されるが、それはひとえに感染症の罹患が引き起こす数々の病状――それこそ「全国衛生博覧会」などを通じて同時代に警鐘が鳴らされていたような――と重ね合わされよう。すなわち、「昇汞水」の服用によって精神的な安寧を感得しようとする「彼」の姿は、図らずも病原菌によって内的変質を被らざるをえない人体の描像と表裏一体であり、そこには疫病の感染という出来事に付随していた恐怖感・嫌悪感がメタフォリカルに刻印されている。

もちろん、当時こうした病識を持つ人物が登場する小説作品を書いたのは、何も中河に限ったことではない。本章でその文学史的な拡がりを通時的に跡づけていくことはしないが、たとえば『悩ましい妄想』が発表された大正中期の文壇に絞ってみても、佐藤春夫や廣津和郎の諸作には、さしあたり神経質な青年の内面に繰り込まれた頽廃的な光景が、繊細な筆致をもって照らし出されていたと言えるだろう[18]。しかし、中河の文学表現における「神経」の働きは、単に青年のメランコリックな厭世観を演出するための意匠ではなく、実際に器質性の疾患を引き起こす病因の一種として描き出されている。『悩ましい妄想』において、大正知識人の鬱屈を分有していたとも言える「彼」の切実な閉塞感は、何より「人生」を思索する精神的探究に対する「物質」の優位というかたちで昇華されている[19]。

こうした『悩ましい妄想』で示される感染／衛生をめぐる中河の創意のあり方は、短篇『清めの布と希望』(『新小説』一九二四・九)へと継承される。この小説作品は『悩ましい妄想』と同じように、潔癖症に苦しむ「彼」と、その「妻」の応酬を中心に展開していくのだが、初めて無意識に「夜中に立ち上つて、お薬で手を洗ひにいらつした」ことを「妻」から指摘された「彼」は、「自分がよく毒薬で手を洗ふのだが、その事が一つの観念になつて、観念の妄霊だけが眼をさまして、自分の身体を自由に薬の所へ歩かし、手を洗はすのではなからうか」と思案していた。ここにおいて、消毒行為は一種の「観念の妄霊」として出来している。別の箇所からも引用しておきたい。

いつたい彼は、自分自身をどんな風に処理したらいゝのか? それは心理上の一種の人格変換の現象にすぎない。しかし少くとも彼にとつては『自分の中に、ある別な観念が共に生きて動いてゐると思はれる事実』それが一層彼を運命論者にし、且つ同時に人生を或る現実以上の存在への希望につながしめるやうに思はれて来た。

「自分自身」に内在する諸々の葛藤は、ここで「心理上の一種の人格変換の現象」として処理されている。こうした発想は、前出『悩ましい妄想』とも通底するだろうが、それは同時に「人生を或る現実以上の存在への希望につながしめる」ものでもあった。しかし、あらゆる煩悶を「心理上の一種の人格変換の現象」として意味づけようという徹底的な物理還元主義を追究した結果、突如として超越(=「現実以上の存在」)への志向が導かれるのはなぜなのか。

この点について、笹淵友一は「自分が自分の人生がすべてに対して責任を負うことをやめて、運命論者として運命に責任を分担させることであり、この運命への信頼によって人生に対する希望が生れて来たのである」と指摘している。[20] しかし、ここには単に「運命に責任を分担させる」という読み方に留まらない中河の思想的転回の萌芽が伏在している。もとより、本章で全貌を明らかにできるわけもないものの、その手掛かりの一端を提示できればと思う。

右の引用に示された「観念」とは、ともあれ「自分の中」に「共に生きて動いてゐる」ものである以上、端的に「毒薬」＝「昇汞水」のことであると解釈するのが自然であろう。それは、紛れもなく「物質」の挙動でありながら、そこにはある種の神秘的な装いが仮託されている。この現象世界を超脱するような聖性の発現は、実のところ自然科学の方法論に準拠した法則一元論の裏面にほかならない。

B・ラトゥールが述べるように、近代的な〝主体〟の存立機制を外的に規定する超越者（＝神）の定立は、あらゆる出来事の根拠を客観的な因果関係のもとに布置することが企まれた自然科学への信仰と、そのメンタリティを密かに共有している。「信仰という概念が、物神と事実という二重の語彙によって近代人が自分たちなりに行為の起源を理解することを、可能にしているのだ[21]」。その意味で厳格な唯物論者としての中河が、同時に「現実以上の存在」を眼差す観念論者としての相貌をも持ち合わせたのは、こうした初期作品を貫く物質主義者（フェティシスト）／物神崇拝者としての二重性が介在していたからだと言えるだろう。

以降、短篇『彼の憂鬱』（『新潮』一九二五・一）や『肉親の賦』（『中央公論』一九二六・一）でも、潔癖症をめぐるモチーフは幾度も反復される。特に『肉親の賦』では、「昇汞水」を希釈しようとする「彼」の行為が説明される場面で、「彼は又別の観念が彼の頭の中にまぐれ込んで来るのを感じた」（傍点引用者）というように、『清めの布と希望』と酷似した表現が挿入される。一九二〇年代の中河は、同工異曲のようにも思われる小説作品を書きつらねていたが、それらは自身の文学活動の展開において、汎‐物理主義的な世界認識を「観念」の次元へと反転させる一種のスプリングボードとして捉えることもできよう。

一九二七年、長女の病死を契機として、中河は改めて「病気と人間との戦ひほど深刻で恐ろしい戦ひは矢張り無いのではないか」と嘆じている（「高原の自転車（上）」『読売新聞』一九二七・八・三〇朝刊）。そうした創作動機が刻まれた短篇『女礼』（『文藝春秋』一九二八・七）では、「私の性格の中では厳格な消毒は常に最高の道徳になつてゐた」や「私は消毒する時、何時も自分が多少科学的に生きてゐる事に道徳を感じてゐた」というかたちで、ともかく「科学的に生き」ようとする「私」の行為に倫理的な正当性が与えられている。作中人物の懊悩や煩悶を支える「物質」＝「消毒液」の効能は、ここで「道徳」という人びとの生き方の基盤となる超越的な規範理念を招来する。それは、先に見た物神崇拝のメカニズムが、自身の実存を預けうる信仰の宛先を獲得したことを証し立ててもいるだろう。

以上、初期作品の検討を通じて、前述したような文学的志向を持つに至った理路を考察することは、従来ある種の〝断絶〟が指摘されていた中河の通時的な歩みを、一貫したパースペクティヴのもとに位置づけなおす手がかりともなるだろう[22]。もはや本章で検討する余裕はないが、この後の中河は、少なくとも衛生に関わる語彙を明示的なかたちで作中に書き込むことを止め、長篇『愛恋無限』（『東京朝日新聞』一九三五・一二・一一〜一九三六・四・二〇夕刊）や『天の夕顔』（『日本評論』一九三八・一）など、より壮大に現実世界を超え出るような「観念」のロマンスを描いていくことになる。ただ、そういった話型のあり方は、初期作品に胚胎されていた方法意識が一九三〇年代以降に消失したことを意味するのではなく、そこには物神崇拝の機制を紐帯とした感染症と衛生に関わる思想的課題の残響が、確かに谺していたのである。

おわりに

新感覚派の文学史的な意義は、何より後年の『文藝時代』同人たちによって遡行的に意味づけられている。たとえば、片岡鐵兵は「『文藝時代』座談会」(『文藝』一九三五・七)において、「新感覚派には理論はなかつた」と断つたうえで、「自信を有つていつたことは、当時のリアリズムの消極的人生観に対する否定位で、これとても積極的な世界観を何ら持たなかつた僕の悲しさで、体系的に樹立することは出来なかつた」と述べる。中河もまた「新感覚派運動といふものを今から顧みて、何がその特長であつたかといふと、格別の思想的根拠もなかつた」、あるいは「一口に云へば、それは熱烈な芸術至上主義の運動であつて、一種の表現上の革命運動であつたといふのが適当かもしれない」と語っている(「新感覚派の運動」『近代文学』一九五〇・八)。新感覚派の文業を「表現上の革命運動」とみなす理解の枠組みは、同時代評から永らく近代日本文学史におけるひとつの定説となっているが、[23] それは何より当の書き手たち自身も率先して主張していたことであった。

ただし、たとえ新感覚派という文芸理念が体系性を持たなかったことは確かだとしても、その具体的な成立と展開には、なお考慮すべき文脈が多く眠っているように思われる。中河にとっての感染／衛生というモチーフは、そのひとつとして決して見落とすべきではない。むしろ、その方法意識のあり方を通時的・共時的に再定位してみることは、自ずと初期作品の批評的射程を再考する契機ともなるだろう。そこには、文体や表現技巧の新奇性を中心として組み立てられてきた従来の新感覚派に対する評価を、大きく転化させうるような研究史上の可能性が宿っていると思われる。

特に「物質」によって統制される客体としての身体観を基調とした初期中河の小説作品は、同時代の新感覚派に浴びせられた批判とは別の次元で、従来の文学者が真摯に取り組むべきとされた「人生」に関わる切実な思索を、感染／衛生に関わる生理学的な問題系として受け止めようとするものが多かった。さしあたり、ここに既存の文壇に共有された価値規範とは異なる中河独自の方法意識を読み取ることができるだろう。

そして同時に、そのような汎‐物理主義の趣向は、やがて現実世界を超脱するロマンスへの憧憬へと逢着していき、後年の中河は大胆な思想的転回を遂げていくことになる。[24] その帰結の是非は改めて議論しなければならないだろうが、本章で見てきたような世界認識を導くまでの行路を再検討することは、そのような考察の土台をもなしうる重要な導きの糸となるはずである。

第三章　探偵小説の条件――小酒井不木と平林初之輔の「科学」観

はじめに

「探偵小説は科学と芸術の混血児であるといふことが出来、そこに探偵小説の文学上の極めて特殊な地位があるのだと思ふ」――よく知られるように、江戸川乱歩は右のように述べたうえで、探偵小説と「科学」の本質的な親和性を主張した（「鬼の言葉（その三）」『ぷろふいる』一九三五・一二）。今日、こうした「科学と芸術の混血児」として探偵小説を捉える見方に真っ向から反対する論者は少ないだろう。しかし、ここで言うところの「科学」とは、具体的に如何なる営みのことを指しているのか。それは、探偵小説の定義に関わる議論の水脈において、常に付きまとう問いであった。とりわけ、黎明期の探偵小説論の書き手たちは、探偵小説が拠って立つところの「科学」とは、そもそも如何なる企てであるのかという根本的な問いに、否応なく直面せざるをえなかったのである。

　この点について、かつて筆者は「科学小説」というジャンルの創設可能性をめぐる昭和初期の言説布置を跡づけていくなかで、そこに示される「科学」概念には多義的なニュアンスが託されており、ときに各々の論者たちが恣意的とも言える仕方で自在に意味内容を補填していたがゆえに、その議論の足場自体が極めて不安定なものであったことを明らかにした[1]。本章では、その際に得られた研究成果を継承しつつ、改めて昭和初期の探偵小説論で取り扱われた「科学」概念の内実を、別の角度から再検討してみたい。

　具体的には、小酒井不木と平林初之輔という、一九二〇年代の探偵小説論を牽引した書き手たちによる「科学」観の差異に着目することで、双方の問題意識を参照軸としつつ、同時代の探偵小説論と「科学」が交錯する有り様を整理する。予め図式的に要約すれば、平林が万人に備わる思惟の方法論の総体として「科学」を捉えていた一方で、不木は具体的な理科系の知識の集積として「科学」を位置づけていた。その微妙な隔たりを理解することは、元来「本格探偵小説」の存立条件とみなされていた「科学」の理念が、一九二七年前後を境に「変格探偵小説」の側へと誘致されるまでの回路を照らし出す。それはまた、個々の表現営為や創作動機とは異なる次元で、探偵小説という文芸ジャンルと「科学」の関連を多面的に考察するための一助ともなるはずである。

一　「科学」概念の振幅

不木は、論説「探偵小説管見（二）」（『文章往来』一九二六・二）のなかで、探偵小説の「欠くべからざる要素」として「科学的なること」を挙げた。以降も、一九二九年に夭折するまでのあいだ、不木は数多くの評論・実作を発表し続けたが、その主張や内容を概観してみても、不木が「科学的なること」という根本原則を常に遵守しつつ、来たるべき探偵小説の記述作法を考究しようとしていたことは間違いない。

尤も、ここで言うところの「科学」とは、主として端的に生理学・血清学などの専門知の総称にほかならなかった。それは、たとえば「文学者も精密な科学的知識を持つて居てほしい」（『学者気質』洛陽堂、一九二一・一二）や「今日の探偵たる人は、人性をよく研究すると同時に、出来るだけ精しく、科学に通じ、且つ自由に之を応用しなければならない」（『科学探偵』春陽堂、一九二四・八）といった提言にも顕著に示されている。不木自身も「殺人論」（『新青年』一九二三・三〜一一）を始めとして、最先端の医療知識を応用した不可思議な犯罪の数々を、幾度も『新青年』誌上などで紹介しており、そこには理科系の学知を読者に訓育しようという積極的な企図が見いだされよう。実作の分野でも、たとえば児童向けに発表された少年探偵シリーズの第一作『科学探偵小説　紅色ダイヤ』（『子供の科学』一九二四・一二〜一九二五・二）の冒頭で、不木は「探偵になるには動物、鉱物、植物学や物理、化学、医学の知識が要る」ことを明確に宣言している。

もちろん、それは論理的判断や推理能力の高さを示す「科学」概念と分かちがたく結びついており、不木もまたそうした知性の発現を蔑ろにしていたわけではない。実際、前述の「探偵小説管見（二）」では、先ほどの引用に続く部分で「頭を科学的にするといふことは必ずしも科学智識を豊富にすることでなく、むしろ、物の見方、考へ方を科学的にすることである」とも述べている。また、単行本『犯罪文学研究』（春陽堂、一九二七・一）の「はしがき」でも「『科学』は主として、多数の材料をあつめて、そのうちから共通な点を帰納しようとする」と定義しており、思考形式としての「科学」のあり方について意識的であったことが了解できる。不木の代表的な長篇小説『疑問の黒枠』（『新青年』一九二七・一～八）も、ある老人の生前葬を契機として巻き起こる失踪事件をめぐって、探偵役を担う複数の登場人物が推理合戦を繰り広げるといった由緒正しい「本格探偵小説」であり、事実『新青年』誌上では、――同時期の多くの探偵小説と同じように――犯人の名前や共犯者の有無を読者に推測させる企画が断続的に行なわれていた。こうしたことに鑑みても、不木が探偵小説における謎解きの側面を決して軽視していたわけではないことは強調しておかねばならない。

しかし、そのような事情を差し引いても、ある一定の教養と知的好奇心を持つ読者たちにとって、不木の文章が最新鋭の科学知識を学ぶための啓蒙装置としての機能を果たしていたことは確かであり、それはまた不木の文学活動の大きな評価基準になっていたと思われる。そのことは、不木の夭折に際して『新青年』一九二九年六月号に寄せられた弔辞の数々からも了解できよう。その称賛の中味は、良くも悪くも「アブノルマルな作品」（甲賀三郎「吾等の一大損失」）や、「医学的な凄動的なもの」（江戸川乱歩「肘掛椅子の凭り心地」）、「実験的理論的医学の知識を内容にとり入れたもの」（平林初之輔「作家としての小酒井博士」）というように、生理学・血清学を中心とする諸々の科学知識を、医学博士としての見地から探偵小説に援用したことの功績に集中していた。それは、たとえば「学問の方面から探偵小説の価値を擁護する専門家[2]」や、「自他ともに認める有識者であるみずからが実作を提示することで、ミステリーの普及に尽力した[3]」、あるいは「卑俗に堕しない、理想的な探偵小説の創作を提唱すべく啓蒙活動に邁進した人物[4]」といった後年の研究史における不木の位置を規定してもいよう。本章でも後述するが、不木の小説作品に導入された広範な科学知識の数々は、時に猟奇的な怪異にも結びつくようなかたちで、今日において「合理と非合理の鬩ぎ合いの狭間に《探偵小説》というジャンルを確立しよう」とした書き手という評価を築き上げたのである[5]。

さて、同じ頃に平林もまた、幾つかの評論のなかで「探偵の方法が科学的である必要がある」と述べており（「私の要求する探偵小説」『新青年』一九二四・夏期増刊）、探偵小説が成立するための必要条件として「科学的」であることを挙げていた。「日本の近代的探偵小説——特に江戸川乱歩氏に就て」（『新青年』一九二五・四）では、市民社会が成熟して「科学的、方法的な推理」が共有された結果、やがて「知的満足を与へる読物としての一種の小説」=「探偵小説」が抬頭するであろうという期待が表明されている。それが、合理的な頭脳の醸成という平林自身の思想的課題と切り結ぶことは言うまでもなく[6]、菅本康之が指摘するように、平林の「探偵小説論は、英国探偵小説、すなわち、コナン・ドイルから、徹底的に「合理」の勝利をもくろむ大戦間の「黄金時代」にいたる、あの探偵小説をモデル」に成り立つものであった[7]。

平林は、その批評活動の出発期から、雑誌『種蒔く人』の同人として初期のプロレタリア文学理論を牽引していく傍ら、自然科学の哲学的な意義を解明することに執心していた。金子筑水監修のもとで企画された「新学芸講座」の第一巻『科学概論』（春秋社、一九二三・五）冒頭では、明確に「自然科学の最も初歩の綜合概念」を共有することの重要性が強調される。同書は、目次を一瞥するだけでも「科学の目的」や「科学の方法」が網羅的に概説されていることを確認でき、特に「科学の価値」の項では「真に人生に役立つものは、実用的知識ではなくて原理そのものだと言へる」と主張されるが、その理論的基盤となっていたのは、平林自身が述べているように、H・ポワンカレなど西欧の科学哲学者による著作であった。[8]

平林は、ほかにもP・デルベの *La Science Et La Réalité*（『科学と実在』叢文閣、一九二五・九）やポワンカレの *Savants et écrivains*（『科学者と詩人』岩波書店、一九二八・三）などの邦訳を手がけているが、これらの著作も科学思想書としての趣向が強いものであり、平林が個別の「実用的知識」よりも、それを突き動かす思惟や知性のあり方に関心を向けていたことは明らかである。[9] それは、時に不木を始めとする同時代の探偵小説の書き手たちに対する鋭い批判にも結びつくものであった。

一九二六年、平林は他の探偵小説の書き手とともに不木を「不健全派」として括り上げる。曰く「以上の四人〔不木含む〕は、少くとも最近に於ては、精神病理的、変態心理的側面の探索に、より多く、若しくは全部の興味を集中し尋常な現実の世界からロオマンスを探るだけでは満足しないで、先づ異常な世界を構成して、そこに物語を発展させようとするやうなところがある」（「探偵小説壇の諸傾向」『新青年』一九二六・新春増刊）。平林は、続けて「人間の心理には不健全な病的なものを喜ぶ傾向は、殆んどインネートなものだから探偵小説に、かやうな一派が生ずることは自然なことでもあらう」と述べ、そうしたジャンルの存在に一定の理解を示してもいるが、これらの書き手たちの作品群を、みずからの「知的満足を与へる読物」としての探偵小説のあり方と相容れないものと捉えていたことは疑いない。

もちろん、それは見世物（パフォーマンス）としての意味合いが強く、『新青年』という新興の雑誌メディアに集った書き手たちの創作活動を盛り立てるための方法戦略に拠るものでもあっただろう。実際「「五階の窓」執筆感想」（『新青年』一九二六・一二）や「小酒井不木氏」（『東京朝日新聞』一九二九・四・四朝刊）、「昭和四年の文壇の概観」（『新潮』一九二九・一二）などの文章のなかで、平林は不木の文学活動を幾度も激賞している。しかし、それは結局のところ、飽くまでも探偵小説という文芸ジャンルの活性化という観点からなされたものに過ぎず、その「科学」概念のあり方自体に向けられていたわけではないことは、先述の平林の主張からも明らかであろう。

このように不木と平林は、ともに一九二〇年代後半の探偵小説に「科学」の発想を導入しようとしたという点で、ある一定の親和性が認められるにもかかわらず、その実質はかなり異なるものであった[10]。次節では、その象徴的な事例として、双方の「生命観」に対する考え方の違いを検討してみたい。

二 「生命観」をめぐる攻防

文学者としての不木の特徴として重要なのは、不木が最先端の生命科学を研究する学徒でありながら、同時代から既に旗色の悪かった「生気論」（＝活力説）を一貫して信奉していたということである。「生気論」とは、生命活動には他の物理現象とは異なる独自の法則が働いているというもので、同時代には神秘思想の一種として学界では珍説とみなされていた。事実、不木の学問上の師となる生理学者の永井潜は、『大思想エンサイクロペヂア』（第五巻、春秋社、一九二八・二）の「生命論」という項目――後に単行本『科学的生命観』（春秋社、一九二九・二）としてまとめられる――のなかで「生命に関する思想の歴史は、此の機械説〔生命現象もまた特定の物理法則に依拠したものに過ぎないという説〕と生気説の絶えざる論争に依つて」いると述べつつも、最終的に「機械的生命観は、今や最も堅実なる基礎の上に築き上げらるゝに至つた」と講じている。永井の解説は、当時のアカデミズムにおける大方の共通見解を示すものであり、そこから不木の「生命観」の特異性が自ずと浮かび上がってくるだろう。

不木の「生命観」が端的に表われたものとしては、何より『生命神秘論』（洛陽堂、一九一五・六）が挙げられる。この著作のなかで、不木は「生命が示す機械的方面の現象こそは、理化学的に解釈説明し得らるゝと雖も、生物には所謂生物固有の現象ありて、到底現在の科学にては説明し得られない所があるといふに至つた」と述べる。長山靖生は、同書の意義について「機械論全盛の学界にあって、有機体としての生命を部分部分に切り離して見るのではなく、切り離しえない各部の相互関係の総体から、現象そのものとしての人間を捉えようとした点にあった」と要約する。[11]『生命神秘論』に底流する「生気論」への傾倒は、それ自体が学界では極めて異例であり、不木が探偵小説という文芸ジャンルに接近した理由の一端も、こうした「生命観」の特異性にあったものと思われる。

『恋愛曲線』（『新青年』一九二六・一）や『人工心臓』（『大衆文藝』一九二六・一）など、不木の小説作品の多くには、右で見たような「生気論」の考え方が援用されている。特に『恋愛曲線』は、W・アイントーウェンが考案した「電気心働計」の学術的説明にかなりの紙幅が費やされながら、後半では「生気論」に依拠する架空の実験結果を基にした凄惨な復讐劇が展開される。同作については、早くから「もつとあゝいふ世界を材料にして、我々を怖がらせて貰ひたいと思ふ」という評言もあったように（江戸川乱歩「病中偶感」『探偵趣味』一九二六・四）、どちらかと言うと推理の厳密さよりも、専門知に依拠して読み手を「怖がらせ」るための仕掛けが評判を集めていた。

しかし、作中における生理学の識見は、どの程度まで不木独自の空想であるのか不明瞭な書き方となっており、ゆえに真正科学と似非科学の境界もまた極めて曖昧なものとなっている。たとえば、前述したアイントーウェンの「電気心働計」は、恐らく日本初の本格的な科学百科事典であろう『万有科学大系』（第二巻、万有科学大系刊行会、一九二六・一二）の当該項目においても、ほぼ不木の説明と同じような文言で紹介されている。『恋愛曲線』は、こうしたアカデミックな定義に関する語彙を柔軟に取り込みつつ、その実験手法を精緻に描くことで、あたかも筋肉の収縮に伴う電位差と同じように、恋愛感情もまた実証的に測定できるという体裁で記述されているが、それは当時の探偵小説を取り巻く読者共同体のなかで、作中の〝本物らしさ〟（＝「科学」的な装い）を拵えるだけの有効な機能を果たしたはずである。

また『人工心臓』では、作中の前半で長々と「生気説」と「機械説」の要点が述べられた後、「人工心臓」の製造に精力を注ぐ博士の姿が描かれるが、物語の顛末は、自身の妻に「人工心臓」を移植しようとした結果、あらゆる「快楽やその他の感情」が奪われていることに気づき、絶望して「人工心臓」の電源を落とすというものであった。作中では、ほぼ全篇を通じて物理現象として生命を把捉することの不可能性が言い立てられ、ゆえに博士は「機械説」を捨て「生気説」に降ることを宣言する[12]。

あるいは、絶筆となる『闘争』(『新青年』一九二九・五)でも、ある実業家の怪死事件を調査していく過程で、探偵役の博士が「科学なるものが、人間の福利を増進するものである以上、科学的天才の仕事が非人道的であつても、君はそれを許す気にならないか」と作中人物に問いかける。同作の殺人行為は、最終的に生命倫理の欠落した医者による人体実験であったことが明かされるが、そのなかで生理学の識見は、猟奇的なイメージに奉仕する装飾としての機能しか与えられていない。ここでもまた、学術的な意匠を借用しつつも、その領分を越境するような仰々しい演出が企てられていたことが了解される。

このように不木の小説作品は、科学知識の啓蒙装置どころか、むしろ同時代の穏当な学術的知見に逆行・離反するかのような「生命観」が導入されていた。こうした作品様式の枠組みは、自ずと探偵小説と「科学」の結託を、怪奇趣味に興じた「変格」の側に招き寄せることになるだろう。世界でも指折りの生命科学者でありながら、不木が「変格」の祖として祭り上げられているという事実は、そのことを傍証してもいる。しかし、こうした「科学」概念の歪みこそ、平林が繰り返し糾弾していたものにほかならなかった。

平林の「生命観」は、不木とは対照的に「機械説」の思想に貫かれている。平林は、小説作品における「心理描写」を論じた文章のなかで「観念論」を批判しつつ「生命が、物質の言はゞ「作用」に外ならぬことを十分に示す」実験例を次々と挙げていく（「心理描写の小説を論ず」『新潮』一九二九・四）。同論では「生気論に最終的打撃を与へ」ることが目論まれており、そこに過剰な神秘趣味を読み込もうとする「観念論」の立場に対して、かなり強い口調で攻撃していた。もちろん、それは（マルクス主義的な）「唯物論」を基調とする平林の世界認識の根幹に関わってくる問題であり、同時代のプロレタリア文学運動のあり方とも相即して考察すべきものであろうが[13]、ここに不木と対極をなす実証主義的な「生命観」が見いだされることは論を俟たない。

「文学の本質について」（『新潮』一九二七・三）でも、平林は「生命物質の中には生気といふものが含まれてゐて、これあるがために生命物質は無生物質から区別されてゐるのであると信じて安んじてゐた」「旧生物学者」を痛罵する。こうした立場からすれば、不木は当然ながら「旧生物学者」の典型にほかならず、激しく糾弾されるべきものとなるだろう。同時に、そのような「生命観」に準拠した文学作品を探偵小説（＝「知的満足を与へる読物」）と呼ぶこともまた、平林にとって認めてはならないことであった。

折しも、かつて拙著で示したように、一九二〇年代後半における文壇・論壇の自然科学受容は、主に精神生理学や異常心理学などの〝人間科学〟の分野に偏っており、探偵小説の領域においても、人間の異常行動や変態性欲などを「科学」的に記述するような作風が支配的となっていた[14]。平林が「不健全派」という呼称を作り出したのは、単に怪奇幻想に傾倒した作家たちの表現営為を批判する目的だけでなく、こうした時代思潮において歪曲されていく「科学」のあり方自体を、改めて問いなおそうという企図があったものと考えられる。とりわけ『予審調書』（『新青年』一九二六・一）など、具体的な平林の探偵小説を概観すれば、平林の創作意図において「本格探偵小説」的な推理のプロセスが重視されていたことは明らかであろう。

もとより、平林の実作は決して優れたものとして同時代に受け入れられたわけではなかった。たとえば、前田河広一郎は「同志平林初之輔が探偵小説を書きはじめた！ おい、あの平林がよ！」という揶揄があったことを証言している[15]（「平林の「探偵小説」」『探偵趣味』一九二六・一二）。かつてはプロレタリア文学運動の理論的主導者として名声を得ていたこともある平林の探偵小説は、単なる余技の一環とみなされており、切実な社会変革を志す政治活動家たちからは敬遠されていた。だが、単なる風俗的な意匠に成り下がった「不健全」な科学知識のあり方を批判する平林の論説は、猟奇的なギミックとして探偵小説に「科学」的なモチーフを導入することを厳しく戒めるものであった。それは、人びとの怪奇趣味を惹起することが企まれた不木の文業とは、やはり好対照をなすと言ってよいだろう。

同時に、ここで見てきた差異は、単なる小説技巧の次元に留まるものではなく、文化史的にも極めて重要な意味を帯びていたものと思われる。その点を次節で検討したい。

三　科学知識の〝新しさ〟

前節まで見てきた平林と不木の「生命観」の相違は、双方の個人的な信条のみに還元できるものではない。本書の序章でも述べたように、一九二〇年代というのは「近来我国に於てもしきりに「科学」といふ声が喧しくなつて来た」といった評言もあるように（大町文衛「改訂再版序」『最近自然科学十講』太陽堂書店、一九二三・二、改訂再版は一九二四・九）、それまで専門知として一部の職業研究者だけが占有していた自然科学の学術的知見が、より広く市民社会に普及し始めた時期にあたる。[16]『科学知識』や『科学画報』など、相次いで創刊された通俗科学雑誌や、総合雑誌における科学特集の数々を瞥見するだけでも、それは容易に傍証されるだろう。

ただ、そこで取り上げられた「科学」概念は、詰まるところ理科系の知識の総体を指しているのか、あるいは論理的な判断能力の枠組みを指しているのかについては、極めて曖昧な状況が続いていた。たとえば、前出『万有科学大系』第一巻の冒頭では、自然科学について「観察、実験、判定、推理等によつて箇々の事物に就いて的確なる事実を捉らへ、斯の事実より、帰納的に通有普汎の法則を導く」と定義されている。こうした帰納法としての「科学」観は、まさに平林が言うところの「科学的、方法的推理」と的確に符合するものであり、「本格探偵小説」の存立条件である「科学」概念が、こうした思惟の作法を前提にしていたことは明らかである。

しかし、同時に『万有科学大系』の刊行は、自然科学という知的営為の本格的な体系化の作業にほかならなかった。「是れ悉く科学知識の宝庫」と銘打たれた『万有科学大系』の広告（『官報』一九二六・一二・一四）は、そのことを象徴的に示すものである。各々の専門知が類別・編纂され、その枠組みが個別具体的に習得可能なものとなることで、それらの学識は次第に〝民主化〟されていく。それは大衆文化の領域においても、科学知識が通俗的に消費されるような風潮を生み出していくことになった。

『新青年』誌上でも、大井六一「科学者たちの夢――もしこれが実現されたなら？」（一九二三・九）や、前掲の不木「殺人論」、さらに「新青年趣味講座」（一九二七・六〜一九二八・七）など、広義の科学知識の紹介記事は繰り返し掲載されている。周知のように、地方青年の修養雑誌として出発した『新青年』は、やがてモダン・ボーイのための教養主義の路線に舵を切り始めるが、その訓育にあたって科学知識の体得が求められていたことは重要である。それは、同時期の『新青年』が探偵小説に眼を向け始めたとき、なお「科学」的であるか否かという尺度が重視されたことの間接的な要因ともなっていよう。現に「凡そ熟練なる近代の探偵と云はれるには、あらゆる近代科学に対して深き造詣とまではゆかずとも、十分にこれを駆使し、縦横に応用するの才がなければならない」という評言もあったように（小山峰夫「探偵と近代科学――最近の探偵や、犯人はどんなに科学を応用するか――」『新青年』一九二三・一二）、作中の探偵に最新鋭の科学知識に関する深い教養を期待する言説は、論理的な思考操作とは全く別の水準において、一九二〇年代前半から『新青年』誌上で散見されるところであった。

　さらには一九二〇年代後半、実証的な捜査体制の確立に伴い、探偵を職務とするならば「法医学の大要位は研究しておかないと、今日の科学的捜査に従事する資格がない」という主張が目立ち始めるようになる（須藤権三『名探偵になるまで』章華社、一九二六・一二）。もちろん、探偵の資格として推理力の高さと豊富な科学知識の双方を求める言説は、長谷川天渓「探偵小説の主人公」（『新青年』一九二五・新春増刊）などを初めとして多くあり、もとより双方を截然と切り分けることはできない。しかし、科学知識や産業技術の目覚ましい進歩が、それまでとは力点の異なる才覚を作中の探偵たちに要請したことは確かであろう。もはや「昔時の様に経験の力のみに立脚して行ふた探偵法」は成り立ちえず（寶來正芳『探偵常識』良栄堂、一九三一・九）、「探偵小説家は読者のまだ親しまない科学的知識を授けるやうなストーリーを使はなくてはならなくなる」のだから、「探偵小説家は科学の教育家にもなる」のは必然である（正木不如丘『生死無限』四條書房、一九三三・六）。不木が学知の啓蒙者としての役割を期待された背景には、そのような事情が伏在していたわけである。

このようなかたちで、一九二〇年代後半には自然科学の学術的知見が探偵小説論のなかに溶け込んでいくのだが、それは必ずしも平林が期待したような思惟の作法として受け止められたわけではなかった。実際、平林は探偵小説が隆盛を誇った一九二九年時点で「賑やかな外観の割合には、探偵小説の実質的な発達はそれ程眼ざましいものではなかつた」と嘆じており（前出「昭和四年の文壇の概観」）、徒らに「科学」を消費する「不健全派」の抬頭に警鐘を鳴らしている。かつて拙著でも述べたように[17]、こうした「科学」概念の多義性が、三〇年代以降に活発化する「科学小説」をめぐる噛み合わない議論の淵源ともなっていくのだが、本章ではそちらには踏み込まず、むしろその二重化された意味内容の振幅が、いわゆる「本格／変格」をめぐる一連の論争と交錯する有り様を瞥見しておきたい。

よく知られているように、一九二六年から二七年にかけて、探偵小説が「行詰り」の様相を呈していることが盛んに議論された[18]。そのような状況において、甲賀三郎は「探偵小説の不振」（『探偵趣味』一九二七・一〇）のなかで、「大胆に自由にどんな場面でも書くことが出来」て、また「非科学的であることが何等妨げをしない」という点で「大衆作家が羨ましい」と述べつつ、次のように議論を展開する。

尤も近来解決のない探偵小説が流行る。然し私の見地から云ふとあれば断じて探偵小説ではない。それは探偵小説を潜称するもので、本来は怪奇小説とか幻想小説とか云はるべきである探偵小説は飽くまで現実の問題で解決がなければならない。科学的な解決があると云ふのが探偵小説の一つの大きな特徴である。

ここで甲賀の言う「科学的な解決」という理屈が、諸々の科学知識を作中に援用し、怪奇趣味を導く表現効果の演出に特化したとき、「本格」と「変格」の作品様式は分裂する。そして、重要なのは『新青年』誌面に掲載される小説作品の趨勢が、確実に「解決のない探偵小説」（＝「変格探偵小説」）に成り代わっていたということである。次のような評言は、その典型的な好例であろう。

この頃流行の探偵小説殆んどが変格ものばかり、多種多様にわたるにはどうしてもこの変格でなければ駄目だ。人が殺された、物が盗まれた、探偵が出て推理で犯人を捉へる――。今更らこんなものばかりではつまらない。だから変格派大流行。

（E・M・N「探偵趣味」『探偵趣味』一九二六・一）

「本格」に比べて「変格」が持て囃された理由は幾つかあるだろうが、それはやはり「本格」が標榜する理知的な推論の作法が、概して同じような話型となりやすいものであり、ある程度までテンプレートが共有されたならば、やがて膠着状態に陥ってしまうと判断されていたことが大きいだろう。それは、平林の言う「論理」＝「科学」に則った探偵小説が、必然的に独創性を生みづらい文芸ジャンルとみなされていたことを意味してもいる。

事実、一九二〇年代の科学解説書は、より高い商業価値を獲得するために、最先端の学術的知見を披瀝する必要に迫られていくことになる。加えて、度々本書でも述べてきたように、同時代には理論物理学の分野で二〇世紀初頭に生じた革新運動が、本格的に日本の文壇・論壇に受容されつつあり、特にA・アインシュタインの〝特殊／一般相対性理論ブーム〟などを巻き起こしていた[19]。それらの学術的知見は、専門知とは異なる水準で、ある一定の教養を持つ人びとにとっての「知」のフロンティアとして、確かな存在感を発揮していくことになる。

金子明雄は、一九二六年から三一年前後にかけて「探偵小説読者の急速な広がり」が生じたことを指摘しつつ、「実質的な限定をなされない「一般読者階級」「大衆」「国民」を開拓の余地の残った未来の読者像とした通俗化路線が浮上するのも当然の成り行きである」と述べているが[20]、その事情は自然科学の領野でも同様であったと言えよう。拡大する出版ジャーナリズムの影響下において、「一般読者階級」のなかで訴求力を持つ科学知識の「通俗化」が、これまで以上に求められていた。一九二〇年代に『科学知識』や『科学画報』といった通俗科学雑誌が相次いで創刊されたことは前述の通りだが、ほかにも岩波書店から刊行された『大衆科学叢書』や、国民図書から刊行された『誰にもわかる科学全集』など、この時期には平易な説明によって科学知識の普及を推し進めるような書籍が広く世に問われつつあった。ただ、それらはいずれも「科学」の娯楽的側面を強く押し出したものであり、そこに「科学的、方法的な推理」を訓育する企図は見いだしがたい。言わば、不木と平林の「科学」概念の相違は、商業価値を持つ「科学」と持たない「科学」というかたちで分別され、特に大衆文化の市場では後者の「科学」概念が戦略的に切り捨てられつつあったのである。

併せて、ある事柄の〝新しさ〟を求める機運は、モダニズムの文芸思潮の特質をなすものでもあった。たとえば、龍膽寺雄は「科学による生活真理の発展は、日々活動して停止することを識らない」と述べたうえで、「モダアニズムの母胎は科学に他ならないのだ」と啖呵を切る(「モダアニズム文学論」『新文学研究』一九三一・四)。平林もまた「科学と機械とが近代生活の骨組みをつくるのであつて、一切のモダアニズムはそこから派出する」と宣言する(「芸術派とプロレタリア派と近代派と」『新潮』一九三〇・五)。目まぐるしく変動する「科学」的なものの新しさは、それ自体がモダニズムの文化運動と親和性を持っており、文学者たちと「科学」の交流を活性化させる新たな土壌を築いた。一九二九年、中村武羅夫は「近代的感覚」が「ますく鋭敏になり、知的方面に、ますく厖大して行く現代人」は「何か異常なこと、怪奇な事件でないと、好奇心を満たされなくなつて来てゐる」と述べているが(「現下文壇の諸相と諸作家」『文学時代』一九二九・七)、それは結果的に「科学」の発展と頽廃的な異常現象・怪奇現象の類を、商業価値を持つ〝新しさ〟という紐帯のもとで一層強く結びつけることにもなったのである。

そのような「科学」のあり方は、たとえば本章の冒頭で引用した乱歩の「科学」概念と、明らかに異なるものであろう。総じて、モダニズム文化の担い手たちが称揚した「科学」とは、探偵小説の存立機制を支えていた論理形式の譬喩ではなく、大衆の「好奇心」を惹起するための消費資源にほかならなかった。前節で示した「生命観」に関わる不木と平林の衝突は、そのような「科学」概念の振幅のなかで立ち顕われた事例だと言えよう。こうした「科学」の〝新しさ〟をめぐる言論の枠組みは、少しずつ意味合いを組み換えながら、「本格」から「変格」に至る探偵小説の流れと先鋭的な文芸思潮の行方を巧妙に交錯させていくことになる。

「商品としての近代小説」(『思想』一九二九・五)で「大衆文学」の「商業的価値」を重視し、また「現下文壇と探偵小説」(『文学時代』一九二九・七)などの論考で探偵小説の市場拡大を盛んに主張していた平林が、こうした〝新しさ〟のパラダイムに無頓着であったとは思われない[21]。ここでは詳述しないが、実際に平林の論説には、新しい科学知識や産業技術に関する言及も多くある[22]。しかし「科学的、方法的な推理」ではなく、個別の産業技術や科学知識の(「通俗化」した)〝新しさ〟を小説作品に導入することは、怪奇趣味に逸脱するような過激さを肯定することと紙一重であろう。それは、まさに時局において「本格」に対する「変格」の優位を導く大きな理由にもなるわけであり、この点において同時代の探偵小説と「科学」の結託もまた、より一義的な文芸ジャンルに収まりえない抜本的な再編を迫られていたのである。

おわりに

「本格探偵小説」が「行詰り」の様相を呈するなか、門戸を広げるようなかたちで「変格探偵小説」

が興隆していくという見取り図は、これまでにも多く指摘されてきた[23]。しかし、双方を架橋する方便として持ち出された「科学」概念の多義性は、いまだ充分な検討がなされているとは言えない。本章では、特に不木と平林の「科学」観に焦点を当てることで、その共時的な言論布置の一端を描き出すことを試みた[24]。

もちろん、探偵小説の変革については「雑誌新青年が、必ずしも探偵小説のみを以つて満足するものでな」く、「今後新青年はますく百貨店式にしてゆくつもりである」という横溝正史の提言に示されるように(「編輯局より」『新青年』一九二七・七)、『新青年』における編輯方針も多分に関係するだろう。また、本書で検討していくように、一九二〇年代後半の「科学」と文芸思潮の交錯は、特段に探偵小説の領野に限ったことではない。しかし、ともあれ如上に見てきたような「科学」概念の多様なニュアンスを検討することは、言わば学知の解釈学的な変容を導く場(トポス)として、上記の動向も含めた同時代の文学営為の総体を捉え返す端緒ともなるはずである。

少なくとも一九三〇年代、時勢は確実に平林の言う「知的満足」とは異なる方向に傾いていた。水谷準は探偵小説の系譜を論じた文章のなかで、不木について「読者にとつて一から十まで驚きであり、新しい発見なのである」と評価する一方で、平林の文学活動については「大衆を把握する力には欠けてゐた」と手厳しい(「探偵小説研究」『日本文学講座』第一四巻、山本三生編、改造社、一九三三・一一)。また、次章でも論じていくように、いわゆる「科学小説」の始祖と位置づけられる海野十三は、一九二八年から二九年にかけて『新青年』誌上に「科学小報」(佐野昌一名義、後に「科学新青年」と改題)というコラムを連載していたが、関井光男が述べるように、その内容は「科学の新学説を紹介するようなふりを見せて、そのアイデアの実現不可能な空想性を明らかにしていく」ものであり、[25]やはりここでも学知の過剰な逸脱が目論まれていた。そして一九三〇年代以降、実作を多く書き始めるようになると、海野は「読むに好ましく、書くに好ましくない本格探偵小説である」と述べ（「本格探偵小説観」『探偵文学』一九三五・七）、もはや「本格探偵小説」に対する創作熱を喪失していくことになる――。

探偵小説と「科学」の結束は、このようなかたちで次世代の書き手へと継承され、新たな展開を招き寄せることになった。こうした一連の文芸ジャンルの質的変容において、不木と平林の相違に集約されるような「科学」観の多義性が、看過できない役割を果たしていたことを本章では強調しておきたい。

第四章　発明のエチカ――海野十三の探偵／科学／軍事小説

はじめに

日本ＳＦの始祖として名を挙げられる海野十三は、その物語様式の開拓者としての功績は充分に認められつつも、具体的な小説作品の中味は稚拙なものとして度々批判されてきた。たとえば、海野の小説作品について、石川喬司は「科学的なアイデアをわかりやすいドラマに組立てる力はいちおうあるのだが、それ以上に出ない」と述べたうえで、「発想が第一段階だけにとどまって飛躍がなく、文学的にも未消化でキメの粗さが目立つ」と総評している。(1)秦敬一もまた、海野の仕事を「ＳＦの先駆者として昭和期における戦前、戦中を体現し、戦後が始まると同時にその役割を終えた」とまとめている。(2)

特に、一九四〇年代の海野は、みずから率先して国威発揚を志した小説作品を多く書き散らかしていたこともあり、その文業については概ね否定的な仕方で言及されることが多い。たとえば、中尾麻伊香は「科学技術力で圧倒的に負けていると知りながら、それでも日本が勝利するストーリーを描かねばならないという状況で、海野の作品では日本人の精神力が強調され、奇想天外なアイデアを用いた兵器や原始的な兵器によって日本が勝利するという作品が書かれるようになる」と述べ、その粗雑な作劇構造を同時代状況と結びつけて論じている[3]。時局の統治権力に迎合するかたちで、如実にプロパガンダ的な趣向を帯びつつあった戦時下の海野の小説作品については、ほぼ右に示した中尾の要約に言い尽くされているとも言えるだろう。

一方で、中尾の言う「奇想天外なアイデアを用いた兵器や原始的な兵器」を利用した創作営為の確立に至るまでの理路は、いま少し考察の余地があるのではないか。とりわけ留意すべきなのは、海野が探偵小説の書き手として自身のキャリアを確立させたにもかかわらず、一九三五年前後を境として「科学小説」という新興の文芸ジャンルを創設することに意欲的な姿勢を見せていく点である。一九三〇年代前半の海野は、諸々の論争や挫折を通じて自身の記述作法を模索している最中にあり、その過程で探偵小説と「科学」をめぐる他の同時代言説と衝突することになる。そのような衝突を通じて、海野は分かりやすく珍妙な科学的装置の「発明」を作中に描くことで、高尚な〝謎解き〟とは異なる興趣をもたらそうという方略を推し進めていく。しかし、それは図らずも戦時下の「軍事小説」的な話法への回路を導くものでもあった。

その意味で、前述したプロパガンダ的な趣向を持つ海野の小説作品は、その陳腐さを厳しく糾弾されるべきかもしれないが、そこにはまた、複数の文芸ジャンルを横断する場のなかで、絶えず自身の表現理念を変転させざるをえなかった作家の屈託が刻まれてもいる。本章では、こうした一連の流れを概観しつつ、海野の文業と「発明」という主題の関連を通時的に解き明かすことで、その可能性の深度を再考してみたいと思う。

一　探偵小説にとって「発明」とは何か

『文学時代』一九二九年七月号の誌上で開催された「探偵小説座談会」では、探偵小説が「科学」的であるべきか否かという論点をめぐって、激しい応酬が交わされた。座談会のなかで、甲賀三郎は「手段の方は出来るだけ科学的になりませうが、けれども、犯罪の手段が科学的だからと言つて、其の作が科学的とは言へない」と断りつつ、「探偵小説其の物が科学的だといふのは少し即断だらうと思ふ」と述べている。別の箇所では、佐々木俊郎が「科学の上で新しい発見がされて、若しくばされようとすると、探偵小説作家の知識なり空想なりが、そこ迄游いで行つて色々な新しいものを取り入れることが出来るぢやないでせうか」と問うたのに対して、大下宇陀児が「新しい発明などを入れるのは案外面白くない」と切り返す一幕も見られる。

如上に示されるように「探偵小説其の物」と「犯罪の手段」という「科学」の二面性は、広く探偵小説の存立機制をめぐる討議において幾度も噴出する論点であったが、大方は探偵小説という物語様式に対して、濫りに「新しい発明」の成果を導入することに懐疑的な意見が多かった。その背景には、笠井潔が指摘するように、広く「科学」の娯楽性が強調され過ぎてしまうことで、探偵小説を支える〝謎解き〟の要素自体が漂白されることの危機意識があったものと思われる。[4]

もともと、一九二〇年代の探偵小説をめぐる議論に顕われた「科学」が、幾つかの異なる意味を託された多義的な術語であったことは、既に前章でも指摘した通りだが、こうした「科学」概念の振幅は、一九三〇年代半ばの探偵小説論において再び旺盛に討究されていく。たとえば、九鬼澹は「探偵小説の科学性を論ず」（『ぷろふいる』一九三四・一〇）において「本質的に探偵小説が、科学的なものをその形式上に、多分に含んでゐるのに、此頃の創作が非常に科学的だと評判されてゐる」現状を挙げつつ、「それは何の為であらうかと考へてみると、科学の内容までもが、探偵小説の内容に程度の差はそれぞれの作者にあつても、移行してきてゐるからなのだ」と述べている。この論考において、九鬼は探偵小説における「科学」のあり方について、その意味合いが拡散していることに注意を促しつつも、最終的には「探偵小説が〔……〕科学的だと問題にされる一つの理由は、科学上の知識が探偵小説的興味の代りに、作品に活躍しすぎてゐる傾向にもよる」と指摘しており、やはり「科学上の知識」を安易に持ち出すことを戒めている。

同様の主張は、甲賀三郎の「探偵小説講話…第五講」（『ぷろふいる』一九三五・五）にも見いだされる。甲賀は、探偵小説の「推理」が「読者の常識の範囲内でなければならない」と述べたうえで、「もし専門知識が是非必要な場合は予めそれを説明しなければならぬ」と論じている。その導入を直ちに批判しているわけではないものの、甲賀が「専門知識」の濫用を快く思っていなかったことは明らかであり、それは「探偵小説講話…第十講」（『ぷろふいる』一九三五・一〇）において、「探偵小説に於ける推理といふのは、主としてトリックを看破る為に働かされるものであるが、それには〔……〕あまり読者の頭を労することなくして、推理が出来る事が肝要である」と念を押すように再論していることからも了解される。

しかし、他方で一九三〇年代に差し掛かると、多くの科学雑誌や解説書が巷間に流布していき、また具体的な産業技術の成果が市民社会に一段と普及することで、以前より科学的意匠を作中に持ち込むことが称揚されていく風潮も生まれつつあった。たとえば、川端勇男は「探偵小説がより以上大衆的な読物としての進出を目指して行く上にあつて〔……〕科学的取材は見逃し難いものだ」と指摘したうえで「科学の世界に生れ成長し、其処に思索し生活してゐる吾等がものするものに科学の姿がなく、また科学味すらのないものであったならば、どんなに淋しいか知れない」と述べている（「先端科学と探偵小説」『ぷろふいる』一九三六・六）。川端の言う「科学味」とは、まさに日常生活の次元に「先端科学」の恩恵が顕われ始めた時勢とも共鳴するものであり、ゆえに探偵小説への「新しい発明」の導入もまた、総じて肯定的に捉え返されていくことになる。

ただし、それは飽くまでも探偵小説という物語様式の内側で討議されるべき論点にほかならなかった。J・デュボアは、およそ「探偵小説というジャンルは、その誕生の時以来、実証主義的合理性に依拠し、科学による保証を進んで取り入れてきた」が、その「探偵が頼みとする一般法則 la grande Loi は、法 Droit に関するものであると同時に、知 Savoir に関するものでもある」と述べている。[5] つまり、ある種の「知」の質的変容によって、従来の〝謎解き〟を支える学術体系としての「一般法則」が揺動してしまうのだとすれば、新しい科学的意匠の援用もまた、本来は探偵小説の推理行為を成り立たせている「一般法則」――ここでは〝謎解き〟という営みに正当性を与える根拠――を再定位する契機となりえるはずである。

しかし、必ずしも戦前日本の探偵小説をめぐる一連の言論動向は、そのような仕方で科学的意匠の援用を捉えていない。前述した甲賀の議論は、犯罪の手段を徒に増やすものとして「専門知識」の導入を位置づけており、それは詰まるところ推理自体の純度を貶めてしまう夾雑物でしかありえなかった。また、大下宇陀児は「探偵小説不自然論」(『ぷろふいる』一九三五・一)のなかで、次のように述べている。

例へば、或る非常に奇抜な且つ複雑な方法で殺人が行はれるといふ探偵小説がある。方法が奇抜なだけ、読む途中は面白いが、最後に説明される殺人の動機を聞いて見ると、時にはその動機が甚だ不合理であることもあるし、動機が正当だとしても、その動機でなら、何もそれほど奇抜な複雑な殺人方法に依らないでもいゝ、もつと簡単に、夜道を歩いてゐるところを、背後からグサリとやつた方がよささうだと思はせられることもある、殺人行為と殺人動機と殺人方法と、ピツタリ一致した作品は、実のところさうザラにはない。

大下は、過度に「奇抜」な「殺人方法」について慎重に扱うべきだと主張しているが、それは前述した「新しい発明などを入れるのは案外面白くない」という発言と呼応していよう。ここで「新しい発明」は「殺人方法」の「奇抜」さを導く珍妙な技巧の一種として捉えられており、その点で甲賀の見解と緩やかな相同性が見いだされる。つまり「新しい発明」や科学的意匠を作中に導入することの是非は、従来の探偵小説という物語様式を補完しつつも、その推理の枠組みを「奇抜」さによって歪曲させてしまうものと受け止められていたのである。

海野自身もまた、少なくとも一九三五年前後までは新たな文芸ジャンルを設立しようというよりも、従来の探偵小説に関わる話法の拡張を志していた。「探偵小説管見」(『新青年』一九三四・一〇)では、「凡そ探偵趣味の入つてゐるものは全部これを探偵小説の名で呼んでいいのではないか」と述べており、自身の作風を探偵小説に準ずるものと位置づけていたことが了解される。この点について、横田順彌は「SF志向の強かった海野が、探偵小説作家として、〈新青年〉に登場したことは、ある意味では不運でもあった」と述べたうえで、「海野は変格探偵小説作家として位置づけられ、生前はついに、日本で最初の本格SF作家(当時は科学小説作家だが)としての位置づけをされることがなかった」と指摘している[6]。それは、同時に海野の創作営為における「新しい発明」の導入が、既存の探偵小説に対して有効性を持つか否かという尺度によって推し量られていたことを意味してもいよう。

次節では、そのあたりの文脈を踏まえつつ、幾つかの具体的な小説作品を検討してみたい。

二 『キド効果』の作意と挫折

海野が『新青年』に初めて発表した短篇『電気風呂の怪死事件』(一九二八・四)は、井神陽吉という男が銭湯で「近頃大流行の電気風呂」を利用する場面から幕を開ける。陽吉は、その「電気風呂」に足を入れるや否や「ピリ〳〵といやに強い感覚、頸動脈へドキンと大きい衝動が伝つ」てくるのだが、気にせず「肌にひろがる午前の冷気に追はれて、ザブンと一思ひに身を沈めた」。しかし、既に浴槽には夥しい電気が充満しており、それは彼の肉体を鋭く貫くことになる――。

「吁ッ！」

といふ叫びと共に、彼の体は再び湯の中に転倒してしまつた。全身に数千本の針を突き立てられたやうな刺戟、それは恰も、胃袋の辺に大穴が明いて、心臓へグザッと突入したやうな思ひだつた。指先は怪魚に喰ひつかれたやうな激痛を覚えた。

「た、救けて！　で、電気、電気だ。感電だ！」

ザアッと湯の波に抗つて、朱塗の仁王の如く物凄く突つ立つた陽吉が、声を限りに絶叫したとき、浴客ははじめて総立ちになつて振返つた。

この後の展開としては、女湯で凄惨な殺人事件が起こり、さらに不可思議な幾つかの状況が描かれた後、一連の出来事がある映像技師の倒錯的な欲望を引き金として生じたものであったことが突き止められる。言わば、謎の提示から解決に至る探偵小説の筋立ては、ここにおいて一応のところ機能しているが、しかし同作で海野の創作意欲は、そのような〝謎解き〟の興趣よりも、明らかに「感電」という科学現象の叙述へと注がれている。この点については、海野自身も後年に「感電死などを取り扱つても、その当時の読者には到底理解されないとは知つてゐたが、いづれそんなことは常識として理解される日がくることを信じ、なほかつ、理解されなければ大衆を理解するやうに引張り上げてやらうといふ頗る勇猛果敢な意気込みで、その六ヶ敷がられる科学を用ゐた」と回想しており(「僕の処女作」『探偵文学』一九三六・一〇)、新しい科学現象の啓蒙意図を『電気風呂の怪死事件』に込めていたことを明かしている。

また、同じく初期の短篇『電気看板の神経』(『新青年』一九三〇・四)では、冒頭で以下のような注意が喚起される。

これまでの日本人には大変科学知識が欠けてゐたし、今でも科学知識の摂取を非常に苦しがつてゐる。だが、若い日本人には、科学知識の豊富なものが随分と沢山できてきた。少年少女の理科知識に驚かされることが、しばしばある。若い男子や女子で、工場で科学器械のお守りをしながら飯を食つてゐるといふのがたいへん多くなつてきたやうだ。若い人々にとつて科学知識は武器である。彼等はなにか事があつたときに、その科学知識を善用もするであらうが、同時にまた悪用の魅力にも打ち勝つことができないであらう。実際彼等のあるものから見れば殺人なんて、それこそ赤ン坊の手をねぢるより楽なことなのだ。

『電気看板の神経』では、右の引用部の前後も含めて「科学知識の摂取」がどれほど犯罪方法の多様化をもたらすかということが、およそ作品全体の基調を逸脱させかねない分量で記述されている。そこには、新しい「科学知識」に対する海野のフェティッシュな情念が刻まれてもいるのだが、ともあれ本節の以下では、そのような新しい「科学知識」の体得がもたらす影響力の大きさが良くも悪くも象徴的に顕われた事例として、『キド効果』という短篇小説を検討してみたい。

『キド効果』は『新青年』一九三三年一月号で実施された「第二回懸賞読者採点」の候補作のひとつである。後年の海野は、この小説作品について以下のように述べている。

『キド効果』は「新青年」に書いた。これは作者として相当自信を持つて書いたものである。それも将来の科学小説の一つの型になるものだと思つてゐる。これが載つたのは或る年の新年号だつた。そのとき紙上に八篇ほどの小説が載り、そしてどの作品が一番よかつたかといふので、読者採点を募集した。その結果、この『キド効果』は断然一等になるかと思ひの外、断然ビリに落ちた。これには少なからず悲観したが、僕は今も尚この作について自信を持つてゐる。

（「作者の言葉」『地球盗難』ラヂオ科学社、一九三七・四）

引用に示されるように、海野自身は『キド効果』に高い自己評価を下していたにもかかわらず、実際には計八種の短篇小説のなかで「読者採点」は最下位であった。ここから、なぜ海野はこの小説作品を自賛したのか、またなぜ「読者採点」とのあいだに齟齬が生じたのかという問いが浮かんでくるだろう。

『キド効果』は、木戸博士という人物が、ある殺人事件に関する容疑者の心理測定を通じて、偶然にも「興奮曲線」という神経生理学的な電気現象を発見したことを助手に打ち明けるところから始まる。木戸博士曰く、それは「気狂いとしての素質のあるのを物語る興奮」であり、万人にその兆候が見いだされる以上「人間は誰人に限らず、発狂の素質を有す」という。木戸博士の研究成果は「Z・F・P誌」という実在するドイツの学会誌に掲載されたものであるという設定で、その学術的な正当性（本当らしさ）の記述に、作品前半の紙幅が多く費やされる。そして「遍く発狂的素質の潜在してゐることを指摘し、これをキド現象と名付けた」木戸博士の名声は高まり、「今や博士の心理物理学とでもいふべき学問は、世界開発の将来の鍵を握るものだとして、遽かに学界の注目の標的となっていく。

留意すべきなのは、作中の〝謎解き〟を支えているのが、普遍的な思惟の枠組みではなく、右に示した「心理物理学」という、多分に真実味を備えた「学問」の成果だったことであろう。もとより、心理現象を実証的に定量可能なものとして測定することを試みた精神物理学（psychophysics）の知見は、当時から多くの科学解説書などを通じて人びとに共有されていたものである。その意味で、たとえば作中で幾度も登場する「興奮曲線」の図像などは、出来が良いか悪いかは措くとして、こうした学識の忠実なパロディにほかならない。「探偵小説」における〝謎解き〟の根拠が、ある種の理知的な判断に求められることは無論だが、ここでは新たに理知的な判断を裏づける学術体系そのものが、実際の科学的意匠を借用するような仕方で創設され、その権威を前提とすることで、木戸博士の自信に充ちた推理が披瀝されていくことになる。そこに、海野は理科系の専門知を有する書き手――当時、海野は逓信省の電気試験所に勤務していた――としての矜持を込めていたとも言えるだろう。

しかし、この「キド現象」は、その後の助手の追試によって綻びが顕われていく。すなわち、元来

「博士には発狂の素質が潜在して」おり、実は「その発狂曲線が、博士の測定されるあらゆる実験結果の中に混入してゐた」こと、言い換えれば「木戸博士の身体に隠れてゐた発狂素質が、興奮曲線に誤りを混入させた」ことが明かされる。助手は「此の誤差混入の効果をわれ〳〵は「キド効果」と呼ぶことにしたい」と述べる。それは、自ずと「キド現象」という研究成果に依拠していた殺人事件の真相もまた、新たに再編されていくことを意味していよう。言わば、作中における学術体系のあり方が揺動することで、当の推理行為の前提もまた覆されてしまうわけである。

以上に述べてきたように、海野は『キド効果』において、読み手の「科学知識」に対する好奇の眼差しを刺戟するために、ある意味で〝謎解き〟を支える「知」の尺度自体を規定するような学術体系の創設を試みていた。ゆえに、作中で紹介される「心理物理学」という知的構想は、読み手に一定の真実味を喚起させるためにも、その具体的な中味を長々と書き記し、また図像などを通じて相応のリアリティを演出する必要があったわけだが、先述した「読者採点」の低さは、この時期の『新青年』読者たちが、海野の想定していたほどには「科学知識」自体に対する興味・関心が薄く、その更新によって殺人事件の真相が再定位されていくという筋立てにも、それほど惹かれていなかったことを物語っていよう。すなわち『キド効果』の作劇構造は、作中の推理行為を枠づける「科学知識」の導入という海野の創意が、その推理行為の根拠を破壊するほどに過剰な役割を与えられることで、明快な〝謎解き〟の悦びを期待していた読み手の期待を裏切ってしまったのだと言える。こうした方略が挫折したことで、以降の海野は作中において、より分かりやすい科学的意匠の導入を志していったものと思われる。

実際、この時期の海野は、自身の創作営為について手厳しい評価を受けている。たとえば、短篇『俘囚』（『新青年』一九三四・二）に関する九鬼澹の論評を引用しておきたい。

> （俘囚）はなつてない。こんな出鱈目な小説があるものかと僕は憤慨する。五十枚ばかりの作品を、海野氏は扱ひかねて、野呂間なテンポで通俗小説張りに、情人と有閑婦人の不義を書くかと思へば、俄然そゝくさとして矛盾した嘘つぱつ（ママ）を科学的に並べたてる、空想科学と云つた感じでは、探偵小説に不可欠な現実性に忽ち、突当つて、作品は得体の知れぬ莫迦莫迦しさを示さう。科学小説ならそれでよろしい。前章の緩慢なテンポ面を省略したまへ。犯罪小説にするつもりであつたら、僅か直径十五センチの送風管から、外科博士が人間の理想形体となつて、潜りこんでゆくなど抹殺するがよろしい。
>
> （「探偵月評」『ぷろふいる』一九三四・七）

ここでは『俘囚』の〝謎解き〟のお粗末さ（「極度の肉体整理」によって身体のサイズが縮んだというもの）を論難されているが、その際に注目すべきなのは、九鬼が「科学小説」という新興の文芸ジャンルを蔑視するかたちで「犯罪小説」＝「探偵小説」の品質を担保していたことである。「科学小説」なる文芸ジャンルを措定しつつ、それは飽くまで探偵小説よりも劣ったものであるという見方が前提となることで、海野の小説作品は、本来の探偵小説には比肩しえない二流の産物であるかのようにみなされていく。中島河太郎が指摘するように、『新青年』誌上で自身のキャリアを出発させた同時代の海野が、総じて「せいぜい科学と犯罪の結合を試みることで満足しなければならなかった」のだとすれば、[7]如上に見た『キド効果』の作劇構造もまた、良くも悪くも探偵小説の圏域のもとで、その成否の価値基準を測られていたと言えよう。

他方で、一九三五年あたりに差し掛かると、江戸川乱歩「日本探偵小説の多様性について」（『改造』一九三五・一〇）に見られるように、伝統的な「論理的探偵小説」とは趣向を異にするものの、一種の「トリック」の伸長を図る系譜のなかで海野の小説作品が改めて評価されることにもなった。このあたりから、海野は探偵小説の話法を拡げるのではなく、新たに「科学小説」という文芸ジャンルの地位向上を企てていく方向に活路を見いだしていったと思われる。では、それは具体的にどのようなものであったのだろうか。

三　探偵小説の「低級化」志向

単行本『火葬国風景』（春秋社、一九三五・七）の冒頭に付された「作者の言葉」において、海野は「標準型」の探偵小説の特徴を挙げたうえで、「出来るならこの程度のものを二三十拵へたいと思つてゐる」と述べつつも、他方で「私はこの標準型に固執しようといふのではなく〔……〕同時に奇想天外なる型の探偵小説も書いてみたいといふ熱情に燃えてゐる」と息巻いている。この序文では、前出『キド効果』も、こうした創作意図から執筆されたことが明かされるのだが、その狙いは一九三五年前後を境として多少の転遷が認められる。[8]以下、その立論のあり方を辿りなおしてみたい。

海野は、一九三五年前後から「本格探偵小説は読んで面白いが書いては一向面白くないものだ」と漏らしていく（「本格探偵小説観」『探偵文学』一九三五・七）。同論では、自身が乱歩のような「巧妙なる歯車仕掛けのやうな構想や複雑な聯立方程式を解いてゆくときのやうな推理」よりも、「寧ろ高等な電磁気理論などに於て至るところに発見されるものの方が、更に一層本格的であり複雑でありそして巧妙である」という見解が示される。こうした「本格探偵小説」への不信は、甲賀によって「どうも不親切だと思ふ」と非難され（「探偵小説講話…第九講」『ぷろふいる』一九三五・九）、海野と既存の探偵小説作家のあいだに一層の分断を招いたと思われる。

では、一九三五年前後の海野は探偵小説の活路を何処に求めていたのだろうか。たとえば「探偵作家ノート」（『新青年』一九三五・八）において、海野は「わが国では、本格ものがあまりもてはやされず、変格ものの方が人気がある」ことを確認しつつ、次のように述べている。

> またわが国の最も普通なる読者階級は、元気（ママ）この本格なるものが六ヶ敷すぎるといつてゐるを聞くが、つまり本格ものの消化力を持つてゐないことも素因の一つである。そこで本格を書く作家は、なるべく判りやすい本格ものを書かうとするのであるが、この結果、実に淡々たる味の作品ができあがつてしまふ。謎をやさしくすることは出来たかも知れないが、一向に面白くない。小説を読まうといふ大衆は、まづ面白さを欲する。ところが読んでみると、代数の解法を読むが如く、簿記帳をひつくりかへすやうな風な話では大いに失望してしまふのである。

ここで言う「面白さ」とは、推理の複雑さ・巧妙さよりも、より単純かつ明快な娯楽性を意味していると考えるべきだろう。前節で検討した『キド効果』などは、いわゆる〝謎解き〟の要素を枠づける演出装置として、「心理物理学」という真実味のある「学問」を導入していたわけだが、その企図が必ずしも『新青年』の読者たちに訴求力を持たなかったことで、海野は〝謎解き〟ではない「面白さ」と科学的意匠の接続を志していく。言い換えれば、「探偵小説に於ては〔……〕自然科学の本質を無視するやうなものであつてはならない」という方法意識は持続させつつも（「探偵小説論ノート」『ぷろふいる』一九三六・一）、その「自然科学」の内実は、いわゆる〝謎解き〟の興趣を盛り上げるものではなく、より娯楽性に富んだものへと再定位されていくのである。それは、次のような発想を導くことになる。

今僕が特に考慮を払つてゐることの一つは探偵小説といふものを、もつと面白く楽しく平易にすることだ。熊さん八さんも悦んで読んでくれるやうなものを出さなければいけないと思つてゐる。立川文庫が誰にも愛されたやうに、あれに倍して愛されるやうな探偵小説を出さなければいけない。それは探偵小説を思ひ切つて低級化することである。低級化などといふと、すぐ眉を顰めるやうぢやいけない。それがいゝ悪いは後のことにして、探偵小説は一度はそこまで行つてみなければならない。そこまで伸ばしてみる必要がある。
（「探偵小説を委縮させるな」『ぷろふいる』一九三六・五）

探偵小説を「低級化」させるべきという発想は、多くの論説や座談会でも示される。たとえば「明日の探偵小説を語る座談会」（『ぷろふいる』一九三七・一）では「取付き易い極めて簡単な言葉で以て、簡な謎単でその謎も非常に面白く明快に解けると云ふやうなもの」を書きたいと発言しつつ、具体的に「例へば講談乃至は新講談の筆致を以て沢山出す」ことの必要性を説いている。また、同号の『ぷろふいる』に掲載された論説「探偵小説の風下に立つ」でも、海野は今日の読み手が「推理」よりも「もつと何か簡単なモノ」を望んでいるはずだと述べている。こうした一連の主張を通じて、一九三五年前後の海野は、新しい文芸ジャンルの創設を志していくことになる。

その過程で、前述した探偵小説と「科学」の関係もまた、より明確に〝謎解き〟とは異なる志向を帯びていくようになる。佐野昌一名義（海野の本名）で発表された「今日の科学と探偵小説（一）」（『探偵春秋』一九三六・一二）では「今日の探偵作家は、文明利器の利用について、どうも不勉強のやうに思ふ」と苦言を呈しつつ、「若い者や少年たちにあつては、科学をたいへん勉強してゐるので、さういふ若い読者達にはこの時代錯誤が殊に気になるやうである」と述べている。一九三〇年代後半の海野は、いわゆる理論科学（science）ではなく「文明利器」（technology）を学ぶことを探偵小説の書き手たちに求めていくようになるのだが、それは明快な娯楽性を重視していく如上の方法意識と相即するものであろう。

海野が体系的な「科学小説」論としての「科学小説の作り方」（『無線と実験』一九三六・一～一二）を発表するのも同時期のことだが、そこには従来の探偵小説論から離脱を試みようという確かな意思が読み取られる。「科学小説の作り方」の趣旨は、既に趙薬羅によって丁寧に考究されており、詳細な検討は同論に譲るが[9]、そのなかでは海野の「科学小説」論が、従来の探偵小説論を包括的に再編したものだと指摘されている。ただ、前節でも確認したように、当時の海野が探偵小説の領野で高い評価を得られる兆しが無かったことを併せて考えてみると、やはり「科学小説の作り方」の執筆・発表は、一九三五年以降の海野の興味・関心が、もはや狭義の探偵小説的な話法に収まりえなくなっていたことを明瞭に示唆するものだと思われる。

しかし、その思想理念を体現した小説作品を、海野が納得のいくかたちで発表できたことは無かった。前出『地球盗難』の序文では「僕の本当に企図してゐるところの科学小説としては、まだ〳〵物足らぬ感がするから、本当の科学小説はいよ〳〵今後に書くぞといふ作者の意気ごみを示したい」と述べている。前出「明日の探偵小説を語る座談会」でも、先述した探偵小説への熱意を燃やす海野は、江戸川乱歩に「それは何か試みましたか」と問われると、「残念ながらそれを試みる機会を与へられて居りませぬので……」と躱していく。多くの論説や座談会で、来たるべき「科学小説」の可能性を熱弁しつつも、自身の創作営為において、その実践が試されるのは、後述するように「軍事小説」という領野に譲るしかなかったようである。

同時代評においても、たとえば「新しい科学小説の萌芽はかすかに感ぜられはする」ものの、「まだ従来の探偵的趣味をあまり脱してゐない」（橋本敬一「海野十三著　地球盗難」『科学ペン』一九三七・九）という指摘や、「日本の科学小説家は、海野十三氏でも、木々高太郎氏でも、多少とも本格的なのは、いづれもディレッタントであり、余戯の領域を出ないのと、未だ科学小説の愛読者が低級なために底を意識して書いてゐるらしいのとで、その作品は思はしくない」（池島重信「科学と文芸」『科学主義工業』一九三八・六）という指摘が見られる。探偵小説として一九三五年前後までに発表された海野の小説作品は、総じて科学小説という括り方で単行本に採録されることで、それらは「科学小説」という文芸ジャンルの先駆として、むしろ探偵小説家たちの外部で親しまれていくのだが、他方でそれらは未だ「余技の領域を出ない」感があり、さらなる躍進が自他ともに求められていたことが窺われる。

本節の論旨をまとめておこう。探偵小説の領域拡張を図った『キド効果』の挫折を受けて、海野は従来の探偵小説観からすると「低級」だとしても、より「講談乃至は新講談」のような魅力を含み込んだ「科学小説」という新しい文芸ジャンルの設立に意欲的になっていく[10]。しかし、そこに「軍事小説」との親近性も顕われていくわけであり、次節ではその行方を検討しておきたい。

四 「発明報国」の時代

横田順彌は「昭和一六年十二月、あのいまわしい大東亜戦争がはじまると、科学小説は未来兵器や超高性能爆弾を容易に登場させることができるという立場上、必然的に戦意高揚、軍PRのための軍事小説に利用されはじめ」たと述べている[11]。一九四〇年代における戦意高揚の機運と、新しい文芸ジャンルとして「科学小説」を捉えようとしていた海野の創作営為は、皮肉にも「軍事小説」の興隆という仕方で結びつくことになる。

ただ、実際のところ新奇な軍事兵器によって読み手の興味・関心を惹起する海野の目論見は、狭義の探偵小説とは異なる領野で早くから試みられていた。単行本『防空小説　爆撃下の帝都』(博文館、一九三二・一二）の「自序」において、海野は「帝都が空襲をうけたならば、どんなになるかといふことを小説に書いて貰いたい」といふ注文を編集者から受け、「即座に火のやうな創作熱をあふられてしまつた」と述べている。ほかにも『熱血小説　太平洋雷撃艦隊』（『少年倶楽部』一九三三・五）など、海野は帝国海軍の大艦隊が登場・活躍する小説作品を、主に児童向けの雑誌で断続的に執筆していた。

中島河太郎は、海野が「華々しく科学小説の独立宣言」をするより「次代に夢を託して、少年向きの作品にいそしんだ」ことを指摘し、その理由として「大人物で新兵器や新発明を語っても相手にされないが、少年物なら奇抜な空想であればあるほど、かれらは喜んでくれた」と述べている[12]。実際、海野の「少年物」に対する接近は、総じて科学的意匠――前述のように、ここでは「文明利器」全般のことを指している――を作中に導入させやすいという理由に拠っていたことは疑いない。それは、海野自身の「科学小説」観と時勢のあり方が、ある意味で不幸なかたちで結びついてしまったことの証しでもあろう。

日中戦争の開戦前後から、海野は「国防」の重要性を強調し、自身が「軍事小説」の書き手であることを盛んに主張していくようになる。「竹陵亭放談」（『月刊探偵』一九三六・七）では「僕は今、新スパイ小説に深い関心をもつてゐる」と明かし、「少し科学的で六ヶ敷いかも知れないが、事実それが出来ることであれば世人は難解な点を辛抱しても読者は読んでくれやしないかと思ふ」と述べている。また、単行本『東京要塞』（ラヂオ科学社、一九三八・四）の「作者の言葉」において「世間では、どの軍事小説も、戦争を扱つたといふだけのみな一様のものであると簡単に考へてゐるやうであるが、僕はさうは思はない」と主張しているほか、単行本『東京空爆』（ラヂオ科学社、一九三八・九）の「作者の言葉」でも「軍事小説の材料なら、幸ひにもまだまだ沢山僕の脳中にある」と述べている。海野は「軍事小説」にも、前述した「講談乃至は新講談」のような魅力を託しており、児童向けに発表された小説作品も、たとえば『軍事小説　浮かぶ飛行島』（『少年倶楽部』一九三八・一～一二）など、従来と同じような構成でありながら、次第に「軍事小説」と題されていくようになる。

こうした作意を支えていたのが、奇しくも「発明」という営みであった。同時期の座談会では、戦時下において有用性を獲得するであろう諸々の軍事兵器を先んじて「発明」したり、作中に書き込んだりしていることを明かしている。たとえば「代用品中心に今後の発明を語る会」（『科学画報』一九三八・一〇）では、飽くまで「私だけの考」としつつも「殺人光線、怪力線といふものは主に今超短波なんかでやつて居りますけれども、それ等に似たやうなものに変成し得るのぢやないかと思ひますね」と持論を展開している。同様に「航空新世紀座談会」（『新青年』一九四〇・一〇）でも「サイクロトロン」や「宇宙線」の実現可能性を熱弁する海野に対して、記者が「貴方はもうそれを小説に使つたね（笑声）」と茶化している。[13]

実作においても、来たるべき戦局での活用可能性を探りながら、海野は軍事産業を中心とした科学的装置の「発明」を盛んに作中に導入していくことになる。[14]それは、たとえば「新しい軍事と科学の知識をひろめるために書かれた軍事物語」と謳われる『熱血軍事小説　太平洋魔城』（『少年倶楽部』一九三九・一～一二、先の引用は一二月号に掲載された単行本発売の広告に記されたもの）の末尾で「正義の国日本が、今までにない科学兵器を発明すること」の重要性が説かれるように、良くも悪くも先端的な「科学兵器」を通じた国力増強という目的意識に貫かれてもいた。

そこには「発明報国」をめぐる共時的な言論動向が投射されてもいるだろう。日中戦争の開戦を経て「今や国を挙げて興亜の大業に参画し、一方に於ては発明報国とか智的資源総動員とかいふ事が頻りに叫ばれてゐる」といった類の主張が顕われる（XYZ生「発明報国と実用価値の問題」『発明』一九三九・七）。以下、その典型なものを幾つか挙げておくと、「時局柄民間の発明家もその方に動員致しまして「発明報国」の実を挙げ聖戦の目的達成の一翼としたい」云々（土岐章ほか「戦争と民間発明を語る座談会」『発明』一九四一・一）、「発明家に対しても何かと示唆を与へて「発明報国」の実を挙げて戴きたい」云々（土岐章ほか「新体制と発明界を語る座談会」『発明』一九四一・三）、「国民がその総力を挙げて聖戦の目的達成に邁進してゐる秋、独り発明家のみ国策と游離した個人の夢を弄び、或は私益追求を事とし、晏如たることは到底許されない」云々（佐治克巳「『国民』としての発明家」『発明』一九四二・三）、「科学技術に於ても亦発明考察に於ても、我々は国民たり、東洋人たり、世界人たらねばならぬ」云々（無署名「発明翼賛の実を挙げよ」『発明』一九四三・一）、「戦線将兵の敢闘不抜の精神こそ戦闘勝敗の最大要件たるには相違ないが、兵器特に新鋭兵器の量と質とが戦争勝敗の一要因たることは否めない事実であつて、爰に新兵器創造と発明の決戦的動員とが問題となる」云々（神保辨吉「発明の戦力化」『技術評論』一九四三・一〇）、「今日においては、胚種たる優秀卓抜な創意著想の出現こそ国家が最も待望して止まないものといへよう」（無署名「創意発明の戦闘である」『学生の科学』一九四三・一二）など、広く「発明」という営みが国策に貢献するものとして、同時代論壇のなかで重視されていくようになる。

こうした「発明報国」の流れに「文学」もまた動員される。たとえば『技術評論』一九四三年一〇月号では「「科学技術文芸賞」作品募集」が告知され、「あらゆる方途を講じて科学技術の国民各層への急速なる滲透を図らねばならぬが、就中文芸の卓越せる啓蒙普及力を最大限度に活用する事の最も効果的なる事は大東亜戦争に於ける陸海軍報道班員の活躍に徴するも自明であらう」と説かれる（ただし、実際の投稿作品が誌面に載ることはなかった）。同号では、実業家の有馬頼寧が「科学技術と文芸」という論説を寄せており、そこでは「文芸、更にそれを拡めてはあらゆる芸術即ち映画、音楽、演劇、絵画等一切のものが、国民大衆を引付け魅了するその力を極度に利用し活用することによつて、国民大衆の科学技術に対する智識と関心を持たしめることは極めて当然のことであり、又必要な事と思ふ」といった主張が展開される。ここにおいて、戦局に有効な「科学技術」の啓蒙手段として「文学」の存在価値が定立されることにもなり、また如上の「文学」観が共有されていくなかで、一九三〇年代から盛んに新奇な科学的意匠の「発明」を描いてきた海野の創作営為が、一層のこと同時代のなかで重宝されていくような土壌が形成されていったものと思われる。

もとより、以上に見てきた「発明報国」をめぐる言論布置の形成には、海野自身も積極的に加担していた。一九四一年、海洋知識の普及を目指し、作家と帝国海軍との交流を促す国防団体「くろがね会」を大下宇陀児とともに結成するほか、太平洋戦争の開戦後には、海軍報道班として軍艦「青葉」に搭乗し、その体験を日記や小説作品に書き残している[15]。海野が帝国海軍に関わる戦果報道の旗振り役として献身したのは、自身が先端的な軍事兵器への深い見識を持つという矜持があったからであろう。「科学技術者抜きの科学技術振興事業」（『技術評論』一九四三・一二）などで、海野は「科学技術の普及振興」について、単なる人文系知識人よりも深い専門知の担い手が先導すべきであると主張する。ここに、海野は自身の活躍の場を見いだしたわけであり、同時に一九三〇年代を通じて模索されていた新しい文芸ジャンルの創設という企ては、時局において「発明報国」という価値規範に絡め取られてしまうことになる。

実際、一九四〇年代を通じて、海野の小説作品には危ういナショナリズムの発現が書き込まれていく。『科学未来戦　地球要塞』（『譚海』一九四〇・八〜一九四一・一二）では、目まぐるしい「世界情勢」の急激な変化に際して、主人公は「しばし静思をしたが、そのとき忽然として、脳底にうかび上つたのは、祖国日本の安否であつた」と記される。「愛国」と「科学」が結びついた題名を持つ『愛国科学小説　怪鳥艇』（『少年倶楽部』一九四一・一〜一二）も「私は、祖国日本のために、命をなげ出して大いに働きますよ」という勇ましい宣言で結ばれる。同作には「怪鳥艇について」（『少年倶楽部』一九四一・一）という自作解説が付されるが、そのなかで海野は「やまと魂をもつた日本人が、科学の力を利用したら、どんなえらい働きをするか」という作意を表明しており、ここに「愛国」と「科学」を架橋するだけの強引な理屈が導かれることにもなる。[16]

尤も、一九四三年に連載された『軍事小説　栗水兵戦記』（『少年倶楽部』一九四三・一〜一二）は「このつぎは、なにがなんでも、ニューヨークの沖合までいつて、そこから米本土へ、砲弾を五千発ばかりたたきこむのだ」という「帝国海軍の勇士たち」の発言によって幕を閉じるが、ここに至ると、もはや作中に「科学」や「発明」への明示的な言及は読み取れない。実際、戦局が劣勢に差し掛かると「戦ふ海軍部隊——戦場に見る日本精神」（『経済マガジン』一九四三・一）など、海野の論説には「科学」よりも「日本精神」という文言が前面に躍り出ることになり、また「文学の上においても海洋国家的大東亜共栄圏的尺度の大文学の発見と創造とに懸命の努力を傾ける覚悟である」というように(「戦友こゝに団結す　海軍報道班文学挺身隊の結成」『読売新聞』一九四三・一二・一五朝刊)、より類型的な国威発揚としての性格を強めていく。[17]

こうした「科学」の要素が徐々に喪失していく「祖国日本」へのナイーヴな情念と、理知的なものの見方を欠いた「日本精神」への近接は、紛れもなく海野の文学活動の陰画を形成していよう。それは、かつて二流のものと軽視されていた珍奇な「発明」に関わる文学的想像力を、時局の社会的有用性と安易に結びつけてしまったことの不幸な帰結であったとも言える。

ただ、そのような事情を踏まえつつも、海野の書き記したテクストが、今日もなお明確に読みなおすだけの価値があることは最後に強調しておきたい。そこには、ある一人の小説家が、複数の表現領域を巧みに横断していくなかで、結果として大政翼賛的な政治イデオロギーに逢着するまでの紆余曲折が刻まれているからである。少なくとも、娯楽文化の担い手を自認する海野が新たな文芸ジャンル創設のために志した創作倫理の枠組みは、そこに繰り込まれざるを得なかった政治的位相を含み入れるかたちで、より同時代文脈との緊張関係のなかで理解されるべきものであろう。[18] そのような観点から、個々の小説作品の粗雑さを単に論難するのではなく、一九三〇年代後半から四〇年代に至る海野の文業を、立体的に捉え返すような契機もまた見いだされていくはずである。

おわりに

鳥越信は「きびしい言論統制の下におかれるようになった」状況下のもと、海野にとっては「一切の空想も想像も虚構も観念も卑小化した時点で、SFは唯一残されたそれへの窓口だった」と述べている。[19]海野の創作活動において、SFという文芸ジャンルが持った訴求力の大きさは論を俟たない。実際、戦後に活躍したSF小説家や漫画家の多く(小松左京・手塚治虫など)が、少年時代に海野の小説作品に触れたことを回想している。[20]

しかし、SF(あるいは「科学小説」)的な想像力は、突如として独自に顕われたわけではなく、特にその黎明期においては、同時代に覇権を誇った探偵小説に対する屈託を忍ばせていた。海野の作家活動は、この屈託と折り合いをつけていく軌跡だったのであり、珍奇な「発明」の数々も、新しい文芸ジャンルを模索する過程で招来されたものである。

もとより、こうした「発明」によって生み出された「文明利器」は、それ自体が総じて戦禍の歴史と表裏一体であり、ゆえに「発明」を描いた物語文化には、自ずと陰の側面が付きまとう。この点について、池田浩士は次のように述べている。

日本のSFは、ゆたかな未来、自由で開放された未来を夢みようとするとき、戦争と侵略のイデオロギーと直結するような空想の翼しか身につけることができなかった、という歴史をもっているのである。日本SF小説の歴史がおちいったこの隘路は、個々の作家たちの戦争協力や侵略加担の責任を問うことによって清算されるようなものではない。科学技術を軍事面でしか未来像と結びつけることができなかった作家たちの想像力の貧しさを批判することによっても、あるいは、軍事利用にせよ平和利用にせよそもそも科学技術の開発にもっぱら未来を託すような思想は誤りであった、といまの時点と観点から後ればせに指摘することによっても、この隘路から真に抜け出ることはできない。SF的な小説形式を、富国強兵路線とのちの大東亜共栄圏とのつながりで展開せざるをえなかったことは、個々の作家の責任や資質の問題にとどまらない要素をもっている。[21]

戦前／戦後を跨いで興隆した「SF的な小説形式」が、その内に「戦争と侵略のイデオロギー」を胚胎させていたとすれば、そこに海野の文筆活動が果たした功罪を見極める作業が重要であることは疑いない。他方で、その創作営為を、ある特定の「イデオロギー」に加担したか否かという尺度で判定するのではなく、多様な文芸ジャンルが鬩ぎ合う錯綜体のなかに置きなおしてみることで、その潜勢力の在り処を再考することもまた可能であろう。本章では、そのような企ての端緒として、海野の文業を通時的に整理し、その記述作法のあり方を、縷々と転遷を遂げてきたものとして動態的に問いなおすことを試みた。

第五章　科学者・統治権力・文芸批評——戦時下の科学振興と戸坂潤

はじめに

一九三〇年代の戸坂潤は、同時代の非合理主義的な政治体制と、そこに従属する人文・社会系知識人たちの言論営為を総じて「文学主義」と呼び、そのような時勢に抵抗するための思考の足場を「科学的精神」という概念に求めようとした——。従来、戸坂の仕事は右のように概括されている。たとえば林淑美は、戸坂の批評活動を「日本人のナショナリズムを刺戟して歴史を非歴史化する復古主義的なイデオロギーに対抗するために、科学的精神をもって思考に撚りをかけるための実践的な処方を示した」と要約している(1)。こうした評価のあり方に、さしあたり理知的な判断能力を重視する合理主義者としての戸坂像の典型が読み取られよう。

そのような戸坂像は決して誤っているわけではない。しかし、実際のところ一九三〇年代後半の統治権力は、率先して人文・社会系知識人たちに「科学」的な〝正しさ〟を語らせていたのであり、むしろ合理主義的な論調の高まりを積極的に讃えてすらもいた。この点について、A・モーアは「戦時日本の技術的想像力が代表するファシズム的イデオロギーとは、精神主義や超国家主義の文化に訴えかけることをもっぱらとする神がかり的なものだけでなく、近代性・合理性といった馴染みのある比喩を用いる形態のものでもあった」と述べている。[2] いわゆるテクノファシズムと形容される政治体制が擡頭するなかで、この時期の統治権力は、諸々の科学振興政策を積極的に打ち出していった。[3] 戦時下において「科学」を理解し、諸々の政治判断に「科学」的な根拠を与えることは、何より帝国規模の重要な思想的課題として共有されていたのである。

それは、人びとの「足下の現実を掴むべき機能」を有した「科学的精神」という戸坂の着想が、ある意味で統治権力の側に簒奪され、企図しないかたちで実現されてしまったということなのだろうか（「科学的精神とは何か——日本文化論に及ぶ」『唯物論研究』一九三七・四）。しかし、戸坂は「日本の政府が自然科学の奨励には最近相当に熱心であることを忘れてはならぬ」と幾度も述べており（「文化の危機とは何か」、ただし初出未詳のため、引用は『世界の一環としての日本』〔白揚社、一九三七・四〕に拠る）、科学振興の機運が帝国日本に協働するものであることを的確に見抜いてもいた。こうした同時代の「科学」論に介在していた統治権力との緊張関係を考慮しないままに、戸坂の問題意識の共時的な奥行きを考えることはできないと思われる。

戸坂に関する従来の先行研究では、その文業全体を俯瞰するような体系的著作が刊行されなかったこともあり、主に種々の概念の内的整合性をどう理解するかという観点から検討されることが多かった。もとより、戸坂の方法意識を通時的に捉え、その論理的強度を探ることは重要である。しかし、一方で同時代状況と接続することによって改めて明らかとなる批評的射程もあるだろう。特に、以下の論述で明らかにしていくように、一九三〇年代を通じた戸坂の論説の多くは、陰に陽に同時代の科学ジャーナリズムの動向を見据えて執筆されたものであった。本章では、一九三五年前後の戸坂の批評活動が、戦時下における職業科学者と政治体制の結託を警告するものであったことを指摘したうえで、そのような状況下において、なおも統治権力による科学振興とは異なる方途に「科学的精神」の可能性を探るために、戸坂が文芸批評という営みへの積極的な参入を志していたことを確かめたい。

一　職業科学者の社会参画

まずは考察の前提となる同時代の言論状況について、既存の科学史の研究成果に若干の修正を挟みながら、やや詳しく追っておこう。廣重徹は「一九四〇年秋から一九四一年前半にかけては、ジャーナリズムの上でこれまでになく科学技術論議のさかんな時期であった」ものの、一九三〇年代の半ば時点では「科学者はこのころ一般的に、政治的・社会的な動きにたいしてあまり関心を示したようすがない」と評している。[4] しかし、本節で検討していくように、科学者共同体による社会参画の志が高まり始めるのは一九三〇年代前半まで遡ることができ、この時期の職業科学者の公共意識の変容にこそ、戦時下の旺盛な「科学技術論議」の直截的な淵源があったものと思われる。以下では、一九三〇年代の半ばまでに、職業科学者の意見表明が言論界で特有の需要を持ち始めたことを確認しておきたい。

かつて象牙の塔に閉じ籠り、専門知に特化していることが望ましいとされてきた職業科学者たちは、おおよそ昭和改元あたりを境として、その研究成果を積極的に市民社会の場に還元していく必要に迫られることになった。辻哲夫は、一九二〇年代以後、徐々に「科学の論理や方法に対する文化的関心が高まるにつれ、科学の専門的な理論内容を啓蒙的に解説し、民衆の科学知識水準をひきあげようとする努力も活発化」したと述べている[5]。結果として、これまでになく職業科学者が学界に留まらず同時代論壇に参入することが強く奨励されていくようになる[6]。

事実、一九三〇年前後には、しばしば「科学者も亦これまでのような超然主義乃至高踏主義を持していては駄目である」ことが指摘されている（西村真琴「ヂャーナリズムと科学」『綜合ヂャーナリズム講座』第四巻、内外社、一九三一・一）。こうした指摘に呼応するようなかたちで、石原純や竹内時男といったアカデミックな学術教育を受けてきた理科系知識人たちが、新聞や総合雑誌などの各種メディアに頻繁に登場するようになった[7]。既に本書でも述べたように、一九二〇年代前半には『科学知識』や『科学画報』など、大衆向けの科学雑誌が続々と創刊されており、また『探偵趣味』や『新青年』など探偵小説を扱った雑誌には、小酒井不木や正木不如丘など生理学者・医学者の科学随筆が精力的に掲載されていたほか、一九三一年には岩波書店が、職業科学者の寄稿が中心となる初の商業雑誌『科学』を刊行することになる。そのような職業科学者の言論活動に特有の商品価値を与えようとする出版業界の企てが、良くも悪くも特権的な職能集団として市民生活から隔たった状況に置かれていた職業科学者たちの自己認識を、大きく変容させる契機となっていたものと思われる。

ひとつの術語を考察の端緒としてみたい。一九二四年、姉崎正治は「科学者の人生観」(『東京朝日新聞』一九二四・七・二五〜二七朝刊)という随筆を発表するが、そのなかで「理科学者の中で汎く人生の事を考へる人で、或は人生観を組織し、或は社会改革の方策を提唱し、又之を実行せうとする人が段々に増して来た」ことを言祝いでいる。ここで論じられているのは、近来の職業科学者たちが、特定の研究機関に従事する専門職に留まらず、ある深い洞察能力に秀でた知的思索の担い手としての社会的役割を発揮し始めたということである。「人生観」という術語と職業科学者の関わりは、石原純『科学と人生』(興学会出版部、一九二六・二)あたりを嚆矢として、この時期の言論空間で散見されるものであった。

そのような職業科学者の造型は、たとえば一九三〇年代には「科学的知識に依つて開かれた高尚な人生観が新時代の興味を喚起するでありませう」(田制佐重『科学者を通して科学の精神を語る』文教書院、一九三一・五)という評言や「卓抜な幾多の自然科学者達が色々の機会を通して屡々自己の懐く世界観、人生観を表現してゐるのが目立つてゐる」(菅井準一「自然科学者の人生観——特にプランクの自由意志論を中心として」『理想』一九三六・一一)という評言へと転じ、さらに後年には「科学者と雖も人たる以上は、人たるに相応しい人生観を持たなければならず、其人生観と調和一致する世界観を持たなければならない」といった橋田邦彦の主張に継承される(「科学者の態度」『科学ペン』一九三八・一〇)。周知のように、橋田は後に文部大臣も務めた生理学者であり、教学刷新にも意欲的な姿勢を示していた。高尚な人格性を持つ職業科学者たちは、科学立国を志す橋田にとって重要な人材源であり、ゆえに橋田は、巷間の職業科学者にも知識階級として相応しい「人生活動」を求めていくことになる（『行としての科学』文部省思想局、一九三七・二）。

上記のような科学者像の確立は、先述の雑誌『科学』において、職業科学者たちの社会参画が、当の職業科学者自身によって叫ばれ始めたこととも相即している。たとえば、ある巻頭言には「科学者と雖も、社会的イデオロギーを有せねばならないであらうし、又単なる科学研究の機械であるよりもより多く人間であらねばならなかった」とある（無署名「科学の精神的寄与」一九三二・一一）。別の巻頭言でも「科学者が自己の専門の城廓に籠居して平和な研究に従事し得たのは過去の夢」であり、ゆえに今日は「科学人も亦政治的経済的諸関係について全く無関心ではあり得ない」ことが主張される（S・Y「科学と政治」一九三四・五）。

ここから、非常時に際して「真に要せられるものは最早口舌の雄でもなく、暴虎馮河の勇でもなく、冷静透徹の科学者でなければならない」ことが説かれ（Y・S「科学時事言」一九三三・三）、ある社会状況に対して適切な洞察能力を持つことが、科学者共同体の内側から求められていくようになる。一九三五年一一月号の巻頭言では、ナチスの政策に同調したドイツの職業科学者を引き合いに「研究室内に閉じ籠る科学者」の「政治的経済的無関心」が非難され、「優れた科学者の言葉故に一般大衆を動かす効果の甚だ大きい」にもかかわらず、今日の職業科学者たちが「現在の政治形態に対する真の〝科学的〟態度を欠」いていることに注意が喚起される（M・E「科学者の政治的見解」）。以降、職業科学者が「科学的」であることによって「政治形態」にも何らかの価値判断を持つことができるはずだという共通信念が、より鮮明に『科学』誌上で打ち出されていく。

こうした職業科学者による社会参画への関心の高まりは、たとえば「我々は技術家及び科学者に対しても、特に現代の世界観的危機に確信を以て正しく処して行くに当つて、何等かの立場——或は職業哲学——を把持することを要求しなければならない」という提言に見られるように（田中耕太郎「技術家及び科学者と立場」『改造』一九三八・一）、専門知を有する職能集団としての矜持に結びつく一方で、逆に専門知に閉じ籠ることを批判するような主張の母胎ともなりえていた。唯物論研究会の発起人の一人として、主に左派論壇で強い影響力を担っていた数学教育家の小倉金之助は、「専門的畸形化」に陥らずに「日本文化のため、日本科学のため、今こそ良心ある自然科学者の立つべき時である」と述べており（「自然科学者の任務」『中央公論』一九三六・一二）、専門分野を超脱して自身の見解を発信していくことが、広義の「科学」に携わる左派系知識人たちの側からも積極的に喧伝されていたことが窺われる。しかし一方で、こうした主張は、同じく左派系の論客として知られた科学史家の岡邦雄が「仮に自分の専門があるとして、専門のことは相当深くつつこんで知つてゐるが、ちよつと専門外に出ると何も知らぬといふやうなことが、多くの科学者や技術者をファッショ化して行く」と苦言を呈していたように（「知識階級を語る」『行動』一九三四・一二）、思想動員を目論む統治権力の思惑にも容易に迎合するものであった。

その典型として、ここでは石原純の文章を参照しておこう。本書の第一章でも言及したように、恋愛事件によるアカデミズムからの失職という個人的な来歴もあって、石原は旺盛な言論活動を展開した最初期の科学ジャーナリストとして名高いが、特に一九三〇年代の半ば以降は、個別の科学知識の解説だけでなく、職業科学者のあるべき振る舞いについても多く発言していた。そのひとつを引用しておきたい。

現在ではジャーナリズムの真個の価値が科学者の間に多少とも認められ出したのは事実であり、そして実際に多数の科学者がこれがために動員せられつゝある。ジャーナリズムは単に俗悪なものとして卑下すべきではなく、それの健全な発達は社会にとつては極めて有意義のものである。他方で科学者の側から見るならば、その専門的研究は固より彼等の重大な本務であるに相違ないが、それももはや旧時の学究的態度を保守し、徒らに自ら高しとするやうな偏執に陥つてはならない。近頃では頻に時局認識と云ふことが問題とせられてゐるが、すべての国家社会の異常にも多難な時機に際していかなる専門学者といへども彼等が属する国家民族のために働くべきことを自覚しないわけにはゆかない。まして彼等にとつて絶対に必要とせられる多大な研究設備と費用とはこれを国家若くは社会の理解ある同意に仰ぐことなしには、一歩も進むことのできない事情に置かれてゐる。（「科学とジャーナリズム（3）」『東京朝日新聞』一九三六・五・二五朝刊）

引用文の前半で、石原は職業科学者が専門知に関わる狭義の学術業界だけでなく、ジャーナリズムの現場でも精力的に発言していくことを強く奨励している。それは、一九三〇年代前半から興隆していた職業科学者の公共意識をめぐる議論を、同時代論壇への参入という仕方で、より具体的に引き受けたものだと言えよう。ただし同時に、後半ではそのような公共意識の高まりが「国家民族のために働くべきこと」と重ね合わされていることも見逃してはならない。もとより、それは石原自身の企図というよりも、時代情勢がそのように書かせたのかもしれないが[8]、職業科学者の社会的自覚と「国家民族のため」という大義は、本章の第三節でも後述するように、戦時下において如実に結託を見せ始めることになる。

ここにおいて、まさに「これまでの科学者といふものは象牙の塔に閉ぢ籠つて外へ出なかつた」ことが批判的に回顧されるような時代状況が到来したのであり（宮島幹之助「科学者新春清談会」『文藝春秋』一九三六・二）、この時期の新聞や総合雑誌では、次々と職業科学者を招集し、自然科学に関する数々の特集を組み始めていく[9]。「一体に最近一般大衆、従つてジャーナリズムの科学知識に対する要望、少くも科学者の言葉や、科学的記事に対する関心が高まつて来たことは事実である」云々（岡邦雄「科学者とペン」『セルパン』一九三六・五）、あるいは「科学者の社会的関心が積極的になつた一つの表現として、一般のジャーナリズムの上での科学者の文筆活動の旺になつたことが挙げられてゐる」云々（中條百合子「作家のみた科学者の文学的活動」『科学ペン』一九三七・一〇）といった評言が、そのような言論動向の変化を裏づけるものとなっていよう。さしあたり、さまざまな社会的事柄に対して精力的に自身の見解を発信することが奨励される科学者像が、一九三〇年代半ばの論壇で本格的に確立されたのだと言える。

二　戸坂潤と科学ジャーナリズム

ここまで「科学が、これまでのやうに産業の上だけでなく、人心開発のために何かの役をするやうにいま人々の期待を受けてゐる」時代状況を整理してきた（佐藤信衛「自然科学」『文学界』一九三七・五）。同時代言説を参照してみると、たとえば「近時の客観的情勢にかんがみて、科学者の社会意識乃至文化的意識に関聯し、しきりに猛省と良心的自覚が促されてゐることは科学界のみならず、諸他の文化乃至思想界に対してさへ、異常なセンセイションを与へた」とある（會田軍太夫「科学界の展望」『セルパン』一九三七・一二）。職業科学者の「社会意識乃至文化的意識」を育むことが、「諸他の文化乃至思想界」全体の思想的課題であるという着想自体に、職業科学者の論壇進出による影響力の大きさが見いだされよう。以上のような状況背景を投射することで、戸坂の批評活動についてもまた、従来は着目されていなかった別の文脈を汲み取ることができると思われる。

　初めての著作となる『科学方法論』（岩波書店、一九二九・六）以来、戸坂の論説には「科学」の政治的位相に対する独特の問題意識が常に伏在していた。そして「科学――学問――が一つの歴史的――社会的――所産である」という前提のもと（「科学の歴史的社会的制約――その綱領」『東洋学藝雑誌』一九三〇・一）、その考察の矛先は、同時代に隆盛した「科学」の権威を支えているジャーナリズムの存立基盤へと遡行していくことになる。

　より具体的に見ていこう。『イデオロギーの論理学』（鉄塔書院、一九三〇・六）所収の論考において、戸坂は「政治にぞくする言葉」としての「大衆性」と「真理といふ言葉」に集約される「科学」との連関を考察するために、「科学そのものゝ概念が或る一つの根本的な批判・変革を受けざるを得ない」と述べる。しかし、単に新聞や総合雑誌などで自然科学の話題が単発的に取り上げられるだけでは、必ずしも「大衆性」に拓かれているとは言えず、それは何ら「科学そのものの概念」を「批判・変革」するものではありえない。ここから、戸坂は「大衆」に訴求力を持つ「科学」の創成は如何にして可能かという問いを持続的に考究していくことになる。

次いで『イデオロギー概論』（理想社、一九三二・一二）所収の論考でも、戸坂は「真理の体系」として権威づけられた自然科学への無垢な信奉を厳しく批判している。この書物のなかで戸坂が穿とうとしていたのは、専門知に依拠した「科学」的な発言に胚胎される価値中立的な装いであり、そのような権威の枠組みを支える諸々の言論制度に注意を向けていたことが了解できる。

特に同書のなかで、戸坂は「今日のジャーナリズムは次第にアカデミズムの従来の領域と権威とを奪い、善かれ悪しかれその力を増大しつつある」と述べており、ジャーナリズムがアカデミズムを侵食しつつある事態の是非について、かなりの紙幅を割いて論じている。田中紀行などの指摘にあるように、この時期に学界で評価を確立していた人文・社会系知識人たちが精力的にジャーナリズムの現場へと参入していったのは、主に「ジャーナリズムの側からの（威信も備えた）書き手への需要」と「大学人の側での学問的知識の普及＝啓蒙の理念的な動機づけ」という二種の要素が関わっていたと言える。[10]一見、それは「知」の標準化＝民主化の賜物として肯定されるべきもののようにも思われるが、戸坂によれば「今日のジャーナリズムはそれ自身直接に利潤の獲得を目指してゐる」以上、真の意味で「大衆性」に拓かれた「プロレタリア・ジャーナリズム」は未だ成立していない。言わば、同時代の論壇内部で発せられる職業科学者の見解の大半は、その主張如何にかかわらず、出版業界のなかで何らかの商品価値を担わされている以上、「大衆」に真の批判的思考を促すものにはなりえないということに、戸坂は警鐘を鳴らしていたのである。

さらに、上記の立論を踏まえて、戸坂は同時代の職業科学者たちの動静を具体的に検討していくことになる。戸坂によれば、職業科学者たちは一方で公平無私な立場を確保しようとしているものの、そこにあるべき政治的な批判精神を欠いていた。ある論説のなかで、戸坂は「世間では往々科学者を非常識な朴念仁と決めてかゝる癖がある」が、今日の職業科学者は「世間が科学や技術を、中立的な超政治的なものだと決めてゐる迷信を利用して、自己の政治的局外中立を合理化さうと力める」と指弾している（「文学と科学とに於ける共変法則」『教育・国語教育』一九三三・一二）。

この論説において、戸坂は公共意識の獲得を是とする職業科学者の言論営為に潜在する政治力学を暴こうとしており、それを理解しえない同時代の職業科学者たちの社会参画について、みずからの目指す「科学的精神」とは根本的に相容れないものとみなしていた。言い換えれば、戸坂の「科学」論には、職業科学者によって提示された知的言説が、同時代の論壇で特有の需要を持ってしまう時代において、改めて草の根から思考の準拠枠を練りなおそうという意思が刻まれており、そこに戸坂は自身の批評活動の拠点を築いていたということである。

こうした発想の独創性を明らかにするために、対蹠的な同時代言説として田邊元の見解を参照してみたい。「科学者は科学的であるか――自然科学者に対する希望」（『唯物論研究』一九三五・五）という論説の冒頭で、田邊は今日の「科学の自律」を信じると宣言しつつ、「若し自然科学者と呼ばれる人々に何等か私の希望する所があるとするならばそれは寧ろ徹底的に真正の自然科学者であつて欲しいといふこと以外にない」と述べている。田邊にとって「自然科学的に規定せられる面から事物を観る事を、中途で制限したり中止したりすることは、自然科学者の本分に違ふもの」であり、ゆえに

「自然科学者の態度を徹底」することで「科学」の本質に迫ることができるのだと説かれる。

上述した田邊の「科学」観が、戸坂と真っ向から対立するものであったことは言うまでもない。やや便宜的に図式化すれば、田邊が「科学」を普遍的な「真理」へ至るための価値中立的な営みとして捉えていた一方で、戸坂はその成立の瞬間に介在していた「歴史的——社会的——所産」という言論制度こそを問題視していたと要約できよう。

その後、田邊の見解を批判的に継承するかたちで、一九三六年以降の戸坂は「科学的精神はまづ足下の現実を掴むべき機能を持つてゐる」というように（前出「科学的精神とは何か——日本文化論に及ぶ」）、「科学」的な思考のあり方と「現実」の接点をより深く考究していくことになる。前節で検討したように、この頃には職業科学者が積極的に言論空間へと参入しようという機運がより高まっており、戸坂の「科学的精神」に関する諸々の論説も、そうした動きを横目に睨みながら発表されたものと推察される。一九三七年の論説では、より明確に「「知育偏重」排撃を中心とする国体明徴主義其他の科学教育・科学政策・が強化されるに及んで、自然科学者らしい自然科学者の大半は〔……〕云はば本能的に、科学的精神といふやうなものの提唱に向はざるを得なくなつた」と述べており（「最近日本の科学論　緒論の部——一般的特色について」『唯物論研究』一九三七・六）、ほかならぬ職業科学者自身によって「科学的精神」の会得が提唱されていく風潮に対して、多分に慎重な姿勢を見せていたことが窺われる。

そのような職業科学者たちの言論営為が、時局の統治権力に容易く従属してしまうものであったことを、戸坂は十全に自覚していた。同年の論説のなかで、戸坂は六月に発足した第一次近衛文麿内閣の動向に触れ、「もはや政府の言論統制はただの統制ではな」く、「明らかに半ばジャーナリストの自発的な言論動員なのである」と論じている（「思想動員論」『日本評論』一九三七・九）。この「自発的な言論動員」という見方は、前節で見た職業科学者の論壇進出という状況文脈とも関連づけられる。戸坂が、この論説で具体的に一九三五年前後から始まる科学ジャーナリズムの興隆を想定していたとまでは断言できないが、少なくとも先述してきた一連の職業科学者の振る舞いは、同時代の統治権力へと積極的に加担する言論空間のあり方に棹差すものであったことが了解されよう。

もちろん、職業科学者の社会参画という企て自体は何ら批判すべきことではないだろう。しかし、職業科学者が安易に時局へと迎合し、公共の需要に応じた見解を発信することが、統治権力に都合の良いかたちで利用されてしまう側面があることに、戸坂は危機意識を抱いていた。折しも一九三七年は、文壇・論壇で「日本的なもの」をめぐる討議が活発化した時期にもあたり[11]、こうした国粋主義的な思潮動向に職業科学者の言論営為が囲い込まれていく事態を、戸坂は何より恐れていたものと思われる。

実際、そのような戸坂の状況理解は、一九三七年末に通達された執筆禁止宣告の後、俄かに現実のものとなっていく。次節では、戦時下における科学振興のあり方と、第一節で見てきた一九三〇年代の科学ジャーナリズムのあいだに連続線を描きなおすことで、戸坂の批評活動を共時的に輪郭づけるための足場を築いておきたい。

三　科学振興と統治権力

「「戦争と科学乃至技術」「戦争と科学者」といつたテーマが論議せられ」つつあった一九三七年以降（會田軍太夫「科学界の展望」『セルパン』一九三七・一二）、職業科学者たちには一層のジャーナリズムへの参入が要望されることになる。この時期の総合雑誌では、時局の「科学の民族主義的傾向」に対抗するため、職業科学者は良識派知識人として批判的見解を打ち出すべきであるという期待（石井友幸「準戦時下の科学界」『改造』一九三七・二）や「最近数年に亘つて継続してゐる非常時局に於て、技術家及び科学者は一般的には重大なプロブレマチックに直面してゐる状態に在る」がゆえに、「此の状態の反省は技術家及び科学者の国家に対する当然の責務に属する事柄でなければならない」（前出「技術家及び科学者と立場」）といった類の提言が多く発せられた。ただ、そのような職業科学者たちの「責務」に関わる諸々の言論営為もまた、時局において別の視角から再編されていくことになる。

岡邦雄は、昨今において「理論的科学よりも技術学の方面に重心が置かれ」始めたと述べつつ「経済機構の行詰りが、「国防上の必要」となつて、科学は軍事技術に総動員されることとなつた」と指摘している（「自然科学と日本文化」『セルパン』一九三七・六）。そのような国防意識の急激な高まりは、良識派の職業科学者たちのあいだに危機感を募らせることになった[12]。たとえば、石原純『科学と思想』（河出書房、一九三八・一二）所収の論考では、ほぼ全篇にわたって、職業科学者が地に足をつけて、各々の専門分野に取り組むことの重要性が強調されている。しかし、廣重徹も指摘していたように、特に日中戦争開戦以降は、実学的な有用性によって職業科学者への予算配分などが如実に統制されていく風潮は避けられないところであった[13]。たとえば、一九三七年の座談会では「今謂ふ科学は本当の意味で科学ではないのですよ〔……〕科学を応用した産業なんだ」という石原の発言が見られる（「科学及び科学文明座談会」『日本評論』一九三七・五）。もちろん、自然科学の研究動向が、産業界の需要と密接に連動していることは戦時下に限った事情ではないが、こうした専門知を有用性のもとに管理しようとする統治権力の動きは、職業科学者たちの言論営為にも確実な影響を及ぼしていくことになる。

注目すべきなのは、上記の座談会においては「政党華かにして政治家ものを謂い軍部が華やかになれば軍人が物を云ふから、是から科学が華やかになれば科学者が物を云ふ時代になりませう」という発言も見られ、前述のような「科学を応用した産業」による国家事業への貢献が、職業科学者の発言力の向上という観点から肯定的に評価されていたことである。「科学者の社会的自覚」（無署名「科学者の社会的自覚」『科学』一九三六・一）に関する議論が、国策への精力的な協力・喧伝という価値基準に擦り替わってしまったとき、たとえば「科学進展の機を作り、これを掴んで立ち上り、国家的又は社会的に大行進の実現を齎すのは科学者のなすべき」ものであるという不穏な主張が、従来の「科学」論の担い手たちや、当の職業科学者たち自身によって提起されていくことにもなった（仁科芳雄「機運」『科学』一九三八・一一）。

一九三八年、小倉金之助は「義務奉公の念に燃ゆる所の心ある科学者の、大なる協力参加に待ち、その困難を克服しなければならない」と述べている（「現代日本の科学のために」『中央公論』一九三八・六)。本章の第一節でも確認したように、左派論壇の立場から職業科学者の社会参画を奨励していた小倉の発言は、統治権力に加担することに慎重な含みを持つものであったが、結果としてそのような機運の拡がりは、職業科学者たちのあいだで、自分たちが天下国家の発展に寄与しているという自負へと転化するだろう。そのような「大なる協力参加」を志す風潮は、次のような主張を導いていくことにもなる。

私は日本の科学的インテリゲンチアの起つべき秋こそ今であると信ずる。日本の国策をしてより高次化し、より広汎化せよ。これに最高の世界史的意義を賦与せよ。そしてその遂行実現に全力を挙げて邁進せよ。これが現代日本の科学的インテリゲンチアに与へられた使命である。
(篠原雄「若き科学的インテリゲンチアに与ふ」『科学ペン』一九三八・一一)

ここでは、高度な専門知を有する総合的知識人としての職業科学者の役割が、帝国日本の「世界史的意義」と重ね合わせながら論じられている。事実、本書の第八章でも詳述していくように、一九三〇年代の後半には、技術官僚と呼ばれる工学系の研究者たちが行政に深く参入していくことになった[14]。そして「科学は、その正しき具体性を持ち、その真の使命に生き、学者は即ち民の生活の中に直接的にその生命を脈打ち、そこには「科学のための科学」なる抽象的「学」は許されない」という論理が、同時期の科学ジャーナリズムの趨勢を大きく方向づけていくことになる(清水宣雄『アジア宣戦』世界創造社、一九三八・一)。

こうして、軍事技術の開発を通じた社会貢献という大義名分のもと、職業科学者は統治権力に加担することがより積極的に求められていくことになった。それは「国を愛し、陛下に忠誠なる科学者は、内地の猫額大の土地に安閑として小康に安ずべきではない」云々（小竹無二雄「国を愛する科学者」『子供の科学』一九三八・一）や、「学者は学者たるの自覚と、自尊の前に、時代常識を確かと把握すべきである」云々（西村真琴「新体制下の科学者に愬ふ」『科学知識』一九四〇・一二）といった主張に、顕著なかたちで示されている。そのような公共意識の高まりは「われわれ科学者、技術家は日本人としての自覚に立たねばならぬ」というように（菅井準一「文化と科学・技術」『科学主義工業』一九四一・一）、自ずと「日本人としての」という民族の矜持と結び合わされるだろう。一九四〇年前後を境として、本来は「学問の自由」を標榜していた職業科学者たちの自己認識が、一律に「国防」への有用性という価値基準のもとに統御されていくのである。

そのような折、一九四一年に第二次近衛内閣の下で、科学技術新体制確立要綱が制定される。これまでになく科学振興の機運が高まり、同時代の論壇においても「我国将来の国力の基礎となるべき科学や技術を根強く発展させる為には、全国民の協力を必要とする」云々（深尾重光『科学者は何を為すべきか』世界創造社、一九四〇・一）や「科学、技術新体制も其の一翼として一億同胞が真に納得出来て、其の深い理解の上に国民生活の科学化が自発的乃至積極的に同胞自らの発意に依つて繰り広げらるるが如き真の政治的配慮を考へて行き度いと思ふ」云々（藤岡由夫「科学振興への願望」『改造』一九四一・八）といった鼓舞がなされていくようになる。結果として「私は真にアクティヴな形をとつて日本歴史と有機的に繋がつた科学に、日本の科学を持つて行くことこそ、今の科学者、技術者の務めではないか〔……〕それを助成するやうに、その起動力となることこそ今日のジャーナリズムの務めではないか」というかたちで（森川覚三「科学技術新体制と民心」『改造』一九四一・九）、職業科学者と科学ジャーナリズムの連関もまた、さらなる体制迎合の強化が図られていく。

この時期の言論空間には「ジャーナリズムは個人から国家への指導性、啓蒙性を具有するものではなければならぬ」ず、また「科学はかやうなジャーナリズムによつて、その指導性、啓蒙性を発揮することが可能であり、意味をもつにいたる」というように、「科学」の「指導性、啓蒙性」が「個人から国家への指導性、啓蒙性」を兼ねるといった主張が散見される（會田軍太夫「決戦下の科学技術雑誌」『科学主義工業』一九四三・九）。こうした考え方が、どの程度まで同時代論壇で共有されていたのかについては、さらなる資料調査を続ける必要があるだろうが、少なくとも岡本拓司が指摘するように、総じて「一九四一年夏の日本の科学者たち」は「科学に対して、即時に勃発する可能性のある戦争に対処するという、一部局的・一時的な事情の解決が最優先で求められていることを知っていた」と総括してよいだろう[15]。

上述したような風潮に、本章の第一節で確認してきた高尚な人格を持つ科学者像のあり方が縫合される。戦時下のある論説では「科学振興の声と共に、今後科学者は色々な面に於て益々世間と接触する機会を多く持つ様になるであらう」と指摘されつつ、「従つて科学者はその期待に副ふだけの素養と見識とを持つて、慎重に振舞はなければならない」と忠告される（碓井益雄「科学者の社会的評価」『科学ペン』一九四一・一〇）。ここから、深い「人間的教養」を持つ「思想家」としての職業科学者について、一層の地位向上が訴えられていくのだが（泉三郎「日本科学者の悲劇」『科学主義工業』一九四一・五)、それは図らずも帝国日本の民族精神を内面化することと不可分に結びついていた。一九三〇年代半ばの論壇で討議されていた、職業科学者が専門知に閉じ籠ることなく、知識階層として精力的に自身の見解を発信すべきであるという主張は、一九四〇年代には「科学者は日本人としての己を自覚したが故に、重い重い象牙の塔の扉を押しあけたのである」というように(菊田屋三郎「昭和十七年 科学界の回顧」『科学知識』一九四二・一二)、ナショナル・アイデンティティに拠って立つことの証しとして再定位される。こうして職業科学者たちは「世はまさに科学者の春である」とも評されるような厚遇を迎え(伊藤行男「科学者の春」『科学ペン』一九四一・四)、迫り来る戦局に対応できる国策遂行の旗手としての責務を担わされることになった[16]。

本書の第八章でも詳述していくが、この時期の言論空間では「日本科学」というスローガンが流行しており、「日本科学の樹立のために〔……〕如何に政治との緊密な結び附きを必要とするか」という思想的課題が喧しく議論されていた(田間義一「日本科学の形成」『科学ペン』一九四一・六)。ここで論点のひとつとなっていたのが、個々の「知識」とは異なる「思考」を涵養することの重要性である。たとえば、ある論説では「国民が科学的に頭を働かせる日本」を創成することが奨励されつつ、単なる「科学知識よりも、全体の知識に於ける科学的の思考を重視する」(ママ)ことの必要性が講じられており(小泉丹「科学日本の課題」『改造』一九四一・一二時局版)、別の論説では「単なる科学的知識の獲得ではなく、真に合理的な且つ独創的な思考を養成すること」を称揚するという主張も散見される(無署名「科学振興の実状」『科学』一九四一・五)。まさに「科学を駆使するものは実に人間の思想なのである」という前提のもと(巻頭言「決戦態勢に備えて」『科学思潮』一九四二・一)、学術研究と思想動員が渾然一体となって戦時下の言論空間を支配していたことが窺われる。

以前に拙著でも検討したが、戸坂が用いた「科学的精神」の語も、こうした文脈から翼賛体制を支える言辞として、当初の意味内容を喪いつつ流通していく[17]。かつて良識派の職業科学者たちから発信されていた、専門知に留まらない「思考」や「精神」を会得することの奨励は、職業科学者たちの視線が「個人から全体へ移り、科学者は国家社会との結びつきに於て自己の行動を真剣に考へる様になつた」時代において（無署名「科学誌雑感」『読書人』一九四二・一）、戦時下における「知育偏重」の排撃運動を称揚していくような主張へと接合する。ここにもまた、過度な専門知に偏ることへの科学者共同体の反省が、図らずも統治権力の側に横領されてしまうといった皮肉な構図を読み取ることができる。

以上のような流れから了解できるのは、職業科学者の戦争協力をめぐる諸々の言論布置が、科学者共同体の内側から自発的に醸成されていく過程であろう。もちろん、こうした戦時下の職業科学者たちの行動自体は、従来の科学史研究のなかでも言及されていた。西尾成子は、特に「工学系の科学者のなかには、戦争協力に積極的姿勢を示し、時局の要求に縁遠い研究は、その学問的価値がいかに高かろうとも、戦時下では許されるべきではないと発言する人も出てきた」と指摘している[18]。山本義隆もまた、職業科学者たちが「近代化と科学的合理性を対置し、社会全体の生産力の高度化にむけて科学研究の発展を第一義に置くかぎり、総力戦・科学戦にむけた軍と官僚による上からの近代化・合理化の要請にたいしては抵抗する論理を持ち合わせず、管理と統制に簡単に飲み込まれていったのである」と述べている[19]。

しかし、これらの見解と併せて考えなければならないのは、そのような職業科学者の国策協力を促す一連の言論活動が、一九三〇年代半ばの職業科学者自身による論壇進出の動きから、明らかに持続した問題系をなしていたということである。戦時下の科学言説と統治権力の結託は、単に時局の科学振興政策に職業科学者たちが取り込まれていったというわけではなく、それ以前の一九三五年前後における科学ジャーナリズムで巻き起こった公共意識の高まりと不可分に結びついている。そのような連続的位相のもとで科学者共同体の社会参画を捉え返したとき、戸坂の言論活動を支えていた共時的な要因が改めて浮かび上がることになるだろう。

ならば、こうした状況に対して戸坂はどのような応答を仕掛けていたのだろうか。次節では、再び戸坂の論説に立ち返り、その抵抗の仕方を改めて再検討してみたい。

四　文芸批評という企て

後期の戸坂による著作『思想としての文学』（三笠書房、一九三六・二）や『思想と風俗』（三笠書房、一九三六・一二）所収の論考では、如何なる「科学」も特定の具体的形態を取った「文学的表象」が備わらなければ意味を持たないことが度々強調される。一九三七年の論説では、より明確に「思想そのものを押し進め限定する」ものとして「文学」の可能性が賭けられていた（「ひと吾を公式主義者と呼ぶ」『中央公論』一九三七・八）。こうした「思想」の彫琢を促すため、戸坂は巷間の職業科学者たちに「文学的表象」に携わることを積極的に要望していくことになる（「啓蒙論再三【中】」

『読売新聞』一九三五・四・二四朝刊）。しかし、一般論として事物の抽象化を目指すべき学術研究という営みに従事する職業科学者たちに対して、真っ向から対立するとも思われる「文学的表象」に携わることが奨励されるのはなぜなのか。

本章の第二節でも示したように、戸坂の主張において「科学」的なものの見方が、批判的思考の彫琢に至るための重要な通路であったことは間違いない[20]。しかし、時局において特有の商業価値が付された職業科学者たちの知的言説は、自ずと公共空間に拓かれたものであることが求められ、そのような社会意識の過度な内面化こそが、ある一面において帝国日本への貢献という大義名分を準備することになる。ならば、そのような歪んだ協働性を迂回するためには、社会的な有用性とは異なる個別具体的な生活世界への視点を持つことが肝要となるだろう。それは、たとえば次のようなかたちで概括される。

社会と自然とは〔……〕科学（社会科学乃至自然科学）の角度から見られる。之に反して之を道徳の角度から自己一身上の立場から見るのが文学なのである。科学は社会生活者としての自己の一身上の立場から事物を取り上げるのではない。（「批評の機能」『唯物論研究』一九三六・一）

「自己の一身上の立場」に拠って立つことは、認識判断を基礎づける批判的思考の発現を、職業科学者たちの公共意識から切り離す試みともなるだろう。もちろん「科学」と同じように「文学的真理、真実」もまた「社会的歴史的な本質のもの」である以上（「わが文学観――要点三つ」『作品』一九三六・一)、そこにはやはり固有の政治力学が刻まれているわけだが、それは少なくとも、同時代の科学ジャーナリズムが背負わざるをえなかった「社会的自覚」と直截的な関連を持つものではない。戸坂は一般的な意味での「科学」とは異なるそのような認識判断の方法論を「文芸学」と呼んでいた。

この「文芸学」という術語は、一般に文学研究の領域において、訓詁的な註釈研究とは異なるドイツ由来の美学的理念(Literaturwissenschaft)に支えられた研究手法のことを指している。岡崎義恵は、それを「体系的文芸理論と史的文芸研究を兼ね行はん」とする「綜合的な学」と定義している(「日本文芸学の樹立について」『文学』一九三四・一〇)。この時期の戸坂が、当時の文学研究における用例を踏まえつつ「文芸学」という術語を用いていたのかは明らかではないが[21]、そこには独特の意味内容が託されていたようである。戸坂にとって、「文芸学」とは「科学的認識と本質的に近親関係にある認識」を導くものであり(「認識論としての文芸学」『唯物論研究』一九三七・二)、それはまた巷間の「科学」に関する知的言説とは別の仕方で、認識論的な思索を訓育するための契機となるものであった[22]。

ここには、自然科学の信奉者としての戸坂像とは別の相貌が刻まれている。従来、戸坂が認識判断の基礎づけにあたり、なぜ「文芸学」なるものの定立を重視していたのかについては、必ずしも詳らかにされてこなかった。もとより、戸坂の言論活動における(「文芸学」ではなく)「文学」の重要性はつとに指摘されている。たとえば林淑美は、戸坂が自身の批評活動を通じて「支配的なイデオロギーに罅を入れる力」を「文学」に託そうとしていたことを指摘しており[23]、中川成美も「彼〔戸坂〕が分析対象としての文学に深く拘泥したのは〔……〕彼の思惟活動そのものがその原則に貫かれていたからである」と述べている。[24] ほか、池田成一は「世界観と方法とを統括すべき哲学」という視座から、[25] 北林雅洋は「常識」概念を紐帯とした日常生活に根ざした知的営為という視座から、[26] それぞれ戸坂の「科学」論における「文学」の重要性を説いている。しかし、併せて検討すべきなのは、戸坂の鍵概念のひとつである「認識論」が、特に一九三六年以降において（「科学」とは異なる）「文芸学」という術語によって表象されていたことの意味である。先述したように、ある特定の芸術作品の美的把握のあり方を「文芸学」と呼ぶのであれば、そこに科学的認識の方法論が重ね合わされるのはなぜなのか。この問いは、少なくとも本章で示してきたような、一九三〇年代の科学ジャーナリズムをめぐる一連の脈絡を抜きにしては考察することができないと思われる。

そして、それは時局において「批評家」という職業が要請されることの理由を証し立てることにもなるだろう。戸坂は「科学的概念と文学的表象との、合理的聯関」を主張したうえで「専門の科学者は、あまりこんなふうには考へない」がゆえに、その究明はむしろ「道徳家」や「批評家」の役割であると述べていた（前出「批評の機能」）。もともと「文芸学」という術語を用いるよりも以前から、戸坂は「科学は科学の批判にまで、そして夫を通して一般の事物の理論的（哲学的とも云ふ）批判——評論——にまで、根を下ろすことによつて、初めて発生出来たのだし、又生長することも出来る」とまとめつつ、「それが科学に於ける哲学的契機なのである」と主張している（『現代哲学講話』白揚社、一九三四・一一）。戸坂によれば「この哲学的契機の媒介によつて、諸科学は何かの仕方で文芸と結び付くことも出来、またそれをしなければならなくなる」のであり、「そこにこそ科学の本当のジャーナリズム化が（もはや俗流化や通俗化ではない処のものが）ある」ことになる。

科学ジャーナリズムが「文学」との結びつきを必要とするのは、「科学」が単なる抽象的な思弁に留まらず、「一般の事物の理論的〔……〕批判」の視点を獲得する必要があるからである。こうした「科学的範疇で決まり切らない」ような各々の批判精神を支えているのが「文学」であり、だからこそ「科学者は併し、どういふ立場に立てば科学を文学にまで押し進めることが出来るか」を考えなければならず、「その立場がモラリスト」＝「科学的批評家」であることを要請する（「モーラリストの立場による科学と文学　文学と道徳【三】」『読売新聞』一九三五・一一・一二朝刊）。ただし、現行の科学ジャーナリズムにおいて、こうした批判精神が必ずしも実現されていないと戸坂が想定していたであろうことは、本章の第二節で指摘した通りである。そのように考えてみれば、戸坂にとって認識論的な思索の担い手としての「科学的批評家」の抬頭には、前述した巷間の科学ジャーナリズムにおける自発的な言論動員への抵抗の可能性が託されていたとも言えるのではないだろうか。

こうした「科学的批評家」の待望論から、戸坂が編集の責任を務めた『唯物論研究』や『学藝』の誌面に、多くの文芸批評が掲載され続けていたことの意味もまた推し量ることができる。ほんの一例を挙げてみても『唯物論研究』一九三七年一月号「文芸学」、同年一一月号「芸術・文学の諸問題」、『学藝』一九三八年六月号「長編小説の分析」、同年八月号「日本文学の過去と未来」など、広義の文芸批評に関わる特集は散見されるほか、個別の論考でも『唯物論研究』一九三八年一月号の伊藤至郎「島崎藤村論」や同年三月号の椎崎法蔵「国木田独歩の生涯と文学」、『学藝』一九三八年五月号の篠塚正「近代文芸と読者」など、およそ狭義のマルクス主義的な「唯物論」の着想とは直截の親和性を持たないであろう文芸批評に、かなりの紙幅が割かれている。

従来、近代日本言論史のなかで、こうした文芸批評が注目されることは皆無に等しかったが、ここには文壇の局外において、文学作品を「自己一身上の立場から」解釈・吟味することを重視しようという確かな動きがあったことが示されている。『学藝』創刊号（一九三八・四）の「発刊の辞」では、「科学と芸術との領域を一貫する理論雑誌」として再出発することが謳われており、「文芸」の分野に属する事柄が「科学」と拮抗する分析価値を持つものとして掲げられている。戸坂や唯物論研究会の論客にとって、文芸批評とは個別具体的な創作物（＝「文学的表象」）に触れることで、同時代の科学ジャーナリズムに迎合せずに「自己一身上の立場」から認識論的な思索を行使するための橋頭堡となるものであった。このような文芸批評を殊更に厚遇する編集方針のあり方に、同時代において「文学」という一見すれば無用な営みが、まさしく時局への抵抗となりえるという確かな信念を読み取ることができる[27]。

以上の道筋から了解できるのは、戸坂の仕事圏で文芸批評という企てが持ちえていた、同時代の科学ジャーナリズムを撹乱する動因装置としての可能性であろう。「文学」を語るという非実利的な営みを介在させることで、そこで培われた批判精神は、協働的に組み立てられた公共意識による外圧をすり抜けていくような、ひとつの逃走線を獲得することになる。「批評家」としての役割を自覚する戸坂は、そこに認識判断の基礎づけとなるような知的展望を求めていた。『唯物論研究』の誌面は、そのような批評活動を結び合わせるための討議のアリーナにほかならない。

もちろん、そのような編集方針には、当局の言論弾圧という時代背景が密接に関わっていよう。一九三七年、戸坂が執筆禁止の処分を受けたことで、『唯物論研究』もまた過激な政治的主張を控える必要に迫られた。文芸批評の積極的な掲載は、そのような状況下で、当局の過剰な検閲を避けるための迷彩工作の一環であったともみなせるだろう。しかし実際のところ、戸坂にとって文芸批評は、単に穏当で無害な表現手段だったわけではない。戸坂が試みたのは、統治権力とは異なる位相で認識論的な思索を促す場の拡張であり、それは今日で言うところの「科学」論とは多分に異なりながらも、時勢においてなお固有のアクチュアリティを担っていたのである。

もとより、そのような戸坂による一連の取り組みは、同時代文壇とのあいだに目立った共鳴や結束をもたらすことはなかった。戸坂自身は「文芸批評は今日特に文壇外からの示唆を欲している」ことを強調していたものの（「現代文芸批評家論」『世界文藝』第七号〔世界文藝大辞典附録〕、一九三七・五）、その主張は当の文学者たちから半ば黙殺されていたと言ってよい。事実、阿部知二などは「「文学」と戸坂氏とを絡み合わすことは諦めた方が時間の経済である」と、戸坂の批評活動には冷淡な視線を向けている（「文芸批評の必要について」『文学界』一九三七・九）。戸坂も「文芸評論は文芸作品の評論を必ずしも結局の目標としない」と明言しており（「文芸評論の方法について」『文藝』一九三七・六）、その仕事は文学作品の具体的な読解作法の水準には向かわず、極めて抽象度の高い論述に終始していたことから、同時代文壇のなかで評価の枠組みに乗せられることは少なかったと考えられる。

しかし、そこには単なる衒学的な惑わしだけでなく、およそ統治権力への批判精神というものが揺らぎつつある時勢に、改めて草の根から言論活動の使命と意義を問い返そうという確かな動機が胚胎されていた。一九三六年以降、自身の「科学的精神」論の彫琢と併せて、戸坂は「評論乃至批評の所謂科学性の自覚の欠乏」を批判し、あるべき「批評の科学性」を執拗に考究していく（前出「文芸評論の方法について」)。「科学」的な思弁と人文的な省察、あるいは理知的な「科学的精神」と審美的な文芸批評という二項対立は、ここにおいて相互補完的に捉えなおされる。こうした異質な学問分野を柔軟に貼り合わせ、そこに公共的な価値基準とは異なる新たな知性の発現を認めようとする方法意識が、同時代文壇の外部で果敢に試みられていたことは記憶されてよいだろう。そこには、今日あまり顧みられることのない、戦時下の時代状況における人文・社会系知識人たちの言論営為の重層性が確かに刻まれているからである。

おわりに

執筆禁止の処分を受ける直前に書かれた論説のなかで、戸坂は「批評は終局に於いて何のために存在するのか」という問いを提示したうえで、「文芸なら文芸として、その批評の目的は、文芸的認識の反省を与へることにある」と述べつつ、同論を「これこそが科学的な文芸批評の建前である筈だ」と結ぶ(「所謂批評の「科学性」についての考察」『文藝』一九三八・一)。戸坂の言論活動は、総じて種々の価値制度への内省を知識階級にもたらす判断能力の育成は如何にして可能かという問いに貫かれていた。それは、なぜ文芸批評という営みに理知的な批判精神が託されねばならなかったのかという疑問に、共時的な視点から一定の解答を与えるものとなるだろう。

本章で見てきたように、戸坂にとって文芸批評とは、同時代の科学ジャーナリズムに内在する公共意識のあり方を括弧に入れ、戦時下における職業科学者と統治権力の協働的な企てとは異なる方途に知的な対話を導くものであった。ここに「科学」と「文学」の本質的な共軛性が開示されることになり、戸坂は晩年までその可能性を模索していたと言える。仮釈放の後、公判に応じる最中に書かれた数少ない論説で、戸坂は改めて「科学も芸術も、ともに、現実の認識手段とみなした場合、両者は、当然、密接な相関関係を、もたらすはずである」と述べている[28]（中野徹名義「文化と技術――「世界文化の概念」（二）」『科学と技術』大東亜文化協会編、白揚社、一九四二・六）。それは、太平洋戦争の開戦後、科学国家の創成を目指す帝国日本と科学者共同体のあいだで立ち上げられた新たな言説布置に呑み込まれない仕方で、なおも認識判断の足場を築き上げようとする意思が持続していたことの証しにほかならない。

今日、こうした試みは近代日本言論史のなかで忘却されてしまっているが、そのような戸坂の姿勢は、同時期の左派論壇の多面的な拡がりを浮かび上がらせるだろう。それは、職業科学者の言説編成が特有の政治力学を纏い始めた時勢下で、文芸批評の使命と意義をめぐる模索が旺盛に繰り広げられていたことを示すものであり、併せて「科学」的な思考と人文的な言論営為を媒介する企みが、思想統制の最中にもさまざまな次元で探究されていたことを物語るはずである。

第Ⅱ部　横光利一と科学／技術言説の交錯

第六章　マルクスの誤読——福本和夫・三木清・横光利一

はじめに

　昭和初期の日本における社会思想の興亡は、総じてマルクス主義の流行と衰退という観点から概括することができる。特に、既に多くの指摘があるように、この時期のマルクス主義は直截的な政治運動としてだけでなく、多分に「文化運動」としての側面を持ち合わせてもいた[1]。したがって、その動静は同時代を生きる文学者たちにも多大な影響を与えていくことになる。

　ただし、その具体的な受容と展開については、単にひとつの歴史観（＝唯物史観）の輸入として説明されるべきものではない。端的に言って、昭和初期の日本におけるマルクス主義の解読格子は決して一枚岩ではなく、ゆえに論壇から文壇への継承の仕方についても、複数の思想的系譜を描くことができるからである。

とはいえ、ごく大雑把な捉え方であることを承知で言うならば、それはプロレタリア文芸理論、とりわけその成立に重要な貢献を果たした福本和夫の構想に共鳴するか否かという基準で分別することができよう。いわゆる「福本イズム」は、ロシア共産党の指導理論としてのマルクス＝レーニン主義に準拠しながらも、そこに（後述するような）「分離」＝「統合」論という独自の視角を持ち込むことで、同時代の文芸思潮を牽引していった。その痕跡は、狭義のプロレタリア文学運動だけでなく、たとえば新感覚派の旗手として名高い横光利一の文業にも認めることができる。こうした流れを重視してみれば、確かに昭和初期文壇とマルクス主義の遭遇は、何より「福本イズム」の普及という出来事を無視して語ることができないと言える。

しかし、当時の日本におけるマルクス主義解釈には、より伝統的な西欧の体系哲学の延長線上に位置づけたものも散見される。その代表例が、三木清の「人間学」であろう。それは、従来の闘争理念とは異なるマルクス理解のあり方として注目を集めていくのだが、その突端に位置する文学者として、やはり横光の名を挙げることができる。要するに、一九三〇年前後までの横光は「福本イズム」に依拠する理論的趣向を備えていた一方で、「人間学」に関わるマルクスの見方を三木の仕事から継承してもいた。こうした横光の方法意識が、いわゆる〝正統〟なマルクス主義解釈を引き受けたプロレタリア文学運動に対する反駁の土台を支えていくことになる。

本章では、以上のような見取り図を前提とすることで、昭和初期の論壇・文壇におけるマルクス主義受容の多面性を改めて検討することを試みる。もとより、個々の人文系知識人たちとマルクス主義の邂逅については、既に多くの先行研究で蓄積があるものの、その相互関係――とりわけ、先述したような論壇から文壇への継承のあり方――については、いまだ明瞭な分析がなされているとは言いがたい。たとえ概略的にであっても、プロレタリア文学運動とは別の次元で探究されたマルクス理解のあり方を、横光の論説を事例として整理しておくことで、同時代に興隆した文芸理論の拡がりを社会思想史の潮流と紐づけることが、本章の主な目的である。

一　マルクス主義解釈の「二形態」

日本共産党の機関誌『マルクス主義』一九二四年一二月号に掲載された論考「経済学批判のうちに於けるマルクス『資本論』の範囲を論ず」と、その翌年の論考「唯物史観の構成過程――唯物史観研究方法の批判」(『マルクス主義』一九二五・二)により、福本和夫は本格的に評論活動を開始する。既に複数の留学経験を経て、ドイツ語を始めとする各国語にも精通していた福本は、ふたつの論考で『資本論』を精読し、そこに知識階級の社会的役割と使命を見いだすという明晰な方針を打ち立てた。その内実について、ここで詳細を検討することはできないが、その圧倒的な完成度は瞬く間に知れ渡り、福本の理論体系は同時代の言論空間で熱狂的な支持を獲得していく。

ただし、それはアカデミックな経済学理論というよりは、ひとつの新しい世界認識を提示するものであった。[2] 平林初之輔は、福本を経由したマルクス主義の衝撃を、端的に「哲学の復興」であったと語っている(「社会時評」『新潮』一九二七・八)。立本紘之が指摘するように「福本の思想は、理論習熟と強い自己修養というインテリ層になじみ深い要素を兼ね備えており、運動の中での有用性を模索していた彼らにとっては非常に魅力的な理論であった」ために、「福本の理論は知識人層に広く受け入れられ、彼らの運動没入を推進していった[3]」。福本によるマルクス主義解釈が、何より「自己修養」というかたちで自身を変革する契機を探るものであったからこそ、その教義は同時代の文学者にも強い訴求力を持つことになる。

たとえば、谷一「我国プロレタリア文学運動の発展」(『文藝戦線』一九二六・一〇)では、その末尾で「現代の文芸運動が教化運動となるは、運動の情勢よりして、当然、且つ正当である」と宣言されるが、まさに大衆を導く「教化運動」としてプロレタリア文学を方向づけていこうとする発想には、如実に福本の影響を窺うことができる。実際、後年の山田清三郎は、谷の論説について「プロレタリア文芸運動と政治闘争との結合の問題を提起しながら、同時に福本主義を芸術運動のなかにもちこんだ最初の一石でもあった」と述べている(『プロレタリア文学史』下巻、理論社、一九七〇・二)。それは、草の根からの労働運動を、ある種の理論闘争にまで高めていくために「福本イズム」が受容されたことの証しでもあった。

そして一九二〇年代後半、プロレタリア文学運動は、さまざまな理由から分裂と衝突を繰り返していくが、こうした「日本プロレタリア芸術聯盟内における、急速なる対立の激化」もまた「福本主義の芸術運動への反映を物語るもの」であったと言える(山田清三郎「一九二六年以後の日本プロレタリア文芸運動(一)」『プロレタリア科学』一九二九・一一)。「福本イズム」は、左派組織の闘争理念をより強靭なものとするため、ともかく「結合」の前の「分離」を説く。こうした主張を踏まえてみれば、平野謙が指摘するように、プロレタリア文学運動の相次ぐ「組織的分裂」自体が、多分に「福本イズムの影響によることは明らかである」と言えよう。[4] プロレタリア文学運動とマルクス主義の交錯は、福本の仕事を媒介としてその連関をより堅牢なものにしたことは疑いない。

他方、一九二〇年代の学術界において、三木清は紛れもなく〝正統〟な哲学研究者として将来を嘱望される存在であった。若くしてドイツに留学した三木は、第一論文集『パスカルに於ける人間の研究』(岩波書店、一九二六・六)によって、パスカルの主著『パンセ』を緒として、西欧哲学における「生の存在論」の系譜を探究する。この探究の手法を敷衍させることで、三木は同時代に興隆したマルクス主義の再解釈へと着手する。その成果として発表されたものが「人間学のマルクス的形態」(『思想』一九二七・六)であった。

「人間学のマルクス的形態」では、およそ「唯物史観は一箇の独立した、特色ある人間学の上に立つ世界観である」と主張される。赤松常弘は、この論考について「彼はパスカル解釈を行ったときの解釈学的存在論の立場を急に変えたわけではなく、その立場に立って、否、その立場をさらに深めながらマルクス解釈を行って」いたと要約している。[5]『資本論』だけでなく、初期マルクスの著作にも通暁していた三木の「人間学」的なマルクス理解は、やはり同時代の人文系知識人たちに称賛をもって迎えられた。何より、それは福本と同じように、後続する世代から「哲学界の事件」(傍点引用者)として受け止められたのである。[6]

次いで、三木は「マルクス主義と唯物論」(『思想』一九二七・八)を発表する。坂本多加雄が指摘するように、ふたつの論考には「マルクス主義を単なる物質的な過程や自然科学的な因果関係の体系として把握するのではなく、何がしか人間の主体的自由の存在の余地を認めるような体系として捉えようとする」意思が認められる。[7] こうした三木の「哲学」的なマルクス読解は、当然ながらロシア共産党に由来する教条性の強いマルクス＝レーニン主義と真っ向から対立するものであった。

寺出道雄によれば「一九二〇年代における、日本へのマルクス主義の本格的な導入に際しては、当然のことながら、ロシア・マルクス主義の影響が顕著であった」ものの、一方で「その時期の日本では、明治以降の西欧哲学の受容の歴史を受けて、初期マルクスの哲学的著作や西欧マルクス主義者の哲学的著作が意外に広く読まれて」おり、「「人間学」を含む三木の個性的な著作は、そうした日本におけるマルクス主義受容の特徴的な一面を象徴するものであった」という。[8] もとより、そのようなマルクス主義の多面性は、同時代から指摘されていた。たとえば、土田杏村は「我国のマルキシズム理論家が常に口に論じつつある弁証法的唯物論は、マルクス、エンゲルスの主張した其れを重要な点で誤解したり、或はマルクス、エンゲルスが主張したことの力点を離れて任意に主観的にこれを改作したりしたものである」と述べる（「素朴観念論に対する唯物論と人間学的唯物論（上）――我国に於けるマルキシズムの二形態」『理想』一九三〇・一）。ここで土田が述べるマルクス主義の「二形態」が、そのまま福本と三木の論考と重なり合うわけではないにせよ、[9] 一般的な左派論客に共有された（ロシア共産党経由の）マルクス理解を逸脱するような思弁的趣向を持つ主張の類が、一九二〇年代後半の言論空間を席巻していたことが窺われる。

以上のように、福本と三木の主張内容は各々で異なりながらも、マルクスの著作から一種の「哲学」を汲み取り、そこに大胆な解釈を加えようという試みは共通していた。しかし、福本は日本共産党の独自路線を警戒し、大幅な方針変更を迫るコミンテルンからの指示——いわゆる二七テーゼ——によって失脚し、三木もまた一九三〇年前後には左派論壇で居場所を喪失していくことになる。

もともと三木のマルクス主義解釈は、既に一九二〇年代後半から「観念論の密輸入によつて全マルキシズムを腐敗させ汚辱」するものと指弾されていた（服部之総「唯物弁証法と唯物史観」『マルクス主義講座』政治批判社編、第一一巻、一九二八・一一）。折しも一九二八年、三木は羽仁五郎とともにマルクス主義の自然科学的な基礎づけを志した雑誌『新興科学の旗のもとに』（後に『プロレタリア科学』へと継承）を創刊し、出版事業へと本格的に参入することで、アカデミズムではなくジャーナリズムの領域で存在感を発揮することになる。しかし一九三〇年前後には、寺島一夫「『三木清とその哲学』」（『プロレタリア科学』一九三〇・六）や加藤正「三木哲学に対する覚書」（同、一九三〇・七）など、度々三木の名は批判に晒されていた。同時期、三木は治安維持法によって検挙されており、その批判は半ば欠席裁判のようなかたちで激化し、最終的に三木は左派論壇の中枢から追放されることになる。

ここまで見てきたように、一九二〇年代半ばにおける福本や三木の仕事は、当時の言論界で人文系知識人たちに多大な影響を与えながらも、各々が〝正統〟なマルクス主義解釈ではないものとして、僅か数年で論壇の覇権を喪ったという類似点がある。この点について、岡本拓司は「ソ連や党の路線に反することがあれば、とたんに強い圧力がどこかからかかり、修正を強いられることになるという教訓は、福本や三木の事例によって定着したであろう」と指摘している。[10] そういう意味では、福本も三木も、結果的にマルクスの教義が日本の言論空間に受容されるにあたって、言わば〝正統性〟を挑発する論敵としての役割を果たしていたとまとめられよう。そして一九三〇年以降、時局のなかでマルクスの思想自体が次第に訴求力を喪っていった――。

昭和初期における人文系知識人とマルクス主義の邂逅は、およそ以上のような説明がなされることが多い。平子友長は「一九三〇年、この年は、日本のマルクス主義哲学が、創造的発展の可能性を自から摘み取った年として記憶して良いであろう」と述べているが、[11]まさに「創造的発展」を志す「哲学」としてのマルクス読解の仕方は、一九三〇年を境に閉ざされてしまったようにも見える。

しかし、昭和初期文壇のマルクス主義受容という観点から見てみると、福本や三木の仕事は、各々に別のかたちで確かな種子を蒔いていたとも言える。次節以降では、その象徴的な事例として横光利一の文業を検討してみたい。

二　素朴実在論の超克

前節で見たように、当時のプロレタリア文学運動に携わる左派系知識人たちは、マルクス主義理解の〝正統性〟を標榜するために、ともあれロシア共産党の指導理論となるV・レーニンの解読格子に依拠する必要があった。しかし、後述するようにレーニンの「唯物論」理解は、基本的にニュートン以来の古典物理学の着想に準じたものであり、必ずしも当時の理論物理学の進展に適切な仕方で応接したものであったとは言えない。本節では、そのような観点からマルクス主義とマルクス＝レーニン主義を峻別し、その釈義を戦略的に逸脱させるような言論活動のあり方を、一九二〇年代後半の横光の論説から抽出していく。
横光とマルクス主義の関係について、先行研究のなかで重要な洞察を展開したのは位田将司である。位田は、特に『資本論』の「商品」に関わる分析の箇所を丁寧に読み込むことで、新感覚派時代の「文字」や「形式」をめぐる横光の思弁や、『機械』(『改造』一九三〇・九)や『上海』(『改造』一九二八・一一~一九三一・一一)などの小説作品に、その論理形式が色濃く照射されていることを明らかにした[12]。横光は、単にマルクス主義に対峙する立場を取ったわけではなく、むしろその方法論的意義を吟味し、自身の文学活動へと精力的に落とし込んでいたのである。そこに介在する重要な背景として、福本の理論体系が迫り出してくることになる。

横光が福本の名を直截的に語った事例として、最も引用されるのは「文芸復興座談会」(『文藝春秋』一九三三・一一)における「マルキシズムが芸術派に影響を与へた一番大きなものは、福本和夫氏の弁証法ぢやないかと思ふ」という発言であろう。ここで横光が挙げた「弁証法」の内実について、絓秀実は「福本とはほとんど無縁なものだ」と一蹴しつつも、その思想的な連関を想起させる著作として、福本の『社会の構成=並に変革の過程』(白揚社、一九二六・二)を挙げている[13]。この書物のなかで、福本は下部構造が上部構造を「一方的な因果系列」のもとに規定するという「ブルゲールな唯物論者の見解」を退け、両者のあいだには「諸過程(要素)間の作用」=「交互作用」があることを主張する。それは、福本の理論体系が「物質」一元論的な世界認識を採用せず、多分に関係論的・相補的な構造理解を前提としていたことを意味している。絓によれば「意識的にではあれ無意識としてではあれ、当時は既に失墜していた福本和夫の、主観-客観の交互作用論が、この期の横光に浸透していた」のであり、その解釈の仕方自体が、同時代の一般的な「唯物論」理解（＝下部構造決定論）から多少とも乖離したものであった。

位田は、絓の指摘を受けて、横光と蔵原惟人などのあいだで一九二〇年代後半に討議された「形式」と「内容」の「相互関係」もまた、福本の問題系（＝主観－客観の「交互」的な構造理解）に紐づけられるものであったと述べている。ここに、従来は対立陣営として位置づけられてきたプロレタリア文学運動と横光の密かな思想的連帯も見いだされていくのだが、同時に本章で押さえておきたいのは、この「交互作用」や「相互関係」によって現象世界の存立構造を捉えなおそうという横光の方法意識が、当時の自然科学に対する横光の興味・関心とも深く切り結んでいたことである。

「愛嬌とマルキシズムについて」（『創作月刊』一九二八・四）のなかで、横光は「マルクス主義と云ふものは、芸術家にとつては、どのやうな見方をしようとも素朴実在論にすぎない」と要約している。実際、レーニンの著作『唯物論と経験批判論』（*Materializm i empiriokrititsizm*）では、自然科学的なものの見方を採用することで現象世界の成り立ちを精確に把捉することができるという「模写説」が唱えられ、主観－客観の対応関係を「感覚」のもとに一元化しようとするE・マッハの主張などに対して、激しい批判が展開されている。その意味で、一九二〇年代の日本に受容されたマルクス＝レーニン主義とは、現象世界の把捉にあたって関係論的・相補的な構造理解を認めず、極めて穏当な素朴実在論と要約できる性格を持つものであった。

しかし、特殊／一般相対性理論や量子力学など、当時の先鋭的な理論物理学では、観測者の視点や位置が観測対象のあり方に関連づけられるというかたちで、むしろ現象世界の「交互」的な存立構造が積極的に探究されていた。当時の評言を借りるならば「十九世紀に確立せられたと思はれてゐた諸科学は其根底から動揺を来し」たのであり、特に「物質は前世紀の科学者が考へてゐたほど簡単なものではな」いことが明らかとなりつつあったのである（大町文衛『最近自然科学十講』太陽堂書店、一九二三・二）。

E・カッシーラーの術語に倣うならば、それは〝実体概念から関数概念へ〟という仕方で要約できるものであった[14]。一九世紀以降の理論物理学は、過度な数理化（＝「形式」化）が突き詰められたことで、事物の単純な観測－経験という認識モデルが崩れ、高度に抽象化された「関係思考」によって基礎づけられていく。日本では、科学ジャーナリストとして活躍した石原純などが、それを「超唯物性」という語句で形容し、この時期の論壇で精力的な紹介を努めている（「近代自然科学の超唯物的傾向」『思想』一九三〇・九）。

そういった学術動向に対して、マルクス＝レーニン主義の論客たちは適切な応答を図ることができなかった。先述の雑誌『プロレタリア科学』では、「マルクス＝レーニン主義の基礎理論を闡明」することが勇ましく宣言され（「雑誌「プロレタリア科学」の立場と機能」一九二一・一二）、特に「弁証法的＝唯物論的哲学」の「理論的進展においては、現代の自然科学の収穫に依拠し、それを究明せざるを得ない」といった共通理解があったにもかかわらず（「マルクス主義は如何に研究さるべきか」一九三〇・八）、その考察の具体的な矛先は、専ら素朴実在論と相性の良い諸社会科学の次元へと向けられており、事実上「現代の自然科学」に眼が向けられることはなかった。ここに、狭義の政治イデオロギーとは別の次元で、当時の左派系知識人たちを惹きつけていたマルクス＝レーニン主義には、原理的な破綻の可能性が忍び込んでいたのである。[15]

横光自身、当初は単に自然科学の厳格な考究の態度を称揚するだけであった。「客体への科学の浸蝕」（『文藝時代』一九二五・九）では「科学を会得したと云ふ効果は、客観の法則を物理的に認識したと云ふ効果である」と述べており、そこには未だ認識論的な懐疑を見いだすことはできない。しかし、こうした自然科学に対する茫漠とした憧憬は、同年の「感覚活動（感覚活動と感覚的作物に対する非難への逆説）」（『文藝時代』一九二五・二、以下では「感覚活動」と略記）に代表される横光の創作原理と、必ずしも重なり合うものではなかった。「感覚活動」は、要約すれば現象世界に拮抗するだけの主観（＝「感覚作用」）の権能を、最大限に肯定することを目指したものだと言える。それは、単に「客観の法則」を「物理的に認識」するだけの（古典物理学的な）観測者の立ち位置とは明らかに異なっていよう。ゆえに、一九二五年時点の横光は、自然科学に対する興味・関心と、自身のなかで確立しつつあった文芸理論との乖離を調停するような、全く新しい思想的土台を模索する最中にあった。

こうした状況において、一九二六年以降の横光は、レーニンの「模写説」に典型的だった素朴実在論的な世界把握のあり方を退けるような、より先端的な理論物理学の成果に魅了されていくことになる。その詳細は、かつて拙著でも述べたことなので割愛するが、一九世紀以降の理論物理学の方法論的転回を通じて、横光は前段に引用したような自然科学に関する興味・関心と、自身の「感覚活動」に関わる新しい表現理念を、独自の仕方で貼り合わせていくのである。[16]

本章の論旨にとって、最も重要なのは「文学的唯物論について」（『創作月刊』一九二八・二）であろう。この論考では「個性がいかに変化しなくとも、われわれの外界が変化すれば、個性に映じる物象も変化して来る」と講じられたうえで、その連関を示すために「交流作用」という文言が用いられる。同論の別の箇所では、さらに「感性と悟性の交流作用は、拙論感覚活動に於て詳論した」（傍点引用者）と括弧書きが付されており、かつて発表した「感覚活動」の主眼が「交流作用」の解明にあったことを事後的に補填している。先述の位田も指摘するように、ここに福本の提示した「交互作用」論の反響を聴き取ることは牽強付会ではないだろう。

そして、その末尾において「われわれは個性と主観と客観とを何ら関係なき独立した存在として眺めたとき、此の唯物論は戦慄すべき発芽となる」と説かれつつ、新しい「唯物論」に「跪拝」すべき人物として「レーニン」の名が記される。それは、まさにマルクス＝レーニン主義に基礎づけられた同時代の一般的な「唯物論」について、一九世紀以降の理論物理学の成果を踏まえることで、改めて自身の創作原理との整合性をつけようとする試みであったと言えないだろうか。

あるいは、同時期の論説では「芸術家」の「素質」を「一口に云はなければならないとすると、主観と客観の交流法則を、見詰めることだ」とも述べている（「書き出しについて」『創作時代』一九二七・八、傍点引用者）。もとより、先述の論説「感覚活動」において「物自体へ躍り込む主観」の働きは一九二五年前後から考究されていたものの、その「交流法則」や「交流作用」の機制は、当時に興隆していた「唯物論」をめぐる思想圏のなかで的確に位置づけることができなかった。しかし、福本の理論構想は「物質」一元論的な世界認識のあり方に「諸過程（要素）間の作用」を差し挿む。こうした新たなマルクス読解に、横光は同時代のプロレタリア文学運動と異なる可能性を託していくことになる。

つまり「ブルゲールな唯物論者」と福本のあいだに介在する「唯物論」理解の懸隔を、横光は古典物理学（＝「実体概念」）と一九世紀以降の理論物理学（＝「関数概念」）のあいだに介在する認識論的な差異として読み取ったのである。山本亮介は、一九二〇年代の横光が「マルクス主義という一つの科学的思想に対して、それを包含するより強力な科学概念――とりわけ自然科学における――をもって対抗しようと、無謀にも試みていた」と指摘しているが[17]、それは従来の「唯物論」の定義自体を更新する方略として、福本の言う「交互作用」を受け止めた帰結として理解すべきものであろう。

その試みは、前節で確認してきたような、本来の「福本イズム」が同時代のプロレタリア文学運動に訴えた「分離」＝「結合」の組織理論と、必ずしも一致するものではないだろうが、こうした昭和初期論壇から文壇に受け継がれていく「唯物論」の微妙な振幅によって、同時代におけるマルクス主義の受容と展開はさらに多様な相貌を見せていくことになる。次節では、三木清の「人間学」を横光がどのように摂取したのかを検討してみたい。

三　「人間学」という回路

横光と三木の思想的連携については、これまでも多くの先行研究で指摘されてきた。とりわけ、後年の三木の著作『構想力の論理』（岩波書店、一九三九・七）と横光のあいだに介在する相互影響のあり方は、たとえば伴悦[18]や位田将司[19]、大久保美花[20]などによって緻密な検討が行なわれている。また、一九二〇年代の三木と横光の共振性については、杣谷英紀の論考が重要である。[21] 杣谷は、前出の「文芸復興座談会」で横光が強調する福本からの影響は、実のところ三木のマルクス主義読解と親和するものであり、両者は「同時代の思想家として近い位置にいた」と指摘している。

これらの研究成果は、いずれも横光の文芸理論の共時的な射程を問い返すような意義深いものであることは疑いない。しかし、双方の共通点と差異を内在的に検証するだけでなく、仮に三木自身の企図と径庭があったとしても、三木の「人間学」をめぐる議論を横光が体得したことで、その認識論的な考究にさらなる刷新があったのだとすれば、それ自体を評価することもまた可能であるように思われる。

本節では、特に一九三〇年前後の横光のマルクス主義理解が、最も端的に示されたと思われる「文芸時評」(『改造』一九三〇・六)を詳しく検討してみたい。この時評で、横光はまず「三木氏の哲学は、何処までもフオイエルバツハの如くに人間学であつて、唯物論ではなく、人間を社会的発展の産物として考へるものでない」という土田杏村の三木批判(「人間学的唯物論と其批判」『理想』一九三〇・五)を紹介しつつも、その批判に対して「マルキシズム文学者及び批評家は、ここを起点としてあたかも彼等自身が「人間」ではなくして社会ででもあるかのやうに、われわれ「人間」に向つて「社会」から闘争する」と反駁している。さしあたり、この時評の要諦は、土田の言う「社会的発展の産物」としての「人間」観に対する率直な異議にあったとまとめられよう。最も象徴的な箇所を引用しておきたい。

いかにエンゲルスの云ふ「人間それ自身が自然の産物」であつたとしても、われわれが人間であり、人間あるが故の自然を自然と感ずる以上、依然としてわれわれ人間にとつては社会も自然も人間の社会であり、人間の自然であるにちがひないのだ。〔……〕即ち、これを云ひ換へると、われわれ人間にとつては、人間を中心とせざる絶対的存在といふものはなく、マルキシズムは無論のこと自然も社会もその他万般の思想もないと云ふことである。この観念論と思はれるべき考へ方は人間は人間から永久不変に逃亡することが出来ないと云ふことに於ていついかなる世紀を通じても正しいにちがひないのだ。これを独断だと云ふものはあるであらうか。

引用部に示されているような、マルクス主義が「人間」の生き生きとした本性を無視してしまうものであるといった類の批判は、さして珍しいものではない。もとより、マルクスが単に「人間」に対する社会的機制の優位を主張していたわけでないことは無論だが、前節でも見たように、横光はマルクス＝レーニン主義と混淆するかたちで受容された俗流のマルクス主義を、単なる旧弊な素朴実在論を標榜するものとして理解していたようである。

しかし注目すべきなのは、その反駁の理論的支柱として、横光が「文学」と「人間学」の結びつきを強調していたことである。横光は、先の引用に続けて「文学とはそれが「人間学」であるとなすことに誰しも文学理論の共同の根幹をおいてすすんで来たにちがひない」と持論を展開する。さらに、時評の後半部を見ると「文学とは、これら人間のありとあらゆる真理を科学そのものと等しい精密さを以つて、また時には科学以上の科学である人間学の基本として整理し〔……〕」とも述べているほか、この時評が単行本『書方草紙』（白水社、一九三一・一一）に所収される際には「人間学的文芸論」と改題されており、明らかに「人間学」を主題としたものであることが強調されている。

これらの「人間学」という術語は、第一節で見た三木の「人間学のマルクス的形態」から着想を得たものであろう。先述した土田による三木批判が、マルクス主義解釈に「人間学」を当てはめることの是非に照準を合わせたものであったことに加えて、この時評のなかで、横光はL・フォイエルバッハの『肉体と霊魂、肉と精神の二元論に抗して』(*Wider den Dualismus von Leib und Seele, Fleisch und Geist*) に記された「真理はただ人間学である」という箴言を紹介しているが、それは杣谷も指摘するように、三木の論考「マルクス主義と唯物論――唯物史観覚書その二」（『思想』一九二七・八）から再引用したものである可能性が高い[22]。一九二〇年代後半の横光は三木の論考を真摯に読み込んでおり、その「人間学」的なマルクス理解の枠組みが、横光の眼には土田に代表される〝正統〟なマルクス主義解釈と異なるものとして映ったことは確かであろう。

そもそも、この「文芸時評」は、全体として『文藝春秋』一九三〇年四月号に掲載された三木の論考「新興美学に対する懐疑」への違和感を表明したものである。同論は、あらゆる批評活動に伏在する「階級」の政治的次元を問い返し、プロレタリア文芸理論の担い手を含めた「批評家」の社会的自覚を促そうとする。横光は、その思想的意義を充分に認めつつも、自身はなお「人間及び個人を中心とした文学思想」の立場に付くことを宣言する。

しかし、第一節でも見たように「人間学のマルクス的形態」は、左派系の社会思想（歴史観）として覇権を握ってきたマルクス主義を、西欧哲学の領域で議論された「生の存在論」の系譜と結び合わせることを目論んだ論考である。そこでは、むしろマルクス主義の公共的／政治的な価値を模索することよりも、人びとの個別具体的な「生」の位相を読み込むことが優先されている。もちろん、双方の論考を如上の観点だけで図式化することはできないだろうが、少なくとも横光は「人間学のマルクス的形態」から「新興美学に対する懐疑」までのあいだに、三木の思想的後退を読み取っていたのだと推察される。そういう意味で、三木の「人間学」に触れることで、横光は巷間に流行するマルクス＝レーニン主義と、自身が模索していた「唯物論」の思考原理を峻別することが改めて可能となったのであり、その峻別こそが、ひいては自身の文芸理論をプロレタリア文学運動と対峙する方向で、さらに彫琢するための契機ともなりえたのではないだろうか。

この時評が書かれた同時期、一九三〇年五月一五日付で藤澤桓夫に宛てた書簡のなかでは、より端的に「僕は人間学を中心としたマルキストだと自分では思つてゐる」と述べている[23]。この書簡の末尾で、横光は「マルキシズムへはだんだん魅力が増すばかりだ」とも記しており、マルクス主義に対する興味・関心が持続していたことが窺われる。もとより「人間学」の提唱は、必ずしも三木の独創によるものではなく、たとえば同時代の思想家たちを見渡してみれば、西田幾多郎や和辻哲郎などの諸論にも散見される。ただ、この「人間学」という語句に込められた内実を仔細に検討することよりも、本章ではそれが横光の文学的方法論に与えた〝(創造的）誤読〟としての可能性を重視してみたい。

既に述べたように、前出の「文芸時評」は、詰まるところ「社会」に対する「人間」の優位を提唱している点で、極めて典型的かつ凡庸なマルクス主義批判とも言えるが、併せて留意すべきなのは、先の引用にも示されていたように、マルクス主義を含めたあらゆる「万般の思想」の発現は「人間」

の営みとして基礎づけられなければならない、という主張の仕方が（「唯物論」ではなく）「観念論」として定位されていたことである。

この「観念論」に対する横光の肯定的な態度は、前出「文学的唯物論について」とは微妙に異なっている。「文学的唯物論について」のなかでは、直截に「観念論」という語句は用いられていないものの、「唯物論」と対置される重要な概念装置として「唯心論」が掲げられる。同論で、横光は「現実が資本主義国家主義であらうとも、われわれが弁証法的史的唯物論を明確に認識なし得た程度に応じて、われわれの意識は変革を来すのだ」という「コンミニズム文学者達」の発言を仮定したうえで、しかし「現実に変化なくして、意識を変革出来得るものは、偶像崇拝者と同じく唯心論者ではないか」と反論する。

「文学的唯物論について」が執筆された一九二八年時点の「唯心論」は、プロレタリア文学運動に対する批判的な文脈を含み込んでおり、その「理論的幻想」を告発するニュアンスを持つ文言であった。磯田光一は、この点について「マルクス主義者は「唯物論」という世界観を信奉し、それを理想としてかかげている点で、そのあり方は「唯物論」ならぬ「観念論」（あるいは「唯心論」）と横光にはみえた」と要約しているが[24]、こうした「唯心論」対「唯物論」という二元論的な図式による説明は、一九三〇年の「文芸時評」と明らかに隔たっている。それは、単に「文芸時評」に固有の問題系として処理できるものではない。

たとえば、同時期に発表された短篇『機械』のなかで、やや唐突に書き込まれる「いかなる小さなことにも機械のやうな法則が係数となつて実体を計つてゐることに気附き出した私の唯心的な眼醒めの第一歩となつて来た」云々の記述は、単に「唯物論」から「唯心論」へという方法意識の転換を意味するのではなく、前述したように、従来の「唯物論」の境域自体を大幅に刷新する試みとしても理解することができよう。その刷新のあり方は、後年の国粋主義や皇国思想の礼賛まで続く「観念論」的な趣向への調停を果たしえたとも言えるわけであり、その点で一九三〇年の「文芸時評」で「人間(学)」が論じられたことは、その後の横光にとって破格に重要な意味を持っていたと言える。[25]

つまり「唯物論」に拘泥し続けた横光が、一九三〇年前後を境として(条件つきであるものの)「唯心論」や「観念論」を肯定し始めたことの理論的便宜として、三木の「人間学」が持ち出されたのである。「人間学」とマルクス主義の結託が、左派論壇から「観念論の密輸入」として排撃されたことは、既に第一節でも述べた通りだが、横光はそこに自身の文学者としての立ち位置を見いだしたからこそ、その(些か手垢に塗れたようにも思える)「人間及び個人を中心とした文学思想」を語りなおし、当時の言論界で批判的な意味を与えられた「観念論」という語句を、敢えて積極的に引き受けたわけである。

そうであれば、横光にとって「唯物論」と「観念論」の対決と調和は、それ自体がマルクス主義の受容と展開をめぐる〝誤読〟の効能に支えられていたとも言えよう。横光の文業において、いわゆる「唯物論」から「観念論」へという単線的な理路を問いなおす契機になるテクストとしては、たとえば長篇『上海』や『紋章』(『改造』一九三四・一〜九)などが想起されるが[26]、一九三〇年に発表された「文芸時評」も、その系譜に数え入れられる。それは、福本や三木の独創的なマルクス解釈に接したことの結果でもあり、だからこそ横光は、その後も「私の十九の時から三十一まで、十二年間マルクスは私の頭から放れたことがなかった」と書き記し（「詩と小説」『作品』一九三一・二）、マルクスからの思想的影響を主張して憚らなかったのである。

おわりに

昭和初期のマルクス主義思潮と文学者の邂逅を考えるとき、プロレタリア文学運動を検討の基準とする傾向は根強い。そこには、何よりプロレタリア文学運動の推進者たちが、実質的にマルクスの名を占有していたという特有の事情があるだろう。もちろん、マルクスの思想がロシア／日本共産党の指導理論として圧倒的な存在感を放っていたことは確かであり、その政治イデオロギーが同時代の知的言説を大きく方向づけていたことは言うまでもない。

一方で、この時期には「マルキシズム文学即プロレタリア文学ではない」という評言もあるように（加藤武雄「文壇現状論」『文学時代』一九三〇・六）、言論空間におけるマルクス主義の受容と展開は、もう少し広い文脈で討議されていた節もある。少なくともマルクスの釈義は、必ずしもマルクス＝レーニン主義の教条性に集約されるものではなく、本来そこにあったはずの多層的な厚み——直截には労働革命と結びつかない純然たる「哲学」としてのマルクス主義のあり方——は、決して閑却されるべきものではない。

マルクスの思想は、一九二〇年代の福本や三木によって再解釈され、さらに後続する文学者たちによって創造的に〝誤読〟される。本章では横光の文業を中心に取り上げたが、ほかに小林秀雄の批評活動なども、その一翼に数えられるだろう。たとえば「アシルと亀の子」(『文藝春秋』一九三〇・五)では、前述した三木の「新興美学に対する懐疑」が横光とは別の切り口から検討され、さらに翌年の「マルクスの悟達」(『文藝春秋』一九三一・一)では、マルクス自身の思考に深く切り込んでいくことで、巷間に蔓延するマルクス＝レーニン主義の歪みを告発しようとする。そのような小林のマルクス受容について、亀井秀雄は時局のなかで「奇妙に孤立」していたと述べているが[27]、しかし一方では、こうした「哲学」的な趣向を持つマルクス読解を仲立ちとするかたちで、ある時期までの文壇において横光と小林の協働戦線が生まれてもいたのであり[28]、その方法意識の枠組みは、双方を媒介する重要な思想的紐帯として再定位する必要があるだろう。

こうした事情に鑑みれば、本章で見てきたようなマルクス読解の系譜は、単にプロレタリア文学運動の傍流として顕われた時代の徒花ではなく、ある種の文学者にとって自身の思考圏域を拡張させるものであったことが了解される。それは、ある意味で昭和初期論壇から文壇への「知」の委譲に拠るものだとも言えるわけであり、こうした言説交渉の拡がりを検討することは、この時期の文芸思潮をさらに再考する契機ともなるはずである。

第七章　超越への回路——横光利一と中河與一の「心理」観

はじめに

横光利一と中河與一は、雑誌『文藝時代』の同人作家としての文壇進出に始まり、さまざまな自然科学への興味・関心や、やや過剰なほどの衒学性を帯びた理論趣味、さらに戦時下における行き過ぎた国粋主義への傾倒に至るまで、常にその評価の枠組みを共有してきた書き手たちである。実際、先行研究においても、小森陽一（『構造としての語り』新曜社、一九八八・五、のち増補版〔青弓社、二〇一七・九〕）、山本亮介（『横光利一と小説の論理』笠間書院、二〇〇八・二）、中村三春（『花のフラクタル——二〇世紀日本前衛小説研究』翰林書房、二〇一二・二）などの諸論を初めとして、横光と中河を並置することで、その表現営為の共時的な射程を探ろうとしたものは多い。

しかし、各々の文学的方法論を改めて比較・検討してみれば、そこには看過することのできない重要な隔たりがあることに気づかされる。その隔たりは、とりわけ物理現象としての「心」=「心理」のあり方を如何にして基礎づけるかという、言わば認識論的な問いへの応答の仕方にこそ示されていよう[1]。さらに具体的に言えば、それは「心」=「心理」の働きに、何らかの特権視されるべき独自の仕組みを見いだしうるかという、双方の問題意識の相違に関わってくるものと思われる。

その相違が最も象徴的に顕われているのが、一九二〇年代後半の形式主義文学論争における両者の応酬にほかならない。横光と中河は、総じて同一の陣営に属していたのにもかかわらず、互いに相手の主張をめぐって舌鋒鋭く批判し合っていた。従来、それは単なる些細な内部抗争の一幕とみなされていたが、その主張の要諦を改めて比べてみたとき、そこには両者の「心理」観を分かつ根本的な懸隔が迫り出してくることになる。この懸隔には、昭和初期の文学者たちが直面していた思想的課題の一面が照射されているように思われる。

本章では、一連の形式主義文学論争を中心として、一九三〇年前後までに発表された横光と中河の論説・小説作品の幾つかを検討することを通じて、改めて両者の文芸理念の差異が何処にあったのかを照らし出すことを試みる。それは、とりわけ後年において顕著に示される〝超越的なもの〟――さしあたり、それは素朴実在論的な現象世界と異なる位相に拵えられた、何かしらの根拠なき観念(イデー)の総称とまとめられる――への没入が、各々の文業からなぜ、そしてどのように引き起こされたのかという論点についてもまた、ひとつの有効な見通しを与えることになるはずである。

一 「メカニズム」再考

既に前述の先行研究でも指摘されているように、横光は「感覚活動（感覚活動と感覚的作物に対する非難への逆説）」（『文藝時代』一九二五・二）で提唱した一人称的な主観の働きを重視する小説作法を発展させて、一九二八年前後から「メカニズム」の絶対性を主張し始める。横光の言う「メカニズム」は、あらゆる現象世界の秩序体系を丸ごと包摂しようというもので、その雑駁で安易な濫用については、同時代から多くの批判が向けられたものの、前述の形式主義文学論争を中心としたプロレタリア文学運動との応戦のなかでも、横光は原則として自身の理論的立場を一貫して崩すことが無かった。

横光の「メカニズム」概念は「文学上より見たる新らしき価値、及び素質としての科学については、ここに決定的な断言を下し得る一つの簡単な法則がある」という文言からも了解されるように（「客体への科学の浸蝕」『文藝時代』一九二五・九）、一切の出来事を自然科学的な「法則」のもとに位置づけようとするものであったがゆえに、極めて厳格な「物質」一元論であったとみなされがちだが、かつて拙著でも指摘したように[2]、特に一九二九年、石原純を通じてA・アインシュタインの科学理論に接した以降の横光は、むしろ現象世界の次元と、その顕われを可能にする「法則」の次元を明確に区別しており、単純に自然科学の学術的知見を文学活動に敷衍させることを主張していたわけではない。そのことは、しばしば横光が「形式主義」を「真理主義」と言い換えていたことからも傍証されるだろう。

メカニズムの文学とは最も平凡な云ひ方をすれば、「真理を探る文学」と云ふ意味である。もし和訳すれば「真理主義」とでも訳すべきであらう。機械主義とか、力学主義とかの訳はメカニズムの真意からは遠ざかるばかりである。

（「——芸術派の——真理主義について（上）」『読売新聞』一九三〇・三・一六朝刊）

ここでは、個別具体的な「機械主義」や「力学主義」の譬喩として「メカニズム」を理解することが退けられ、「真理」なるものに到達するための契機として「メカニズムの文学」が措定されている。すなわち、横光の言う「メカニズム」とは「機械主義」や「力学主義」といった特定の物理法則やイデオロギーのあり方と、その内奥にある「真理」を厳格に区別するという、ある種の二元論的な世界認識に支えられていたと要約できる。

にもかかわらず、先述の形式主義文学論争のなかで、横光の立場は「メカニズム」という術語を万能の尺度として用いた「物質」一元論的な主張として受け取られていた。もとより、横光自身が「私の云ふメカニズムとは人々の通常用ひる真実を探ぐるがための科学的方法と云ふ意味でのメカニズムで、出来得る限り文学上の考へ方を科学的にしたいと云ふ希望の現れにすぎない」と述べており（「——芸術派の——真理主義について（中）」『読売新聞』一九三〇・三・一八朝刊）、単に「科学的方法」に立脚した物理還元主義との差異が分かりにくい側面を有してもいるのだが、前述のように、さしあたり横光の主張の骨子は、現前する「物質」の位相と、それを突き動かす「真理」の位相を厳格に切り分けようとするものであったと言えよう。

ここで重要なのは、横光に対する批判が、プロレタリア文学運動の側からのみならず、同じ理論的立場を共有していたはずの中河與一によっても激しく展開されていたことである。よく知られているように、横光の「メカニズム」論に対して、中河は「吾々がほんの少し時間をかけて、多少とも信用の置ける物理学書を開らけば、メカニズムの思想が、既に十九世紀の中葉に於て、弊履の如く捨てられてゐる事を発見するに違ひない」という反駁を寄せている(「科学上のテクニックと形式主義」『創作月刊』一九二九・四)。ここで中河は、最先端——といっても、その大半は中河自身が述べるように、既に一九世紀半ばには常識とされていたものであったが——の理論物理学や物質化学の成果を引用したうえで、「原子の化学的親和力の発見があると同時に、メカニズムには大きい不安が来たのである」と述べ、横光の「メカニズム」概念の臨界点を鋭く指摘している。

類似の指摘は、ほかにも平林初之輔「形式主義理論の自滅その他」(『近代生活』一九二九・五)など散見されるが、ここではもう少し中河による批判の勘所を押さえておこう。中河は、前段の駁文を発表した半年後、再び「メカニズムの思想は「無目的観」とも云ふべきものであつて、既に十八世紀の末葉に於て衰微した」と横光を論難している(「芸術混乱(上)」『読売新聞』一九二九・一〇・一〇朝刊)。さらに、翌年の論説では「現代の物理学に於ては、根本理論としての機械的自然観(メカニズム)は、既に広い事実の証明、正確さの為めには、多くの不都合を生じ、新しい電磁観によつて交代せられるに至つた」と説かれており、横光の「メカニズム」概念が、いわゆる古典物理学を軸とした旧来の「機械的自然観」の下に括弧書きされることで、両者が同等のものであることが立論の前提となっている（「芸術派の今後に就て――横光利一氏への駁論（上）」『読売新聞』一九三〇・三・二二朝刊）。こうした中河の立場から見れば、当然ながら「「メカニズム」といふ言葉がどうして横光氏がいふやうに、「真理主義」といふ意味になるのか私には全くわからない」ということになるだろう[3]（「芸術派の今後に就て――横光利一氏への駁論（中）」『読売新聞』一九三〇・三・二三朝刊）。

プロレタリア文学運動からの批判の多くは、横光の言う「メカニズム」概念の雑駁さにあったと考えられるが、むしろ中河は、その発想の源泉が、なおも古典物理学（＝「機械的自然観」や「無目的観」）の範疇に留まっていること、それが一九世紀以降の理論物理学において、既に過去の遺物に過ぎなくなっていることを批判した。しかし、先に中河によって言及された横光の論説「形式とメカニズムについて」（『創作月刊』一九二九・三）では、中河の名が挙げられたうえで、その問題意識のあり方が評価されつつも、次のように説かれている。

もし中河與一氏の云はるる内容主義とは、唯心説と云ふ意味なら、唯心説と雖も、何ら形式主義とは衝突しない。何ぜなら、唯心唯物、いづれと雖も、此の現象界を説明せんがための手段に過ぎない。われわれが、唯心説をとらうと、唯物説をとらうと、メカニズムそのものには変りはない。

ここで横光が述べていることを虚心に受け取ってみれば、「唯心説」や「唯物説」は、いずれも

「現象界を理解せんがための手段に過ぎない」が、その理論的な枠組みがどのようなものであれ「メカニズムそのもの」には何ら影響を及ぼさないということになる。すなわち、先にも指摘したように、ここで言う「メカニズム」概念とは、古典物理学史上における特定の物理法則やイデオロギーを体現しているわけではなく、そのような「法則」が「法則」として機能するための作動条件として位置づけられていたことが窺われる。

　それは、一九三〇年に発表された文章で「私は唯物論的であることは好きだ。しかし、唯物論は嫌ひである。私の神を信じるのは、唯心論からではない。メカニズムからだ」と述べていることからも明らかである（「肝臓と神について」『中央公論』一九三〇・一）。引用文では「唯心論」と「唯物論」が、ともに「神を信じる」ための要因たりえないことが明言され、その信頼の最終的な根拠は、やはり現象世界とは異なる次元に位置する「メカニズム」という不明瞭な術語に求められる。ここにもまた、横光の二元論的な世界認識の特性が顕われており、その点に限って先述した中河の批判は的を外したものと言わざるをえない。実際、横光は一九三〇年頃に執筆されたと思われる未発表の草稿のなかで、次のように書き残している。

> 唯物論者なることを此の上もなく愛した中河氏が、今頃メカニズムについて語るのは避けたいと云ふ。しかし、メカニズムを退けて唯物論は有り得るであらうか。ましてメカニズムに根拠を置くことを折衷主義だと否定するに至つては、何が唯物論者であるのか私には分らない。[4]

この草稿において、横光は「唯物論者」の発想を支える「根拠」そのものとして「メカニズム」を捉えているのであり、ゆえにその中味は、もとより「機械的自然観」や「無目的観」など、特定の理論体系によって代替することが不可能なものである。だからこそ、中河に対しても「私に分るのは、メカニズムを否定した中河與一氏もメカニズムについては十分によくわかつてゐないのではないかと云ふことだけだ」という反論を展開していた(前出「――芸術派の――真理主義について(中)」)。ここに典型的なように、横光の論説のなかでは「メカニズム」の内実を問うのではなく、むしろ内実を問えないということ自体の言明が延々と繰り返されており、ある一義的な意味内容を与える視点自体が放棄されている。ゆえに、先の応酬を精読する限りにおいて、横光と中河の「メカニズム」観は、そもそも初めから根本的にすれ違っていたことが了解される。

二 「心」=「心理」の存立機制

なぜ、双方の主張に右のような断絶が生じてしまったのだろうか。そこには、横光と中河が拠って立つ「心理」観の違いが関わっているものと思われる。横光の場合、その自然科学への志向性は、山本亮介が詳細に考究しているように「主観/客観、唯心論/唯物論の認識論的課題を解きほぐすため、最も厳密に「物」=客観的実在のあり方を解析する自然科学に拠り所を求めた」ということが大きい(5)。すなわち、横光の言う「メカニズム」とは、山本の言葉を借りれば「「物理的に存在」する認識-対象として、意識-主観と物質-客観とを同一のレベルにおいて捉える立場にまで突き進んだ」先に顕現するものであった。[6] こうした主－客問題の間隙において、いわゆる素朴実在論的な着想では理解することができないような、同時代の理論物理学が直面しつつあった認識論的転回の諸相が関わってくることは、既に本書の第一章や第六章でも詳述した通りである。

しかし、ここに別の意味でのアポリアが噴出することにもなる。横光は、兼ねてから文学的方法論としての「メカニズム」を「最も客観的に、いささかのセンチメンタリズムをも混へず、冷然たる以上の厳格さをもつて、眺める思想」と要約していた（前出「形式とメカニズムについて」）。だが、横光の論法では、そのような「冷然たる以上の厳格さ」を伴った観測主体の認識所作もまた「メカニズム」に拠っているのだから、その「実在」を保証する観測行為の「客観」性（＝「法則」）を「法則」として把捉や記述するためのメタ審級）を所与のものとして定位してしまうのは、明らかな論点先取にほかならない。前出の「感覚活動」以来、横光が直面した認識論的な隘路は、先に山本が述べたような同時代の科学理論に内在する問題系であったのは無論のこと、それ以上に観測主体の自意識のあり方を「メカニズム」のうちに捉えようとしたとき、不可避的に生じてくるジレンマでもあったと言える。

横光は、一九三〇年前後を境として「心」＝「心理」の記述可能性をめぐる諸々の試行錯誤を重ねていくことになるが、実際にはそれよりも以前から、自意識なるものを構成する「心」＝「心理」には、そもそも何らかの先験的な「法則」を適用しうるのかという根本的な疑念に直面していた。一九二七年には「メカニズム」の思想を着実に醸成させていく一方で「――心――どうも此奴だけは、いつまでたつても分らない」という懊悩を漏らしている（「沈黙と饒舌」『文藝公論』一九二七・五）。その懊悩は、数年後に発表された長篇『寝園』（『東京日日新聞』『大阪毎日新聞』一九三〇・一一・七夕刊〜『文藝春秋』一九三二・一一）において「どれがいつたい自分の本当の心だらう」という問いへと、また同時期の中篇『雅歌』（『報知新聞』一九三一・七・一〜八・一九夕刊）において「心とは何んだ」という問いへと引き継がれ、横光にとって明確な文学的主題として昇華されることになる。(7)

横光の言うように、自ずと「真の形式主義者なら、当然心——心理、精神、アプリオリと云ふやうな形のないものをさへも一つの実体と見る真理主義者になつていく」のだとしても（「——芸術派の——真理主義について（下）」『読売新聞』一九三〇・三・一九朝刊）、そのような「実体」が現象世界に存立することを証し立てる「根拠」は、結局のところ「メカニズム」の外部に据え置かれざるをえない。すなわち、横光にとって観測者における「心」＝「心理」の発現は、既存の「メカニズム」概念のなかに位置づけられない特異な事象として位置づけられていた。あらゆる現象世界の出来事が「メカニズム」のもとに集約されるなかで、言わば必然的に、その把捉を可能にする「心」＝「心理」の成立条件に関わる認識論的な懐疑が、自身の「メカニズム」概念の急所として浮かび上がってきたのである。

他方、一九二八年頃を境として、中河もまた横光とともに自身の文学的方法論を彫琢していくが、それは横光よりも遥かに徹底した「物質」一元論の体裁を取っていた。本書の第二章でも言及したが、ある論説では「吾々がをかしいと思ふのは、をかしいといふ心理があるからではない。をかしい顔の表情があるからだ」というW・ジェイムズの見解を紹介したうえで、「即ち心理を無限に朔(ママ)のぼれば、そこには心理以前に先づ形があるといふ事に到着するのである」と述べている（「形式主義に関する諸問題——内容主義者への突撃」『文藝都市』一九二九・四）。こうした「心理」＝「内容」に先立つ「形」なるものを先験的に措定する理論体系のなかで、前節で検討してきたような横光の「心理」観もまた議論の俎上に載せられることになる。

そもそも精神といふものは、横光氏がいふやうに、それ自身として存在するものではなく、肉体に即して現れるところのものである即ち精神の所在と考へられるところの大脳皮質は、神経細胞の集合体であつて、精神現象はたゞその神経細胞の種々なる形式によつて現はれると現在では説明せられてゐる。即ち、形があるから精神活動が存在するのである。

（「芸術派の今後に就て——横光利一氏への駁論（下）」『読売新聞』一九三〇・三・二五朝刊）

ここには、横光を懊悩させた「心」＝「心理」をめぐる認識論的な葛藤がほとんど見受けられず、一切の「精神現象」が「形」に還元されるという前提が全く疑われていない。横光もまた、確かに「肉体に即して現れるところのもの」として「精神」の発現を捉えていたのだが、前段の引用文に続けて、中河は各々の「動作」を記述することが「具体的であり、直接的である」とも述べており、極めてプラグマティックな「物質」一元論に拠っていたことが窺われる。だからこそ、中河は一連の形式主義文学論争のなかで、プロレタリア文学陣営に対して、横光とは異なる視点から「吾々は世間の唯心的習慣の強固さに今更驚く、そして多くの文学者さへがこの習慣を支持してゐるのを思ふと、多少悲しい気持さへがする」といった主張を繰り返していくことになる（「形式主義によつて分離せられる新旧（上）」『読売新聞』一九二九・二・一九朝刊）。要するに、横光のように「心」＝「心理」の特権性を云々すること自体が、中河にとっては不毛なものとして映っていたのだろうと推察される。

すなわち、やや図式的にまとめてみると、一九二〇年代後半の横光は、現象世界とその内奥にある（と措定される）「メカニズム」の形而上学的な二元論を志向しており、片や中河は、一切の自然現象を「形」（「形式」）に還元する厳密な「物質」一元論を志向していたと言える。各々の主張は、ともに「心」＝「心理」の存立機制への問いを回避した素朴実在論的な「物質」観とは大きく異なっていながらも、その目指すべきベクトルは全くの逆方向を指し示していたのである。

ここで比べた「心」＝「心理」の認識論的な基礎づけについて、横光と中河のどちらに軍配が上がるのかは、各々の依拠する理論体系の解釈によって如何ようにも判断できるだろう。重要なのは、本節までに見てきた横光と中河の論戦は、単なる陣営内の派閥抗争の一幕とみなすべきものではなく、そこには一九二〇年代とそれ以降の文化状況を媒介するような、ひとつの思想的水脈が読み取られるということである。

周知のように、この時期において「唯物論」を標榜することは、ほとんどマルクス主義に準じることと同義であった。たとえば「物質的要素の触発によつて、正しき直観へ、実践的な批判へと進み、空虚な観念の遊戯を放逐することが止揚されたる唯物論的見解である」云々（赤木健介「物質の一元性に関する文学的理論」『文藝時代』一九二六・三）、あるいは「芸術を、社会の物質的生産力の水準、及び、それによつて決定される社会の経済的構造によつて、規定されるものと見る」云々（勝本清一郎「芸術への「物質」の推進力」『文学時代』一九二九・六）など、一九二〇年代後半の文壇においては「物質」という語句自体に、ある種の政治的な色彩が付加されていたことが窺われる。しかし、本書の第一章や第六章でも指摘したことだが、同時代の科学解説書において、この時期には「物質は前世紀の科学者が考へてゐたほど簡単なものではなかつた」ということが、既に盛んに喧伝されていた（大町文衛『最近自然科学十講』太陽堂書店、一九二三・一二）。特に、当時の理論物理学において「物質」の概念が大きく刷新されようとしていたことは、竹内潔「物質の構造」（『大思想エンサイクロペヂア』第四巻、春秋社、一九二九・九）など、事典の記述などにも明確に示されている。

こうした「物質」理解の変転によって、たとえば「而も所謂物質なるものもその本源の姿に於て永遠不滅のものに非ずして、絶へず変換して行くべき性質のものなることまで明白にされて来た」といった文言が、科学雑誌などに堂々と掲載されるような時代が到来することになる（田中龍夫「物質観の革命◇科学知識の基礎として◇」『科学知識』一九二四・一二）。それは、従来のマルクス主義的な下部構造決定論を、根底から転覆させてしまうような衝撃を携えていたことは想像に難くない[8]。

ただし、次節でも詳述していくように、そこで培われた解決への理路は、総じて〝唯物論の徹底〟という方途と〝観念論への反転〟という方途の両翼に引き裂かれており、もとより単一の主義主張に収斂されるものではありえなかった。この点について、小森陽一は「従来単なる形式でしかなかった「空間と時間」形式こそが「唯一の実体」だとする現代物理学の理論的成果は、「内容」あるいは現実的対象こそが実体だとする「内容論者」たちに対抗するうえで、横光利一や中河与一らにとって、絶好の理論的基盤となったことは疑いない」と指摘しているが[9]、併せて問われなければならないのは、そのような「理論的基盤」としての「物質」理解が、この時期に捻れを抱え込みながらも多様に共存していたことの意味ではないだろうか。少なくとも横光と中河には、ともに同時代のマルクス主義科学とは別の仕方で「物質」の相貌を論じようとしていたという点で、確かにひとつの共振する問題意識が見いだされるものの、そこには同時に各々が拠って立つ文芸理念の違いが明瞭に刻まれていたと言える。

こうした見取り図によって、一九二〇年代から三〇年前後までの思想潮流を、より連続的な系譜のなかに位置づけなおすことが可能となるだろう。大正後期から昭和初期におけるマルクス主義の抬頭と挫折は、後続する文学者たちの「物質」観に大きな影響を与え、そこに旧来とは異なる新たな認識論的探究への展望をもたらした。こうした同時代の知的動向を参照しつつ、そこに「物質」と「心理」の関係をめぐる新たな方略を打ち立てようとする横光や中河の態度こそが、一九二〇年代の「唯物論」（的な世界認識）と三〇年代以降の「観念論」（的な世界認識）を、結果的に調停させる役割を果たしていたのである。

三　中河初期作品と『機械』

ここで、両者の「心理」観が象徴的に仮託された小説作品として、中河の初期作品の幾つかと横光利一『機械』（『改造』一九三〇・九）を取り上げてみたい。一九二五年、中河は「僕は三年の間、実際生活の上で伝染病に対する恐怖から、強烈な毒薬を使つて、自分の生活を狂気にした」と回想している（「狂気した生活の中から」『文章倶楽部』一九二五・九）。中河を苦しめた「伝染病に対する恐怖」は、潔癖症というモチーフを借りて繰り返し中河の小説作品に登場することになった。以下、本書の第二章と重複する論旨を含むものの、それらを改めて概観したうえで、各々の文業に見いだされる表現営為の振幅について考察してみたい。

まずは、短篇『悩ましい妄想』（『新公論』一九二一・六）を検討しよう。『悩ましい妄想』の筋立ては、既に示したように、重篤な潔癖症に悩まされる「彼」が、身体浄化を希求するあまり「Hgx」なる化合物の中毒に罹ってしまうというものである。明確な物語展開があるわけではなく、基本的には「彼」の行き場のない焦燥感に取り憑かれた陰鬱な独白体によって進められていくのだが、ここで重要なのは「彼」自身が「少しの間だつてHgxを持たないではもう安心の出来なくなつてゐる自分をも知つてゐた」と自認しており、自身の「心」＝「心理」が「物質」に対する中毒作用で充ち満ちていることを十全に理解していたという点である。

病的なまでの強迫観念（オブセッション）に苛まれる「彼」は、自身の「どうする事も出来ぬ程だらけきつてゐる身体が一本の注射で生れかはつたやうに元気になる光景」を「狂態」とみなしており、そこにある種の滑稽さをも見いだしている。にもかかわらず「Hgx」という「毒薬は例へば彼にとつて絶対的な信仰を以て総ての清めの水とせられてゐた」のであり、そこに「彼」は自身の「心」＝「心理」が救済される一縷の可能性を託していた。

作中の末尾では「Hgx急性中毒」の症状が淡々と羅列され、最終的に「彼」の「心」が「Hgx」の支配下に置かれることが予告される。作中全篇を通じて、恐らくは唯一、語り手が明示的に顔を覗かせる一節「自分は毒薬と書く事を、なぜか、不愉快に思ふ、それ故今後分子式Hgxで其れをあらはす事にする」には、図らずも「彼」が依存する「物質」を「Hgx」――本書の第二章でも指摘したように、これは「昇汞水」の化学式である塩化第二水銀 $HgCl_2$ を指していると考えられよう――という無機質な「分子式」で書きつけることによって、逆説的にそれを「毒薬」以上のものとして名指そうとする確かな志向が顕現している。

『清めの布と希望』(『新小説』一九二四・九)においても、同じく潔癖症に悩まされる男(=「彼」)が中心人物となっているが、そこにはより分かりやすい仕方で「物質」に対する妄執が書き込まれている。作中では「自分自身をどんな風に処理したらいゝのか」という問いに対して、直截に「それは心理上の一種の人格変換の現象にすぎない」とされつつも、また「『自分の中に、ある別な観念が共に生きて動いてゐると思はれる事実』それが一層彼を運命論者にし、且つ同時に人生を或る現実以上の存在への希望につながしめるやうに思はれて来た」とも綴られており、明らかに「物質」への没入行為を通じて「現実以上の存在」という超越的なものへの憧憬が読み取られる。[10] そのような思弁のあり方は、以降も『彼の憂鬱』(『新潮』一九二五・一)や『肉親の賦』(『中央公論』一九二六・一)『女礼』(『文藝春秋』一九二八・七)などで積極的に開陳されることになる。

如上に瞥見してきたように、それが虚構であることを充分に承知しながらも、現前する「物質」の内奥に「絶対的な信仰」や「現実以上の存在」を垣間見ることで、作中人物たちは鬱屈とした気分から一時的に解放されたような幻想的感覚を得ていた。そこに見られるのは、S・ジジェクが「彼らは、自分たちがその活動においてある幻想に従っているということをよく知っている。それでも彼らはそれをやっている」と呼び表わすような、ある意味で二重化された欲望のあり方にほかならない。[11] 中河の初期作品においては、自身の「心」=「心理」を蝕む「物質」に、作中人物たちが異様なまでの執着を見せており、それを自己言及的に吐露することによって、逆説的な仕方で「絶対的な信仰」や「現実以上の存在」を仮構しようという独特の屈折が読み取られる。

長谷川泉は、こうした中河の「精神病理学的な異常神経を扱った作品」について、「とくに中河文学の初期の、常軌を逸した精神構造と行動に基づくもの」とまとめつつ、「この傾向は、初期に顕現されただけで消滅した」と指摘している。[12]だが、ここで培われた幻惑のモチーフは、前節で見たような「心」=「心理」の記述作法をめぐる問題系において、かたちを変えつつも持続していたのではないだろうか。そして、こうした「心理」観にこそ、横光の『機械』との差異が際立ってくるように思われる。

『機械』には、たとえば「殊に真鍮を腐蝕させるときの塩化鉄の塩素はそれが多量に続いて出れば出るほど神経を疲労させるばかりではなく人間の理性をさへ混乱させてしまふのだ」といった趣旨の記述が頻出する。「ネームプレート製造所」に勤務する「私」は、自身の仕事場を「使ひ道のない人間を落し込む穴」に喩えつつ、「此の穴へ落ち込むと金属を腐蝕させる塩化鉄で衣類や皮膚がだんだん役に立たなくなり、臭素の刺戟で咽喉を破壊し夜の睡眠がとれなくなるばかりではなく頭脳の組織が変化して来て視力さへも薄れて来る」と述べる。また「私」は、勤務先の「主人の頭」が「奇怪」な様相を呈していることについて、「それは塩化鉄の長年の作用の結果なのかもしれないと思つてみても頭の欠陥ほど恐るべきものはないではないか」と思案する。『機械』に描かれているのは、まさに「塩化鉄の長年の作用の結果」によって「頭」や「理性」といった自身の内的機構が欠損する事態であり、そこに先行研究における『機械』評価の力点もまた集中していたと思われる。

たとえば、山本亮介は「塩化鉄」の効能について「心理そのものを変質させ、別の様態――特に肉体的精神的極限状態のそれ――における運動を観察するための試験薬となっている」と指摘しつつ、「試験的に「理性」の側面を抑制した上で、心理の運動の新たな一面を観察することがこれによって可能になっているのだ」と述べている。[13]「観察」の根拠となっていた認識主体の「理性」自体が、絶えず「混乱」=「変質」している以降、当然ながら「「私」にとって、客観的な「事実」は自明なものではない」わけであり、そこに『機械』の特質をなす形而上学的な思索への導線が顔を覗かせることにもなる。

山本の読解を継承しつつ、野中潤は「「認識の転倒」の背景には人間の意識を「物質」に還元する神経生理学的な人間観がおおきな役割を果たしている」ことを強調する。[14] さらに、小林洋介は「無意識」の記述可能性という論点を差し挿みつつ「『機械』は「自分を見る」ことの結果として逆に自己の心理を把握できなくなるという、〈自意識〉に関わる本源的な問題を暴露している」と論じている。[15] 山本、野中、小林が共通して読み取ろうとした『機械』の物語内容は、およそ「私」が「私」であることを統御づける「心理」ないしは「意識」の権能を、根源的な危機に陥れる「物質」や「無意識」といった概念に集約されるものであろう。

こうした『機械』の叙述を検討する際に注意すべきなのは、そのような「物質」が「理性」を陥落させる情況を活写する試み自体が、素朴実在論的に「心」と「物質」の関係を問う観点からは決して生まれてこないものであり、そこには前節までに見た同時代の学術思潮の揺動が明確に投射されていたということである。こうした「物質」観は、中河の小説作品にも散見されるものでありながら、そこに中河は一縷の救済の可能性を読み取っていた。すなわち、中河の初期作品においては「物質」の力を借りることで、辛くも「私」が（理性的な）「私」で居られるという事態が描き出されていたのに対して、一方の『機械』においては「物質」の効能によって、もはや「私」が（理性的な）「私」で居られなくなるという事態が描き出されていたと要約できる。この対照性は、どのように考えるべきだろうか。

「私たちの間には一切が明瞭に分つてゐるかのごとき見えざる機械が絶えず私たちを計つてゐてその計つたままにまた私たちを押し進めてくれてゐるのである」という一節に象徴されるように、『機械』のなかで描かれる「機械」は、それ自体が「私たち」を「押し進めてくれ」る超越的なものとして措定されていた。この隠喩としての「機械」が、明らかに前述した「メカニズム」の作動原理と響き合っていることは、既に多くの先行研究で指摘されているところだが[16]、もとより「メカニズム」が意味内容を自在に変動させる曖昧な術語として提示されていたように、隠喩としての「機械」もまた、あらゆる解釈を許容する空虚な穴としての相貌を纏っていたと言えよう。重要なのは、そのような作中の虚焦点としての「機械」が、逆説的にも諸々の解読格子を導く役割をまとめて引き受ける超越の謂いとなっていたということである。その意味で『機械』には、作中の全篇を通じて超越的なものへの意志が散りばめられている。

では、そこに「心」＝「心理」をめぐる認識論的な葛藤は、どのように関わるだろうか。「私」は「化合物と元素の有機関係を験べる」うちに「いかなる小さなことにも機械のやうな法則が係数となって実体を計つてゐることに気附き出し」てくるのだが、それを「唯心的な眼醒めの第一歩」（傍点引用者）として語っている以上、「機械のやうな法則」は「唯心的な眼醒め」の必要条件でこそあれ、この「唯心的な眼醒め」自体を何らかの先験的な「法則」によって演繹的に説明することはできない。「私」は「心がただ黙々と身体の大きさに従つて存在してゐるだけなのだ」と納得していたが、それは結末の一節「私が何をして来たかそんなことを私に聞いたつて私の知つてゐやう筈がないのだからら」という悲痛な叫びによって破綻を来たすことになる。

その意味で「唯心的な眼醒め」とは、隠喩としての「メカニズム」が機能不全を抱え込み、それが自ずと超越的なものへの欲望を招来するものであったことを、中河とは別の仕方で自己言及的に開示したものであったと言えないだろうか。だとすれば、ここに以降の横光が向かった超越への萌芽を読み込んでみることもまた、決して牽強付会ではないだろう。すなわち、前節の図式に照らしてみるならば、中河が「物質」の内奥に（薬理的な幻想であることを承知で）超越的なものを読み取ろうとする擬似一元論的な立場を標榜していた一方で、横光は「物質」を超脱した「メカニズム」＝「機械」に、自身の思索の拠り所を求める二元論的な立場を取っていたとまとめられる。中河の初期作品と『機械』は、同じような問題系に貫かれているように見えて、そこに繰り込まれた現象世界を超え出る観念（イデー）に至るための回路は、やはり大きくかけ離れていたのである。

おわりに

本章では、横光や中河が超越的なものへと惹きつけられるまでの理路が、もとより共通の論理構造に拠るものではなく、むしろそこには興味深い対照性があったことを検討してきた。それは、後年の双方を単なる極端な国粋主義者として一律に断罪してしまうような見方に再考を迫るものである。

筆者は、これまでにも「合理」的とみなされていた思索が「非合理」へと逸脱‐転化してしまう戦間期の文学運動について、さまざまな事象の検討を通じて考察を積み重ねてきた。[17] 一九二〇年代の中河が、これほどまでに同工異曲の小説作品を書き連ね、横光が「メカニズム」なるものをめぐって不明瞭な理屈を捏ね回していたのもまた、自身が首肯しうる「合理」的なものの存立機制を、各々の仕方で模索していたからにほかならない。それらは、ともに旧来の「物質」の相貌を刷新するような表現営為として意味づけることができると同時に、その必然的な帰結として現象世界の超脱への道筋が用意されていたことをも証し立てるものである。

言うまでもなく「心」と「物質」の関係を考察すること自体は、主に哲学思想の領野で古くから取り組まれてきたことであった。しかし、それが昭和初期という時代において、ほかならぬ文学者たちによって議論され始めたことの意味を改めて問うてみたとき、そこには一篇の小説作品として昇華されうるような、同時代状況と分かちがたく結びついた文学者たち特有の認識論的探究の行程が見いだせるだろう。それはまた、マルクス主義が知的覇権を喪った時代において、「日本精神」という空疎な情念に人びとが惹きつけられるなかで、そのような超越への回路を導く思考の枠組みを、改めて照らし返すための一助ともなりえるはずである。

第八章　献身する技術者――『紋章』前後の横光利一

はじめに

横光利一「純粋小説論」（『改造』一九三五・四）の末尾近くには、よく知られているように「日本人の思想運用の限界が、これで一般文人に判明してしまつた以上は、日本の真の意味の現実が初めて人々の面前に生じて来たのと同様であるのだから、いままであまりに考へられなかつた民族について考へる時機も、いよいよ来たのだ」という文言が顕われる。ここに示された、やや脈絡のない「民族」概念の登場については、これまでの先行研究でもさまざまな言及がなされてきたが[1]、特に作家活動の初期（新感覚派と称された時代）の論説や随想に示された衒学趣味とのあいだに、どのような整合性をつけることができるのかという素朴な問いについては、未だ説得的な解釈が下されていないと思われる。

本章では、その問いに直截的な仕方で応答することはできないものの、その転換点となったであろう時期を一九三四年前後に求め、特に長篇小説『紋章』（『改造』一九三四・一～九）の読解を主軸として、この時期の横光が拘泥していた問題意識の在り処を再考してみたい。『紋章』は、近代知識人としての自我に拘泥する山下久内と、魚醤油の醸造に没頭する雁金八郎のやり取りが、職業作家である「私」の眼を通じて語られるという物語構成になっている。内省派の久内と行動派の雁金は、作中で明らかに対比的に提示されており、その極めて図式的な筋立てが、先行研究でも議論の焦点となってきた。[2] 本章では、そこにタイプが異なる二者の知識人による思考の拮抗関係を読み取ることで、一九三四年前後の横光が直面していた同時代を貫く思想的課題の諸相を掘り下げてみたい。

併せて検討したいのは、『紋章』の作中において、雁金が公人としての社会的使命を自覚する有り様が、小説冒頭から「日本精神」という語句で形容されていたことである。雁金の発明行為の最終的な帰結として、国家事業への有用性という価値尺度が措定されたとき、その造型は結果的に、自ずと職業技術者の社会参画という時代背景と重ね合わされることになるだろう。そこに、戦時下における横光の行き過ぎた右傾化志向の萌芽をも見いだせるのではないか。本章では、冒頭に示したような横光の作家活動における方法論的な〝断絶〟を理解するための契機として、長篇小説『紋章』を位置づけてみたい（なお、以下の『紋章』の引用は、雑誌『改造』に掲載された初出本文とのあいだに、ほとんど論旨に関わる重要な異同が見られないことから、全て『定本　横光利一全集』〔第五巻、河出書房新社、一九八一・一一〕に拠った）。

一　雁金の社会的自覚

『紋章』のなかで、雁金は「子供のやうに正直一本で、人を疑ふといふことを知ら」（一、引用文後の漢数字は章番号を指す、以下同様）ず、結末でも「羅漢のやうな無邪気な顔をしながら早口にもう新しい次ぎの発明を説明してきかせ」（二〇）るような人柄として描かれている。だが、菅野昭正も指摘するように、必ずしも「彼は社会の外にすっかり退いてしまって、孤独のなかで無償の情熱を燃やしている」存在として造型されていたわけではない[3]。むしろ作中で雁金は、自身の研究成果を人びとに還元することを積極的に志している。

いかに競争とはいへ、長年学界に尽力して来て晩年を平和に暮さうとしてゐる偉人を叩きつけた気の毒さに、雁金は自分の喜びも冷めかかつて来るのを感じた。しかし、もう何と云つても仕方がない。自分は復讐をしたのぢやない。万人のためだ。思ひあきらめて貰はう。——雁金はさう思ふとまた俄に元気になつて実験室へ戻つて来た。（七）

『紋章』には、醤油醸造の特許権をめぐる発明家たちの計略の数々が描かれているが、ここで雁金は「万人のため」という大義を背負うことによって、勤務先の所長である多多羅を初めとする競争相手たちに対峙しようとしている。久内からも、雁金は「絶えず発明をしては特許を民衆に解放しようと思つてゐる人だ」（一八）と評されており、市民社会の一員として道義や人心を重んじる雁金の矜持が作中の随所で強調されている。

また、酵素利用の特許をめぐる裁判が激化していくなかで、多多羅が仕掛けた公文書の偽造を暴く場面は、次のように描かれる。

このやうにして嘘偽の一端をひつ掴んだ雁金は、力をこめてその皮をひき剥いていくに従ひ、順次にめくれ上つて来る実体と嘘偽との差違の面白さに、俄にこのときから彼の発明的才能は現実を蔽つてゐる世のからくりの面白さに向つて精密に動き出した。これは彼にとつてはほとんど無意識の行動にちがひはなかつたが、頭脳の本質的な廻転といふものは、方向を違へれば違へたで自ら活動し始める段には同じであると見えて、彼はすぐ東京の原田弁理士に報告するのは先づひかへ、一層それよりも巧妙に自ら今度は県立の気象専門の測候所へ出かけて行つた。（一五）

引用部から少し後の場面でも「雁金の突撃力はこのやうな解きほごせぬ現実の結点に突きあたると、発明のときと同様に感覚の浸透するべき空隙を見つけることに異常な敏感さを発揮するのだつた」（同）とあるように、雁金は専門的な研究領域だけに自身の「発明的才能」を研ぎ澄ませていたわけではなく、その「頭脳」は「現実」そのものを射程に入れていたことが了解できる。山本亮介が指摘するように、雁金にとって「「漁村の振興」＝他人の利益という目的は、発明行為に先行し、それを意味づける外的根拠になって」[4]おり、そこには単に「子供のやう」とは言い表せない主体性の強さが読み取られよう。

一方で、久内は「私」から「近代の智識人」（二）と評されているように、思弁的に内省する人物の典型として表象されている。実際、既に同時代から『紋章』は「知識階級」に特有の「ソフィズムの深さ」が指摘されており（春山行夫「知識階級を語る」『行動』一九三四・一二）、横光自身も『紋章』について「智識階級にとつての、最も重要な問題に考察を集中したつもり」と自己解説していた（「紋章について」『改造』一九三五・一一）。後述するように、そうした『紋章』における丹念な内省の記述は、書き手としての横光自身に向けられた文壇・論壇の評価とも密接に結びついてきたと言える。

こうした雁金と久内の対比について、鳥居邦朗は「一人の人間の行為と思考の中間に介在して人間の外部と内部を引き裂いている自意識のありようを、山下久内の造型を通して描いている」一方で、「行動家である日本主義の権化雁金が、単に西欧的な「近代の智識人」の裏返しの姿としてしか描かれていない」と指摘している[5]。しかし、先に見てきたような雁金の人物像は、単なる行動主義者（＝反知識人）として意味づけられるべきではなく、むしろこの時期の「知識階級」の思想的課題を、別の仕方で探ろうとしたものとして布置しなおすことはできないだろうか[6]。

この点で眼を留めておきたいのは、雁金がアカデミックな学術機関に所属する専門研究者であったわけではなく、ごく私的な発明欲に突き動かされる職業技術者として設定されていたことである[7]。「小学校より出て」（二〇）いない雁金は、もとより学界で知的活動に従事する〝正統な〟意味での科学者ではありえなかったのであり、そのような人物の所作が中心的に描かれていることに、さしあたり『紋章』における特質の一端を読み取ることができると思われる。[8] その意味するところを探るため、まずはここで職業技術者の抬頭という同時代状況を瞥見しておきたい。

山崎俊雄が述べているように、一九三〇年代において「科学が国民に普及するにつれて、技術者は何をなすべきかという自覚が発生」することになった。[9] とりわけ、一九三一年の「重要産業ノ統制ニ関スル法律」の制定によって、従来の産業構造のあり方が「統制」され、それまでになく科学振興の機運が急速に高まっていく。しかし、この時期に討究されていた「科学」なるものの表象概念は、往々にして抽象的な思弁理論(science)というよりは、むしろ応用技術(technology)の領域に近いものであったことは注意しておきたい。一九三〇年代における諸々の学知は、何よりも「重要産業」に資するものであるか否かという価値尺度を抜きにして語ることのできないものであった。その点が、改造社が仕掛けた〝特殊／一般相対性理論ブーム〟に代表されるような一九二〇年代の科学振興のあり方と、決定的に異なっていたところでもある。

加えて、中村静治が指摘するように、いわゆる史的唯物論の社会思潮が興隆していくなかで、これまでになく技術的なものを扱った論説が——特に左派論壇の周辺で——広く世に問われることになった。[10] たとえば戸坂潤は、横光と思想的背景を大きく異にしつつも、一九三三年の時点で「技術の問題が今日、様々な対立関係を通してではあるが、最も重大な国際問題の一つになつてゐるといふ事実は注目を必要とする」と述べている(「技術について——技術問題の要点・その一」『思想』一九三三・四)。こうした議論の枠組みに直截的なかたちで横光が影響を受けたわけではなかったにせよ、『紋章』において職業技術者としての雁金が強い決断力を獲得していく背景には、右で見てきたような同時代の技術論や技術者論の隆盛が関わっていたものと思われる。[11]

では、それは作家としての横光の文芸理念にどのような展望をもたらしたのか。次節では、横光の文業における思想的転回を概観したうえで、最先端の理論的な成果よりもむしろ日常生活に根ざした次元に、同時代の〝科学的なもの〟の発露を読み取ろうという方法意識が育まれていたことを明らかにしたい。

二　横光利一の思想的転回

横光と自然科学の関わりについては、既に多くの先行研究の蓄積があるが、概してその方向性としては、主に一九三〇年代半ば以降から自然科学の臨界点（と文学表現に固有の可能性）を見いだすようになったという理解と、終生飽くことなく自然科学への執着や拘泥を持ち続けていたという理解が、強く拮抗しているように思われる。たとえば、山﨑國紀は「「科学主義」への志向は、横光の内部には絶えず潜在していたようで、新心理主義文学を拓くときにも、間違いなく適用されようとしたのである」と述べており、[12]自然科学への持続的な関心の強さを指摘している。一方で、石田仁志は「一九三〇年頃の横光は文学も「科学的な正しさ」を持つことが必要であると、繰り返し主張していた［……］が、それがここではそうした科学主義は現実を「法則や体系」で縛り、文学を圧迫するものとして否定されている」と述べており、[13]ある時点で大きな変化があったことを主張している。河田和子もまた、特に一九三五年以降の横光が「文学者の立場から、西洋由来の科学や科学精神、換言すれば科学的合理主義や実証主義精神を批判的に克服しようとしていた」とまとめている。[14]

しかし、そのような自然科学への志向が消失した／しないという見立てはあまり意味をなさず、むしろ実際のところは、横光が〝科学的なもの〟に託していた意味内容が、絶えず変質を遂げていたと考えるべきではないだろうか。具体的には、かつて拙著でも検討したが[15]、一九二〇年代までの横光にとっての自然科学とは、いわゆる主観－客観問題を考究するための概念装置の総体にほかならず、極めて思弁的な色彩の強いものであったのに対して、一九三〇年代に差し掛かると、そこに「心理」という分析視角が挟まることで、その認識論的探究は破綻し、より具体的な生活世界に繰り込まれたものとして〝科学的なもの〟の内実が再定位されたのだと考えられる。[16]では、その新しい「科学」観は、具体的にどのような仕方で発現されるものであったのだろうか。

一九三〇年代の横光は、広義の自然科学に関わる職業に従事する人物を、幾つかの小説作品に登場させている。たとえば、短篇『博士』（『文藝春秋』一九三四・一）では「あなたのやうな特殊な自然科学の仕事をしてゐられる方は、科学と道徳の限界といふやうなことを、やはりお考へにならなくちや困ることになるんぢやありませんか」と問う職業作家の「私」に対し、医学博士の肩書きを持ち「科学精神」を有する人物と評される加羅木が「君、いつたい人間としての行為と、科学者としての行為とは、君のいふやうに分けられると思ふかね」と応じている。こうしたやや生硬な対話のなかに、あるべき科学者の振る舞いとは何かという横光自身の問題意識が、手探りながらも表明されていよう。そして、右に示したような科学者の担うべき倫理をめぐる横光の思索は、自然科学そのものに対する理解についてもまた、従来とは異なる活路を拓いていくことになる。

加藤周一は、一九四〇年前後に行なわれたと思われる横光の講演において、聴衆とのあいだで「物質文明とは、科学のことでしょうか」「そういってもよい」「技術のことでしょうか」「そうだ、科学技術だ」「ちょっと待ってください、科学と技術とは、別の二つのことではないですか」「いや、関係が深い、ぼくはひとつのものと見ている」という応酬があったと回想している。[17] もちろん間接的な傍証に過ぎないものの、上記の述懐からは、横光の「科学」観が、後年に具体的な技術の問題と縫い合わされていたことが窺われる。ここにおいて、初期の論説「客体への科学の浸蝕」（『文藝時代』一九二五・九）に示された「科学」概念（「科学を会得したと云ふ効果は、客観の法則を物理的に認識したと云ふ効果である」云々）との隔たりは明らかであろう。加藤が証言する講演において、横光は「科学」を「客観」や「認識」といった抽象的な術語を駆使して論じるべき考察対象ではなく、市民社会のあいだでより世俗的・実践的に利用されるべき知的資源として把捉していたことが窺われる。『紋章』の筋立てに照らしてみれば、それは久内に象徴される「知」の枠組みから雁金に象徴される「知」の枠組みへという、知識人表象のダイナミックな転回に重ね合わせることができよう。前節で述べたように、同時代状況に鑑みれば、それは「重要産業ノ統制ニ関スル法律」の制定に伴う科学振興の質的変化と明らかに共鳴している。こうした横光のなかで生じた新しい「科学」観と古い「科学」観の結節点にあたる時期こそ、『紋章』が執筆された一九三四年前後だったのではないだろうか。

先述したように、同時代から既に横光は「理論」志向の強い書き手として認知されていた。その意味でも『紋章』における久内の行き場のない内省は、それを書き記す横光自身の認識論的葛藤の経験が投射されていることは間違いない。だが、そのような思索の発露以上に、職業技術者としての雁金の意思や行動が作中では詳らかに書き込まれていた。こうした『紋章』の特性は、やはり横光の方法意識を通時的に捉えたとき、ある種の変化の徴候を看取することができる。そして、それはまたこの時期の哲学者たちが共通して直面していた思想的課題とも無関係ではない。

H・ハルトゥーニアンは、一九三〇年代半ばの日本において、複数の人文・社会系知識人たちが「「現実」の地位と、どうすればそれにもっともうまく接近できるかという問題に、頭を悩ませることになった」と指摘している。[18] 村田純一もまた、「一九三〇年代に共通して技術に対して重要な哲学的意義を見出した三人〔西田幾多郎、戸坂潤、三木清を指す〕は、同時に日常性の重要性に注目することになった」と述べている。[19] 言わば「技術」への着目という同時代文脈のもとで、一九三〇年代における人文系知識人たちの思索の宛先が、一斉に「日常」や「現実」の次元へと向かい始めたのである。

こうした言論動向のあり方と、先に見たような『紋章』前後における横光の思想的な転遷には、何かしらの共振する問題系を看取することができるのではないだろうか。少なくとも横光自身、一九三五年時点で『紋章』の主題を「智識階級」と「現実の提出してゐる問題」の衝突という仕方で語っていたのであり（前出「紋章について」）、そこに一九二〇年代とは異なる状況認識のあり方を読み取ってみることは、さほど牽強付会ではないはずである。

だとすれば『紋章』において横光が示したような、従来の内省する知識人モデルとは異なる雁金像を、改めて時勢との関連から問い返してみる必要があるだろう。そこには、以降の横光が向かうことになる国粋主義への行程もまた胚胎されていたと思われるからである。次節では、先行研究でも焦点となっていた『紋章』における「日本精神」の顕現を確認したうえで、その共時的な布置を再検討してみたい。

三　知識人の役割変化

雁金が特許権をめぐる抗争に巻き込まれるまでの多多羅との確執について、作中では次のように描かれている。

雁金の私に話したところによると、このとき雁金は研究をさせてもらつた恩義に感じ、その返礼として所長の云ふままに名義を多多羅と二人にしておいても良いと一時は思つたさうであるが、また考へると、研究所といふ公の名にしてならとにかく所長私人の名義としては、研究所が国立である以上、公器を利用するといふ一点で一種の贈賄になると思つたので、精神上の苦痛に襲はれて思ひとまつたと云ふのである。（九）

特許権を利用して私腹を肥やそうとする多多羅に対して、雁金は「研究所」が「国立」であることに拘り、私的な動機よりも公的な使命を優先する人物として描かれている。ここからは「国立」の研究機関に奉仕することが、雁金の正義感の根幹に据え置かれていることが読み取られよう。実際、この少し後の箇所には、次のような「声明書」が書き記されている。

「われら技術者は行政官と異り、政治的に所員の送迎例無きこと、これ内外共通の誇るところなり。況や物産研究所のごとく試験をもつて目的とする技術者にとつては、万年これ奉職すること、その本来の使命の遂行上欠く可らざる要素にして、こはその身分生活の保証により年年各種試験の項目を樹立し、各個性の天才技能を発揚し以つて斯業啓発の師表たる特異性の附託に任ずるものたること言を俟たず。〔……〕余一個人を以つて例せば、当研究所に薄給もしくは無給にて奉職せる所以は、水産醤油製造試験を担当し、その有終の美を獲得せんが為なり。而して本年農林省より国庫補助の発令ありしを以つてその指令を遵奉せんとこれが立案に腐心したるも、現所長多多羅謙吉氏の糊塗する机上試験に衝突しここに退職を命ぜらる。〔……〕」（同）

所長である多多羅に反旗を翻し、不当解雇を告発する文書のなかで、雁金は「技術者」に固有の職業倫理を語っており、そこでは「国庫補助の発令」に「遵奉」することが「技術者」たちのあるべき姿勢として求められている。この「声明書」の内容ひとつを取ってみても、『紋章』全篇を貫いている雁金の強い信念のあり方は、何より国家事業への貢献という視角を抜きにして語りえないものであったことが了解できるだろう。

こうした雁金の造型は、当然ながら小説冒頭に示された「もし日本精神といふものの実物があるのなら、私の知つてゐるかぎりに於ては、先づ雁金の相貌と行為とを考へずしては容易に考へ得られることだとは思へない」（一）という「私」の評価と無関係ではありえない。芹澤光興が指摘するように「雁金における行為＝発明への邁進は、それ自体が目的ではな」く、「発明はあくまで〈国益〉＝

国家という共同体を利するための手段」だったのであり[20]、以降の先行研究でも、その行為の意味する政治的位相は繰り返し問われてきた[21]。本節では以下、これらの先行研究の指摘を受け継ぎつつ、雁金の発明行為の最終的な動機として、国家事業への有用性という価値尺度が措定されていたことが持つ思想的射程を、前節までに見てきたような状況背景を踏まえつつ再考してみたい。

赤澤史朗は、一九二〇年代以降に「技術系官僚や民間人技術者があらたな社会的・国家的リーダーとして登場してくることや、その地位上昇をめざす運動が盛り上がりをみせたこと」を指摘したうえで、次のように述べている。

しかしその不合理な差別撤廃の運動は、昭和期になってしだいに国家主義的な方向に転回していく。そして日中全面戦争のころから、運動の中心的な旗印は「技術国産化」におかれるようになっていった。これは科学技術の欧米依存からの脱却と、その軍事的な自給自足体制の構築ということをめざしたものである[22]。

とりわけ一九三五年以降、職業技術者はもはや「叩き大工に止ることは出来ない」（白井武「叩き大工に止ることは出来ない」『科学ペン』一九三八・四）と自認されるような時代状況が着実に到来していた。それは、ある意味で科学振興という産業界から発せられた社会運動のなかに、奇しくもナショナリズムへの通路が用意されていたことの証左でもある。この点について、A・モーアは「戦時日本の技術的想像力が代表するファシズム的イデオロギーとは、精神主義や超国家主義の文化に訴えかけることをもっぱらとする神がかり的なものだけでなく、近代性・合理性といった馴染みのある比喩を用いる形態のものでもあった」とまとめている。[23] 近年の英米圏における日本科学史研究においてもつとに指摘されているように、[24] 社会的地位が如実に向上しつつあった職業技術者と統治権力の結託が、この時期の言論界隈における新たな風景として急激に迫り出してくることになった。

その象徴的な出来事が、いわゆる技術官僚(=テクノクラート)の抬頭であろう。廣重徹は、一九三〇年代後半に統治政策の担い手として工学系の出自を持つ役人が積極的に重用され始めた事態を、帝国日本において「科学技術」の推進体制が整えられていったことの好例として位置づけている。[25] もとより、大淀昇一が指摘するように「日本の科学技術行政」は、顕著に「軍需動員と深くかかわっていた」のであり、その意味で「「科学技術」は、戦時下において日本の支配圏内の資源に基づく生産力拡充を果たさねばならぬ逼迫した状況下での、科学と技術のあり方の課題を示し、同時に技術官僚にとっては独自の行政領域を規定し表現する言葉」にほかならなかった。[26] ここに、国家全体の公益となるような「科学技術」の研究開発という名目のもと、職業技術者と「日本精神」の結束を導くような、全く新しい時代思潮が到来することになったのである。

つまり一九三五年以降、職業技術者が自身の発明成果を市民社会に還元することは、国家事業の担い手たる「日本精神」の体現者となることと同義であった。言わば「万人のため」に力を尽くそうとする雁金の矜持は、時局において初めから統治権力の科学振興政策のなかに囲い込まれていたのである。従来、『紋章』におけるやや唐突な「日本精神」という語句の登場は、横光個人のファナティックな国粋思想の萌芽として理解されてきたが、ここには同時に、先に示したような職業技術者の行政参入をめぐる社会状況のあり方が、図らずも戦時下の言論空間に先んじて刻まれていた。そこに、本章で述べてきたような時勢との緊張関係を透かし見ることができるだろう。[27]

併せて重要なのは、荒川幾男が指摘するように「多くのマルクス主義者を含めての「文化主義的知識人」の無力の自覚がいっそう明瞭となっていった背後には、実務を推進する「技術インテリ」の活動が次第に注目すべき現象となってあらわれてくる事態があった」という点である。[28]「技術インテリ」の誕生と、一九三五年前後における（旧世代の）知識人たちの「不安」は、はっきりと表裏一体をなすものであった。そこに、小学校以来の学歴を持たず、研究機関で体系的な学問に従事したことのない雁金のような職業技術者が、新たな社会的地位を獲得するための土壌が形成されていくことになる。

換言すれば、雁金のような「発明的才能」の顕示は、少なくとも一九三〇年代の初頭あたりまで、あるべき「知識階級」の振る舞いとはみなされていなかった。しかし、そのような知的風土のもとで育まれた無垢な技術者としての才覚が、一九三五年前後から急激に行政の場へと登用され、市民社会において俄かに重要な位置づけを与えられ始める。こうした知識人たちの着実な意識変化に、戦時下において如実に国家主義の側へと傾いていった横光の思索のあり方を照射させてみることができるのではないだろうか。少なくとも、その予兆めいたものが『紋章』のなかで、久内的な「知」の挫折と、そこに拮抗する雁金的な「知」の興隆という仕方で描かれていたのだと言える。

菅野昭正は、『紋章』執筆前後の横光について「いわゆる満蒙の危機、国際連盟脱退による国際的な孤立化、右翼クーデターが何度か計画される際どい状況のなかで、横光利一も際どい曲がり角に足をかけていた」と述べている。(29) 梶木剛もまた、この時期に顕われた横光の「転向」に関する思想の枠組みが「〈日本精神〉の理念に結びつくのは時間の問題だったといわねばならなかった」とまとめている。(30) これらの指摘は首肯できるものの、同時に横光の「転向」の諸相は、「知識階級」に属する者たちの役割が思弁的な内省からプラグマティックな技術統治へ変質するという、一九三〇年代の日本における固有の時代状況を抜きにして語ることができないだろう。

本章の第一節で、魚醤の特許権をめぐる抗争のなかで「現実の結点」に直面する雁金の姿を確認したが、ここから紡ぎ出される思考の道筋自体が、時局において国家事業への貢献を導くものとなりえていたことを、図らずも『紋章』は暴き出していたのである。その道義的な責任を問うことは容易いものの、『紋章』執筆前後の横光が、こうした同時代の「知識階級」に突きつけられた新たな思想的課題をめぐって孤独に格闘していたことは、今日の眼から横光の文業が及ぼした功罪を検討するうえでも、なお重要な論点となりえるのではないかと思われる。

おわりに

もう一度「純粋小説論」における「民族」表象に眼を向けてみたい。田口律男は「この時期の横光にあっては、〈自意識〉過剰の苦悩と、〈新しい道徳〉への配慮、〈ヨーロッパ精神〉に対する懐疑、更には、根源的なものへの志向と、その延長としての〈日本人の根底に坐りつづけて来た昔からの精神〉に誘引される漠然とした予感などが、その内部に犇めき合っていた、そして、それらが未解決のまま内化されることなく作品化された時に、このような〈日本精神〉なる未熟な観念が生み落とされた」と指摘している。[31] こうした一九三五年前後における横光の「内部に犇めき合っていた」屈託については、本章で検討してきたように、より広い状況論的なパースペクティヴのもとに再配置することができるだろう。作家活動の最初期から取り組んでいた認識論的探究が破綻したのち、人文・社会系知識人たちの役割が変容していくなかで不可避的に顕われる時局との緊張関係を、「純粋小説論」以降の横光は、より積極的に引き受けていくことになる。「民族」なる概念の表出は、その突端で示された象徴的な事例にほかならない。

そして一九三七年、ヨーロッパから帰国後の横光は「思想は民族から放れてあり得やうがない」ということを頻りに主張していくようになる（「厨房日記」『改造』一九三七・一）。河上徹太郎は、横光に「君は一体論理の国際性をいふものと知性の民族性といふものゝ相剋をどう信じるか」と問われた旨を証言し（「現代文学の日本的動向」『文学界』一九三七・二）、横光自身もまた、ある座談会のなかで「日本人の直感といふものは（ママ）。科学的直感だつたのだと思ふ」と述べている（「現代日本および日本人を語る」『改造』一九三七・五）。ここでは「スフィンクス」（『改造』一九三八・七）と題された随想の一部を引用しておきたい。

最も人間にとつて重大なことをつねに置き忘れつつ、科学は人間の周囲で競ひ立ち、つひにこれを眼下に圧迫して人間を家来とした。歴史を見てゐると、民族を滅ぼしたものはいつも科学である。しかし、科学の重力はおのれをかくまで発達せしめたその民族の虚に乗じ、これを押し潰して滅ぼすや否や、直ちにこれを奪つた他の民族に乗り移る忘恩を決行する。そして、さらにその民族を興隆の頂きまで担ぎ上げ、住民の心理にニヒリズムを植ゑつけると同時に、ここをも焼き滅ぼしてまた他に移る。人間が火の掠奪をし合つたことから端を発した科学のこれが常套の手段である。

こうした「民族」概念と結びついた横光の「科学」観は、本章で見てきたような一九三四年前後の思想的転回を踏まえて捉え返す必要があるのではないだろうか。そして同時に、そのような「転向」の仕方は、横光自身の内的葛藤からのみ生じたものではなく、同時代の人文・社会系知識人たちのあり方をめぐる一連の状況背景と、その問題意識の大筋を共有していたのである。

もとより、福間良明が指摘するように「「科学」「学問」の言説は、ファナティックで神がかり的なナショナリズムとは異質のものであったがゆえに、往々にしてそのときどきの体制や時局に適合的なものとして機能」していくことになる。[32] 戦時下における〝ナショナルなもの〟の存立基盤として「科学」や「学問」の言説が要請されていたのだとすれば、横光の主張する「民族」と「科学」の結託は、その無自覚なプロパガンダとしての機能を担っていたわけであり、同時代の言論空間に無益な扇動をもたらしていたとも言えるだろう。もちろん、横光の方法意識が共時的な社会動向と結び合っていたということを以て、直ちに戦時下における行き過ぎた右傾化志向の免罪符となるわけではないものの、その罪咎を単に横光個人の思想信条に帰責させたとしても、むしろそうした文業を導いた言論状況のマトリクスが覆い隠されてしまうであろうことを、本章の最後に改めて強調しておきたい。

第九章　帝国の論理／論理の帝国——横光利一『旅愁』と「日本科学」

はじめに

近年、戦時下日本の思想動向は、非合理的な判断を下す政治体制／合理的な思考を有する良識派知識人という、常套的な対立図式では語られない側面があったことが明らかとなりつつある。たとえば、石津朋之はイギリスの歴史学者であるA・マーウィックの学説を引用しつつ、総力戦体制下において「戦争という一見非合理的な事象が、逆説的にも合理化や効率化、さらには近代化を推進する場合さえある」と述べている。[1] また、山本義隆は科学史・技術史の蓄積を踏まえて、特に帝国日本において「近代化と科学的合理性」を称揚する人文・社会系知識人の言論活動が、まさに合理的であるという理由で「上からの近代化・合理化の攻勢にたいしては抵抗する論理を持ち合わせず、管理と統制に簡単に飲み込まれていった」と指摘している。[2]

これらの諸論を始めとして、戦時下の統治権力が、西欧とは異なる仕方で合理主義の立場を重視する姿勢を見せていたことは、今日の歴史研究でも多角的に論じられている。それは、端的に西欧近代科学に依拠しつつも、その基盤となる「知」のあり方を転覆せねばならないという根源的な背理を抱え込んでいたわけだが、その象徴的な事例のひとつが、一九四〇年代の論壇で討議されていた「日本科学」という表象概念であった。

一九四一年、第二次近衛内閣において科学振興の機運が高まったことと前後して、この時期の新聞・総合雑誌には「日本科学」という術語を含んだ論説が目立ち始め、上述の背理に対する応答の仕方が盛んに考究されていく。それらは、最終的に国威発揚のプロパガンダへと包摂される時代の徒花であったとも言えるが、こうした戦時下に興隆した特有の問いと思考の枠組みは、横光利一の長篇『旅愁』(『東京日日新聞』『大阪毎日新聞』一九三七・四・一四夕刊〜『人間』一九四六・四)を読み解くうえでも、なお重要な鍵となるように思われる。

主に一九三〇年代に発表された『旅愁』第一・二篇では、「万国共通の論理」があるか否かという議論が、登場人物たちによって延々と繰り広げられていたが、二年近くの中断を挟んで一九四二年に再開された第三篇以降では、それらの衝突が調停され、第一・二篇で示された一連の問題系がより包括的に語りなおされていく。とはいえ、その解答は第三篇で「論理」による説得の可能性が思案されつつも、第四篇に至ると、根拠なき「道徳」の称揚によって危うい日本賛美へと近接していくことになる。そこには、一九四一年前後の言論空間において、新たに「日本科学」をめぐる知的言説が力を持ち、従来の「万国共通の論理」に対する討議のあり方が再編され始めたという事情が介在している。本章では、科学技術新体制下という時勢に『旅愁』の連載が再開されたことに着目し、欧州から帰国後の横光が直面していた「知性の民族性」をめぐる認識論的な葛藤が、別の仕方で再定位されていくテクストとして『旅愁』の行方（と頓挫）を意味づけることで、その作意の失敗も含めた全篇の分裂と破綻を、「日本科学」の成立条件に関わる問いが喪われていく論壇状況のあり方と関連づけて考察してみたい。

一　『旅愁』の分裂と破綻

『旅愁』第一篇では、主な登場人物である矢代と久慈によって、「万国共通の論理」があるか否かという問いをめぐる長大な応酬が、幾つかの箇所で展開される。たとえば、矢代が久慈の秘書を務めるフランス人のアンリエットに対して、会話のレッスンを申し出るものの、久慈に断られる場面を引用してみたい。

「しかし、月謝を払つて、僕が生徒になりたいと頼むの、何が悪いんだ。」／「それや君のは日本の理窟だよ。ここぢや、日本の理窟は通らないんだからね。郷に入れば郷に従へってこと、君、知つてるだらう。」／「それや、日本の理窟ぢやないか。」／「ところが、これは万国共通の論理だよ。」／「そんなら、日本へ来てゐる外人はどうなんだ。日本人だけが、郷に入つて郷に従はねばならんのなら、何も万国共通の論理の権威はなくなるぢやないか。」

かういふことになれば、例へ笑話といへども、矢代と久慈との論争はいつも果しがなかつた。

（『東京日日新聞』一九三七・五・一二夕刊）

あるいは、渡欧した日本人は自身の進むべき方途を考究すべきという矢代の見解と、それに対する久慈の反駁に関わる箇所からも引用しておこう（引用内の科白は矢代から始まる）。

「日本でなら、人間の生活の、一番重要な根底である民族の問題を、考へなくたつてすませるよ。何ぜかと云ふなら、われわれはその上に乗つてるばかりぢやなく、自分の中には民族以外に、何もないからだ。自分の中にあるものが、民族ばかりであるなら、これに関する人間の認識は、成り立つ筈がないぢやないか。認識そのものがつまり民族そのものだからだ。」／「そんな馬鹿なことがあるものか認識と民族とはまた別だよ。」／「しかし、君の誇つてゐるヨーロッパ的な考へだつて、それは日本人の考へるヨーロッパ的なものだよ。〔……〕」／「しかし、そんな事を云ひ出したら、万国通念の論理がなくなるぢやないか。」／「なくなるんぢやない。初めから、そんな物あるものか。それを有ると思はねばならぬ所が、認識上の曲者だよ。〔……〕」／「それや、詭弁だ」〔……〕／「何が詭弁だ。万国共通の論理といふやうな立派なもので、ヨーロッパ人は、いつでもわれわれを誤魔化して来たぢやないか。ヨーロッパへ来て、それ一つさへ気附かずして、何のために君は来たんだ。」

（『東京日日新聞』一九三七・五・二三夕刊）

ここで久慈が言う「認識」とは、矢代の述べる「論理」とほぼ同じ意味内容だと考えて差し支えないだろう。この応酬からは、さしあたり久慈が「論理」=「認識」を「民族」とは無関係な「万国通念」のものとして捉えていた一方で、矢代は双方を不可分に結びついたものとして捉えていたことが了解される。両者の見解は、以降も噛み合うことなく並行線を辿り続けるのだが、その対立は横光自身の認識論的な葛藤を示す手がかりとして、これまでの先行研究でも多く参照されてきた。

たとえば、山本亮介は前述の「認識」と「民族」をめぐる一連の問いに対して、「作品が露呈する(近代・日本の)問題は、自己をめぐるあらゆる思考がすでに擬似西洋と言うべき何かで構成されているということ、つまり西洋との差異を見極める視線自体が、すでに「洋式」であることに起因するパラドクスである」と指摘しつつ「「彼の信じることの出来るものは、先づ今は自分の中の日本人よりない」」、「日本と外国の違ひの甚だしさははつきりとこの眼で見たのだ。誰から何を云はれようとも自分のことは失はぬ」といったほぼ結論とも言える決定的な記述が、物語の最初部にあるにもかかわらず、何も「分らぬものは分らぬ」まま長大な作品となった一因は、このアポリアにある」と述べている。[3] 山本の言うように、この「認識」に関わる「パラドクス」が、まさに横光が長く対峙してきた「認識論的アポリア」に連なるものであったことは確かであろう。

しかし、実際のところ事態はもう少し錯綜しているのではないか。というのも、先の引用で山本によって挙げられた「日本人」としての「自分」のあり方を矢代が自覚する箇所は、一九四〇年六月に改造社から刊行された単行本版で新たに加筆された部分であり、そもそも初出(一九三七年時点)の新聞連載版には存在しないのである。『旅愁』が、総体として「民族」と「認識」は如何に結びつくかという問いをめぐって書かれたのだとしても、少なくとも一九三七年時点で、横光は「自分のことは失はぬ」という価値判断の根拠を示すことができなかったのであり、ゆえに第三篇以降で展開される国粋主義的なものの発現過程は、より詳細に見ておく必要があると思われる。

　こうした観点から、新聞連載時点の『旅愁』の作劇構造を共時的に拓いていく考察を展開したのが古矢篤史である。古矢は、一九三七年の「日本的なもの」をめぐる諸々の言説配置を整理したうえで、新聞連載版の『旅愁』が「回帰の不可能性ゆえに回帰を憧憬するロマン主義的構図をむしろ解剖してしまう」という「認識論的命題」を内在させていたことを指摘している[4]。ただ、新聞連載版の『旅愁』に、そうした「認識論的命題」に対する切実な模索が読み取れるのだとすれば、その企みに満ちた表現営為が、一九四二年以降に執筆された第三篇よりも後で如実に喪われていくのはなぜかを考える必要があるだろう。

　再始動した『旅愁』第三篇の冒頭で、帰国途中の矢代は「国境を越して日本へ入れば、自分は誠実無二な日本人にならう」と決断する（『文藝春秋』一九四二・一）。また、その少し後の箇所では「とにかく分つたぞ。何んだかしら分つた」と呟き、それは地の文で「何が分つたのか考へもしなかつたが、もう考へずとも、証明を終へた答案から離れたやうな身軽さで、後を振り返る気持ちはさらになかつた」と記される（同、一九四二・五）。ここで「何が分つたのか考へも」せずに、前半で模索された「認識」と「民族」に関わる問いの解答が、やや性急に措定されていく（＝「何んだかしら分つた」）のだが、その具体的内実に当たるものは、元作家という肩書きを持つ東野という登場人物の演説を借りて、次のように披瀝される。

「何んだかもう忘れたけれども、世界の人間が、世の中を愛するためには、先づ各国の人間が、今までの歴史と地理とを、それぞれ、もう一度あらためて認識し直すことだ、といふやうなことを云ひましたね。何んでも、さうすることから、人間の愛情といふものが、一層高尚に変つてゆくといふのですよ。」／「それはまた東野さん、大きく出たものだなア。」／と矢代は云ひながら、鹽野と一緒に笑つた。が、日本人がヨーロッパ人の前で無理に話をさせられれば、今のところ、東野のやうなことを云ふ以外に適当した穏かな訓戒はないと矢代は思つた。(同、一九四二・七)

ここで東野が言う「認識し直すこと」をめぐる危うい主張には、第一篇において久慈に放った「認識そのものがつまり民族そのものだからだ」という命題が遠く残響していると言えるだろう。後述するように、この「認識」という営みの再設定を経て、以降の矢代は徐々に他者を納得させうる「論理」的な根拠を欠いた日本賛美へと傾倒していくことになる。

この一事を取っても『旅愁』が休載の前後で、ある種の方法論的な差異を抱え込んでいたことは明らかである。ゆえに本章では、後世の眼から見て統合的に整序された『旅愁』ではなく、横光自身の思想形成とともに立ち上がる各々の場面のダイナミズムこそを問い返してみたいと思う。もとより、こうした『旅愁』の動態については、先行研究でも繰り返し指摘されていた。たとえば、成田龍一は「三〇年代の思想のステージと異なる四〇年代のステージ」を分別しつつ、「そうした変化の中に横光利一も自覚的にステージを変えていったところに、「旅愁」の第三篇・四篇・五篇の後半の議論があるのではなかろうか」と述べている。[5] 松村良もまた、『旅愁』には物語時間と執筆時点での隔たりを含めた幾重もの「〈時差〉」が見いだされることを、作品読解の重要な基盤として提示している。[6]

これらの指摘はいずれも啓発的なものだが、先述したような「認識し直すこと」の内実に焦点を当てたものは少なく、その状況背景のあり方には、未だ考察の余地があると思われる。その共時的な文脈として、次節では主に『旅愁』の休載中に生じた「日本科学」をめぐる諸々の言説布置を参照しておきたい。

二　「日本科学」という問題系

ヒロミ・ミズノは、戦時下の「日本科学」論が、往々にして統治権力のナショナリズムを補完する役割を果たしていたことを指摘している。[7] また、岡本拓司も「科学という普遍を標榜する知の性格は人間の固有性が決定するという論理で抗したのが日本科学論」と要約し、そこに同時代の帝国主義政策を正当化するような思想的回路を読み取っている。[8] 以下、本章でも双方の研究成果を引き受けつつ、「認識」と「民族」の相克をめぐる知的格闘が消失するまでの過程を跡づけておきたい。

一九三〇年代の後半以降、軍備拡張と科学振興が叫ばれるなかで、いわゆる理科系知識人たちが多く論壇に進出し始める。彼らが主な論点としていたのは、たとえば「国民の科学に関する態度、科学的思考の態度の考究に大きい領域を与へないでは、民族精神、国民精神を云々することは許されない」という「民族精神」と「科学」の政治的な結束であった（小泉丹「民族と科学」『東京日日新聞』一九三七・五・二三朝刊）。こうした論調を背景として、一九四〇年前後から広く討究の議題となったのが「日本科学」という思想理念である。もともとは、広く「日本民族」が「実験研究に邁進する姿」を称揚する程度の曖昧な使われ方をしていたようだが（松村恭「日本科学の大陸進出に就て」『東京朝日新聞』一九三九・七・四朝刊）、戦局の拡大に伴い理工系分野の学術研究が重視されていくなかで、そもそも産業技術とは西欧近代の知的体系に由来するものである以上、その発展は西欧的な方法意識の受容なくしてありえないのではないかという問いが浮上する。ここで同時代の帝国日本と「科学」の関連は、その成立の前提にひとつのアポリアを抱え込むことになる。このアポリアを覆い隠すかのように、総じて一九四〇年代の「日本科学」論は、具体的な産業技術をどのように修得・運用するのかという問題を巧妙に回避していく。

神武天皇即位から二千六百年に当たるとされた一九四〇年、關口鯉吉は「日本科学の再建に対して輝しき希望に満ちたる我等が門出となるであらう」と高らかに宣言した（「本邦自然科学の現勢所感」『紀元二千六百年』一九四〇・八）。以降の言論空間では、皇国日本の存立を顕彰するために、実に多様な「日本科学」論が躍り出ることになる。仁科芳雄は、「科学といふ高度に人の頭脳を必要とする一国の文化」が、「どうしても代を重ね伝統によつて連続的に向上して行くより外はない」と述べつつ、「それが真に〝日本の科学〟を建設することになるのである」と説く（「伝統」『科学』一九四〇・九）。富塚清もまた「日本の現在の科学は、それの深さの点、拡がりの点、活用の点、それの伸展性の点等から見て甚だしく不十分なものであらう」と述べ、迫り来る「未曾有の難局の打開のために」「科学日本」を樹立することの重要性を主張する（『科学日本の建設』文藝春秋社、一九四〇・一〇）。単発の論説以外にも、たとえば『日本評論』一九四〇年八月号の「全日本科学化運動」や、『科学ペン』一九四〇年一〇月号の「科学日本の進路」など、雑誌全体を挙げた特集企画も多く散見される。

これらの論説では、概ね現行の日本に「科学」の眼差しが不足していることが嘆じられつつ、来たるべき「日本科学」の体得が期待されるという論調のものが目立つ。ただ、そのような構えは、以降の「日本科学」論にも継承されたわけではない。

一九四一年になると「日本科学と云ふのは要するに科学そのものが、日本民族、或は国体と云ふやうなものから滲み出たやうな、詰り日本国に即したる一つの科学と云ふものでなくてはならない」という仕方で（松村龘「日本科学論」『科学画報』一九四一・二）、あたかも「科学」的なものの見方が「日本国に即し」て自然発生的に顕れうるかのように、「科学」という術語の意味自体が恣意的に再定位されていく。ここに至り「日本」という単なる特定の地域を表わすに過ぎない語句と、知的活動の全般を標榜していた「科学」という語句が、滑らかに結びつく独特の回路が仮構される。それは「国民生活が科学化され、国民の心が科学的創造的に働く為めに、日本科学の方向が定められなくてはならない」といったように（大島豊「日本科学の方向」『科学知識』一九四一・二）、各々で異なるはずの「国民の心」の動きを、ある一貫した価値判断によって自在に誘引できるかのような理屈を捻り出していくことにもなる。

その理屈は、もとより明確な根拠を欠いていた帝国日本におけるナショナル・アイデンティティの所在を、強引に保証するために要請された苦し紛れの産物にほかならない。しかし、それは対抗的な批判を支える「論理」自体の成立条件に関わるものであったがゆえに、その批判の足場をも突き崩してしまう。つまり、ここで「日本科学」とは、その内実を問うことを巧妙に遮断しながらも、他方で「日本民族、或は国体」という曖昧な政治的紐帯に対して、あるべき反駁のあり方を制し、そこに先験的な正しさを拵える格好の旗標となりえたわけである。

こうした言論状況を包摂するかたちで、一九四一年五月に第二次近衛内閣のもとで「科学技術新体制確立要綱」が閣議決定される。そこには「科学技術の日本的性格の完成を期す」といった高尚な使命が託されていた（『科学技術年鑑　昭和十七年版』科学動員協会、一九四二・六）。『科学知識』一九四一年五月号の特集「日本科学」など、前述の新体制の成立と前後して、新聞・雑誌には一層「日本科学」論が簇生していくことになる。そこには「科学の国粋性を提唱する余り、当局者が一種の鎖国主義に堕することなからんを切望したい」（「社説」「科学日本と独自性」『東京朝日新聞』一九四一・五・二八朝刊）という穏当な見解も表明されていたが、それでも科学技術新体制の成立は、概して「科学技術の日本的性格」なるものの存在が、統治権力によって公的に承認されたことを意味していた。

ゆえに、以降の論壇では、「日本科学」という表象概念が〝ある〟という前提が、各種学界の垣根を超えて明確に共有されていく。菅井準一は「科学性を本当に深く織り込んで行く」ためには「古来からある非常に麗しい伝統を生か」す必要があると主張し（「日本科学技術の為に」『日本評論』一九四一・八）、玉蟲文一は「科学はその本質上、国際的なものであるけれども、〔……〕我国には我国の科学、或は技術の目標といふものが考へられて来る」と述べる(「日本精神と科学」『科学主義工業』一九四一・一〇)。それは、国粋主義的な思想理念と、実際の軍事研究に関連する科学技術の修得・運用をめぐる問題系を強引に結び合わせるための方略であり、その縫合の過程で、前述したような西欧近代とは異なる「知」の確立は可能かという問いは、その中味を殊更に形骸化させていくことになった。

また、当時の文部大臣を務めた橋田邦彦を会長として設立された科学文化協会では、一九四一年一二月に機関誌『科学文化』を創刊するのだが、その誌面にも「日本科学」をめぐる論説が毎号のように掲載される。ほかにも「日本科学」論は、仁科芳雄「日本科学の建設」(『技術評論』一九四二・五)や増野實「科学と大和魂」(『科学人』一九四二・五)、藤原咲平「日本精神と純日本科学」(『科学と模型』一九四二・一〇)など、実に多様な雑誌で横断的に討究されるのだが、いずれも国威発揚のプロパガンダ的な側面が強かったことは否めず、やはり「科学」という術語が濫用されることで、その主張を支える根拠が先験的に存在するかのような体裁だけが整えられていった。

こうした論調に、狭義の人文系知識人たちも扇動されていく。『文学界』一九四一年五月号では「日本科学の現状」という題目の座談会が催されるなど、一連の「日本科学」をめぐる問題系は、単に理科系知識人たちの圏内に留まらない訴求力を獲得していく。また、当時の横光が『旅愁』を連載していた『文藝春秋』でも、宮本武之輔「日本科学存立の論証」(一九四一・五)や菊池正士「純正科学と時局」(一九四一・六)など、直接/間接を問わず「日本科学」に言及する論説が散見され、ゆえに『旅愁』休載中の横光が、何かしら「日本科学」に関する諸々の論点に触れていたことはほぼ間違いないと思われる。

一九四二年に至ると「日本人の直き明き誠の心の発するところ、国策的な大事業の上にも、皇軍の輝く戦果の中にも、或は一研究者の研究室や国民学校の教室の中にも、既に日本科学は〔……〕到る処力強く生れ出でつつあるやうに感じられる」というように（前田隆一『生れ出づる日本科学』東亜新秩序研究会、一九四二・六）、いよいよその実在の手触りは強固なものとなっていく。ここに、もはや西欧近代とは異なる「科学」のあり方を認めるべきか否かという逡巡は見られない。「日本古来の科学は、それを科学と呼び得るとしても、そこに西欧科学とは質的な相違がある」というように（小笠原田「日本科学の二層構造」『科学ペン』一九四二・一二）、西欧近代に拮抗するだけの知的結構は、もとより最初から皇国日本に〝ある〟ものへと、その存在論的地位がすり換えられていったのである。

こうしたかたちで、一九四一年の科学技術新体制あたりを分水嶺として、「日本科学」論は同時代の思想動向を牽引していっただけでなく、その論調の微妙な変転は、結果的に「万国共通の論理」の有無に対する懐疑を封殺する機能を担うことになった。このような時勢に『旅愁』の連載が再開されたことの意味を問うことで、その動態を同時代言説と紐づけながら理解することができると思われる。次節では、再び『旅愁』に立ち返り、特に第三篇以降の矢代の言動を検討してみたい。

三　語りなおされる『旅愁』

一九三七年、欧州から帰国後の横光は「論理の国際性」に対する「知性の民族性」の優位を盛んに主張していくことになる。短篇『厨房日記』（『改造』一九三七・一）では、登場人物に「自分がこのやうに棲息してゐる種族の知性を論理の国際性より重んじるところは、自分が種族の国際性を愛するからだ」と語らせており、創作外でも「日本に今まで国際列車が敷かれなかつたが現に敷かれて来たといふことが、ヨーロッパの知性で日本を見直したといふことですから今までのやうに日本式な見方で日本を見るといつたのは、趣きが違つて来てゐる」（「現代日本および日本人を語る」『改造』一九三七・五）、「知性は各民族別種のものであることもこれまた何人も疑ふことは不可能である」（「覚書」『文学界』一九三七・一二）など、同様の見解を表明したものが目立つ。河上徹太郎もまた、横光に「論理の国際性といふものと知性の民族性といふものゝ相剋をどう信じるか」と問われたことを証言している（「現代文学の日本的動向」『文学界』一九三七・一二）。とはいえ、その成立の根拠を何処に求めるべきなのかという認識論的な思弁もまた残存しており、山本亮介が指摘するように、そこを補填するかたちで（やや唐突に）迫り出してきたのが「民族の即自性」という回路であったと概括できよう[9]。しかし、その「民族の即自性」という解答が成り立つ際に通過したであろう諸々の屈折を、ここでは『旅愁』の発表時系列に注意しつつ、主に矢代の思想形成のプロセスに照準を絞って再検討してみたいと思う。

従来、矢代の人物像については、先行研究でも繰り返し言及されている。たとえば、菅野昭正は「西洋の科学を実利にしたがって受けいれる反文明開化の思想を遠く離れて、矢代はますます現実感覚を欠いた偏狭な人物に仕立てられる」と指摘している。[10] 一方、山﨑國紀は「日本固有の論理を構築しようとした昭和人の先見者の一人」として矢代を肯定的に位置づける。[11] 双方の矢代に対する評価は割れているものの、西欧近代に対峙するために――その成功／失敗はともかく――独自の「論理」を編み上げようとしたという見解は共有されていよう。しかし、その人物造型を『旅愁』全篇を通じて一律に扱おうとしても、何処かで綻びが生じてしまう。重要なのは、各々の時点での矢代の思考を統合させることなく問い返す視座の獲得であろう。

たとえば、第一篇で「君の云ふことは、いつでも科学といふものを、無視してゐる云ひ方だよ」と述べる久慈に対して、矢代は「議論の末に科学といふ言葉の出るほど面白味の欠けることはない」と嘆じつつ、「科学といふのは、誰も何も分らんといふことだよ」と切り返す(『東京日日新聞』一九三七・五・二五夕刊)。『旅愁』開始時点の矢代は、「万国共通の論理」があるか否かという論点に「科学」の価値尺度を導入することに対して、多分に慎重な姿勢を見せていたことが窺われる。

他方、前掲の引用にも見られるように、久慈は最終的な主張の正しさを「科学」に預けることに躊躇していない。第二篇で、東野に対して「あなたは、われわれ東洋人が知識の普遍性を求めて苦しんでゐるときに、事物や民族の特殊性ばかりを強調しやうとするんですよ」と論難する場面の続きを引用しておこう。

「僕にはあなたのやうに、自分の論理とか他人の論理とかと、そんなにやたらに論理の種類があるとは思へませんがね。もしそんなにあるなら、何もわざわざ論理を知識と呼ぶ必要はないでせう。みなあなたのは感覚だ。感覚は公然たる知識ぢやない。」(『文藝春秋』一九三九・六)

この久慈の台詞において、図らずも「論理」と「知識」が同じものとして扱われていることに留意したい。ある「知識」を修得・運用するための方法営為の総称を「科学」と呼ぶとすれば、久慈にとって「論理」の普遍性は、何より「科学」の普遍性によって基礎づけられていたことが了解できる。

これら両者の立場は、少なくとも第二篇の終了付近までは並存していた。「しかし、何と云つても論理ですからね」と、久慈と同じように「万国共通の論理」の存在を主張する大学教員の中田に対して、矢代は「久慈と続けて来た論争の焦点がいつもそこだつたと思ひ、今日こそ久慈に誤りを徹底的に感じさせ、一応は日本人の立場に引き戻さねばならぬと決心」するのだが、しかし「頭に泛んで来た久慈の顔には、まだ頑な勝気だけが眼に見えて来るのだつた」というように(同、一九四〇・三)、その論破の不可能性もまた依然として示唆されている。

第一・二篇において「論理」の普遍性をめぐる討議は拮抗していた。その意味で、渡辺一民が指摘するように「「普遍的なもの」と「民族的なもの」、すなわち「特殊なもの」との対立」が、ともかく『旅愁』[12]第一・二篇における「矢代と久慈のあいだの対立の基礎をかたちづくっている」ことは明らかである。

しかし第三篇以降では、多少とも矢代の発言に対する応答が異なっていることが窺われよう。「向ふにゐる日本のインテリは、日本の内地にゐるインテリなんか、知識階級だとは全然思つちやゐないんだ」と嘆く矢代に対して、友人の美術評論家である「田村は何か云ひかけたが眼鏡の底からただ細かく眼を光らせただけで黙つてゐた」に過ぎない（同、一九四二・五）。続いて「僕はまるで論理の景色を見に行つたやうなものさ」と嘯く矢代にも、田村は「しかしそれはさうだらうな」という同調を見せるだけである。以降、矢代の思考は自身の主張と対立する相手が消失したことで、より独善的な趣向を深めていくことになる。

ただし他方で、その思考のあり方を単に「論理」の否認と一蹴すべきでもない。宇佐見千鶴子との結婚に逡巡する矢代は、自身が「万物をいのちと見、論理以前の論理体系を国家として、同時にそれを宇宙の根元と観じてゐる希望有情の充実した日本人」であるという信念を抱く（同、一九四二・八）。ここで矢代は「論理」の存在自体を否定しているわけではなく、むしろ「論理以前の論理体系」というかたちで、前述の「万国共通の論理」とは異なる独自の「論理」を立ち上げている。この「論理以前の論理」という奇妙な形容表現は、同年の「「即戦体制下文学者の心」同人座談会」（『文学界』一九四二・四）でも示されており、一九四二年時点での横光が、西欧近代とは異なる「論理」の所在に強い関心を払っていたことが窺われる。

そのような横光の着想と補完関係にあったのが、前節で見た「日本科学」に関わる同時代言説であった。「科学」が「知性の民族性」に基礎づけられたものであれば、西欧近代が標榜する「論理」ではない「論理以前の論理体系」を信奉することが可能となるだろう。「幣帛といふ一枚の白紙は、幾ら切つていつても無限に切れて下へ下へと降りてゆく幾何学」であるという悪名高い矢代の発言（『文藝春秋』一九四二・一一）もまた、西欧近代とは異なる「論理」の発現を模索する過程で示されたものであろうと思われる。こうした矢代の思想的転遷と前後して、第三篇以降では久慈の登場頻度が著しく減少するのだが、それは前述した「論理の国際性」と「知性の民族性」の衝突を議論する必要自体が無くなったからだと考えられよう。

なお、ここで示した「論理以前の論理体系」云々の記述は、単行本版『旅愁 第三篇』（改造社、一九四三・二）でもほぼ同じ文言で収録されているが、戦後に刊行された『旅愁 第三篇』（改造社、一九四六・六）では丸ごと削除されている。十重田裕一が精緻に検証したように、ここにはＧＨＱ／ＳＣＡＰによる検閲の痕跡が読み取られるのだが[13]、併せて戦後の単行本では、この場面に続いて「千鶴子のカソリックをも赦し、むしろそれを授ける平和な寛大な背後の力」を手に入れるために、「矢代は暇を見てはだんだん古神道の書物を買ひ漁るやうになるのだつた」という文章が加筆されていることに注意したい。『文藝春秋』の連載時点において、これ以前に「古神道」にまつわる記述は、少なくとも管見の限り存在しなかった。「古神道」という（一般的な意味での「科学」とは無縁の）根拠律の措定は、一九四三年以降に発表された第四篇で披瀝されたものであり、戦後においてその成立の地点が遡行的に第三篇に適用されたのである。ここから、初出版の第三篇で模索されていた「普遍的なもの」と「民族的なもの」を媒介する「論理」への問いが、第四篇以降で消失したこともまた了解される。

第四篇以降、矢代はもはや「論理」に対する執着を放棄したかのようである。ある晩餐会に千鶴子とともに招待された矢代は、賓客たちに「西洋が廿世紀だからといつて、東洋もさうだとは限らないんですから、そこを伺んだつて、西洋の論理で東洋が片づけられちや、僕らの国の美点は台無しです」と演説を打ち（『文藝春秋』一九四三・二）、自身が「科学」より「道徳」という規準を優位に置くことを宣言する。かつて問われていた「知性の民族性」をめぐる懐疑は、矢代のなかで「道徳」をより上位の根拠律とすることで、独善的な「確信」を生じさせる。とはいえ、その「道徳」の内実は「云ひたくとも僕にも云へない」ものである以上（同、一九四三・二）、他者との討議や交渉自体が成り立ちえず、ゆえに「論理」的な了解の可能性をも放棄させるだろう。そして、ヘルン（＝ラフカディオ・ハーン）の評言を借りつつ、矢代は「日本の神道に流れてゐる道徳こそ世界最高の道徳で、今にこの道徳のために世界の国国は美しくなるだらう」と続け（同）、「日本の神道」の正しさを「世界の国国」の美しさへと敷衍させる。「論理」的な正当性を問わずとも「普遍的なもの」と「民族的なもの」を縫合しうる「道徳」の存在が、以降では無根拠に肯定されていくことになる。

ここから、前述のようにア・プリオリな正しさを前提とした「古神道」への傾倒が生まれていき、また『旅愁』自体も終着点を見喪ったままに連載が続けられていくのだが、前節で見た「日本科学」をめぐる同時代言説との共振関係を分析に含み込むことは、こうした整序される以前の『旅愁』に内在する振幅を再照射する契機ともなるだろう。この点に関連して、次節では一九四三年以降の『旅愁』が抱え込んだ隘路のあり方を、従来の先行研究でも言及されていた座談会「近代の超克」（『文学界』一九四二・九〜一〇）と重ね合わせつつも、なおそこに単なる思想的反映とは異なる解読格子を見いだしたいと思う。

四　「日本科学」と「近代の超克」

『旅愁』の総体が、西欧近代的な二項対立を突き崩そうとした末に破綻し、ゆえに強引な「超克」を図ろうとしたことに対しては、既に数々の批判がなされている。たとえば中村三春は、矢代が「西洋近代主義という全体論を批判するために、古神道という別の全体論を対置するのみに終始するという結果をもたらした」ことを踏まえつつも、それは結局のところ「西洋中心主義に対して日本中心主義を、西洋列強の植民地主義に対して日本の植民地主義を、数学に対して別の数学（幣帛論）を、異端審問（キリシタン大名）に対して別の異端審問（反クリスチャニズム）を、各々とって代わらせようとするだけである」と指摘する。[14]「全体論」の相対化が別の「全体論」への欲望に接続されてしまうという理路は、確かに『旅愁』のアポリアを鋭く突いている。

また、河田和子は『旅愁』が「二項対立の思考的枠組みの中に登場人物をおきながら、その行きづまりも意識されていた」ことを確認しつつ、その具体的事例として、第五篇の「排中律」批判を挙げている。[15]ここで問われているのは、やはり「西洋対日本という二項対立の枠組みの中にありながら、いかに西洋優位の対立的枠組みを乗り越えて新たな秩序世界を構想するか」という「近代の超克のモチーフ」との思想的共鳴であった。

この「排中律」の否定は、千鶴子の兄槙三によって提唱されたものである。「龍安寺の石庭」の美しさを礼賛する矢代たちに対して、槙三は「あの石の庭を作つた人の頭も、そんな排中律と同様な形而上の世界と、形而下の世界との境界に、石の碑を記念としてうち樹てたかつたんぢやないか」と感想を漏らしつつ、「AとBとは違ふという、この排中律の定律に従ひますと、数学とは限らず、僕らや皆さんのどんな考へにしてもですね、正しいと考へられてゐることが、厳密に考へれば、どちらか一方が不正になるといふ定律にまでなる」と議論を膨らませる（『文藝春秋』一九四四・一〇）。河田は、この発言が「排中律」の説明として端的に誤っているとして、横光自身の理解の不精確さを挙げている。その指摘は正当なものだが、併せて重要なのは、ここでの「どちらか一方が不正になる」という見方自体が、「万国共通の論理」をめぐる矢代と久慈の討議を遠く継承していたという点である。そして、それは西欧近代と「日本科学」の衝突という同時代論壇の話題とも関わるものであった。

第三篇で「科学者」（同、一九四二・一〇）とも形容されていた槙三は、前節で示した幣帛をめぐる矢代の珍妙な演説にも関心を抱く。それは一見すると「科学者」として不適切なようにも思えるが、そこには元来有していたはずの思想的屈曲に蓋をして、あるべき「日本科学」の実在を皇国日本の伝統に求めようとした同時代の言論情勢が投影されていたと思われる。

「僕は排中律の定律といふものは、必ずどこかに間違ひがあると思ふのです」という槙三の発言（同、一九四四・一〇）は、こうした文脈からその企図を理解する必要があるだろう。この見解が「科学者」によって発せられたというのは示唆的である。西欧近代科学に依存しながらも「知性の民族性」を訴える「日本科学」論の要諦は、「論理」と「科学」を同一平面上に据え置いてみたとき、自ずと「排中律」の否定をその趣旨に含み込む。言わば、ここでの槙三の発言は、結果的に「日本科学」を特権化しようとする思考のあり方が逢着する背理の忠実な戯画となりえているのであり、その意味で槙三による一連の主張は、大枠として抽象的な思弁であると同時に、極めて状況論的な問題系に接続するものでもあったことが了解される。

ところで、この背理に関する議論の枠組みは、前述の座談会「近代の超克」にも見いだされるものであった。実際、出席者の一人である下村寅太郎は「近代性の原因」を「近代科学」の発想に求め、「古代の希臘精神」に支えられた「科学」とのあいだに「認識、概念の違ひ」という「本質的な区別」を読み取っている。下村は、この座談会で終始「認識、概念の違ひ」を含み込んだ「科学」の重層性を論じており、そこには帝国日本が拠って立つ「認識、概念」は、各々の「民族」ごとに固有の「論理」を認めうるのかという問いが忍び込むことになる。[16]

しかし、この問いは微妙な変質を含みながら座談会のなかで共有されていく。西谷啓治は「自然学と形而上学とが一応はつきり区別されること、独立すること」の重要性を講じる下村の発言を引き受けつつも、なお「神の実在といふものと科学といふもの」が矛盾なく共存する可能性を模索する。そして、司会役の河上徹太郎は「時間の都合」から如上の議論を切り上げ、「もつと端的に近代日本の話に持つてゆきたい」と述べる。下村の言う「認識、概念の違ひ」をめぐる問いは、他の参加者たちから「近代日本」に固有の思想構造の問題として処理される。それは、ちょうど『旅愁』第三篇にあった「論理以前の論理体系」に対する矢代の問いが、第四篇以降で圧縮され、また戦後の改稿で遡行的に塗りつぶされていく有り様と相同的である。

廣松渉が述べるように「近代科学の批判的超克という課題」は、概ね「戦時下の「近代の超克」論にあっては明確な方向性が自覚的には表明されぬまま終わった」とも言え[17]、その意味でも「日本科学」に関わる一連の議論とのあいだで、根源的な空虚さを分有している。ただ、併せて考慮すべきなのは「近代の超克」と「日本科学」論が、ともに「論理」の可変性に対する自家撞着を抱え込みつつも、その自家撞着をめぐる思弁の回路が閉ざされ、結果的に帝国日本に固有のナショナル・アイデンティティが〝ある〟という、根拠なき前提（＝「道徳」）を伴った常套的な話法を招来してしまったことの意味であろう。

それは、従来の『旅愁』と「近代の超克」を単純に接合させる理解の仕方に若干の修正を差し挿む。たとえば、金泰暻は「『旅愁』という小説において、古神道なる世界が浮び上がる過程に召喚される科学的言説」の存在を強調しつつ、結論として「「排中律」的な思考の導入とともに、『旅愁』は自らが提起した正当な問題をも放棄し、むしろ標的としてきた「近代」の原理、欲望に雁字搦めになってしまったのではないか」と述べる。[18]「排中律」の否定が、西欧近代的な「論理」を内側から突き崩そうとする知的挑戦であったとすれば、確かに『旅愁』の物語内容は、広く「近代の超克」的な思想構造の変奏（ヴァリエーション）であったとも言えるだろう。だが、槙三が「排中律」を否定できるのは、前述した「論理」の可変性に関わる自家撞着を、根拠を欠いた日本礼賛（＝「龍安寺の石庭」の美しさ）を語る話法へと転化しえたからである。それは、上述の「論理以前の論理体系」への認識論的な葛藤が封殺されてしまった後に成立した思考のあり方にほかならない。その意味で「普遍的なもの」と「民族的なもの」の相克というモチーフが『旅愁』の根幹にあったのは確かだとしても、その相克の仕方には前後半で明らかな亀裂があり、その狭間にこそ、自壊を宿命づけられた「日本科学」論が抱え込む屈託が浮かび上がっていくことになる。

さらに付言しておけば、こうした「日本科学」の根拠を問う視点の喪失は、戦後論壇にまで着実に継承される。敗戦下、仁科芳雄「日本再建と科学」(『自然』一九四六・五)などを中心に、国土再建のための鍵概念として「日本科学」は多くの論説のなかで再び招来されていくことになるが、そこには戦前の「日本科学」論が抱え込んだ隘路に対する総括は見られなかった。雑誌『民主主義科学』創刊号(一九四六・三)の「創刊の言葉」では、復興のために「祖国を築く真の科学」を追究することが宣言される。この点に限れば、山本義隆が指摘するように、国家と市民社会の繁栄の礎石として「科学」を称揚する姿勢は、戦時下に固有のものではなく、近代日本の思想底流を支え続けてきた[19]。そして「祖国を築く真の科学」が〝ある〟という共通見解は、その政治イデオロギーの在り処を挿げ替えながら、戦後の言論空間を堂々と生き永らえていくことになる[20]。

もちろん、無署名「日本の科学のために」(『科学』一九四六・五)や丘英通「日本科学への反省」(『自然』一九四六・九)など、戦時下の「日本科学」論に対する反省が全く見られなかったわけではない。ただ、概ねそれらの諸論でも、前述の「日本科学」の成立可能性をめぐる自家撞着は解決されないままに忘却されている。戦後、民主主義科学者協会の初代会長を務めた小倉金之助は「日本の再建に際して次に大切なのは、政治、経済、文化のあらゆる領域にわたつて、一切の事物を科学的に見、科学的に考へ、科学的に処理することである」と述べるが(「自然科学者と民主戦線」『中央公論』一九四六・五)、それは字面だけを取り出してみれば、戦時下の「日本科学」論と相違ない。「科学的に考へ」ることを称揚しながらも、まさに「科学的」であることが普遍の「知」を標榜し、自身の政治的立場の正当性を支えるという前提への懐疑だけは、一九四〇年代の言論空間で一貫して封殺されて

いたのである。(21)

『旅愁』の分裂と破綻は、こうした戦中／戦後の科学振興をめぐる共犯関係に人びとを立ち止まらせる。「日本科学」の存在を認めることは、各々の「民族」に固有の「論理」を認めることである――そのように措定された「科学」と「論理」の結託は、やがて自己言及的に瓦解することで、そこに介在していた認識論的な葛藤を覆い隠す。それは「普遍的なもの」と「特殊なもの」の相克というモチーフが、作中全篇で等しく描かれながらも、実際は絶えず動的に再編されていたことを物語るだろう。

本章で見てきたように、矢代やその周辺の登場人物たちの思索のあり方は、長い休載期間を挟んで幾度も再定位され、それだけ小説全体の強度は喪われていくことになる。だが、そこにこそ自壊するテクストとしての『旅愁』の批評的射程を読み取るための危うい通路もまた確保される。少なくとも、その瓦解への道筋を再考してみることは、『旅愁』の末路を時勢との緊張関係のなかで意味づけなおす契機ともなるだろう。

おわりに

本章では、一九四一年前後を中心とした「日本科学」をめぐる言論動向の変転を踏まえつつ、『旅愁』全体の結構をひとつの座標軸に回収するのではなく、その動態を通時的／共時的に解きほぐすことを試みた。それは、横光個人の思想的軌跡において〝科学信仰から古神道へ〟という単線的な理解の仕方を問い返すと同時に、その方法論的な探究が同時代の文化状況と密接に結びついていたことを浮かび上がらせるだろう。「日本科学」という術語は、その象徴的な場(トポス)にほかならない。

第五篇の続きとなる『梅瓶』(『人間』一九四六・四)のなかで、東野は「二つのものが、一つのものの中にある」という「原子核の作用に関する憂ひ」を挙げたうえで、「このたびの戦争」によって「その憂ひの根本も分らなくなつた」と演説を打つ。東野の言う「憂ひ」が、原理的に共存しえない「二つのもの」を認めてしまうこと(=「排中律」の否定)に対する「憂ひ」だとすれば、まさに「このたびの戦争」は、その「排中律」を認めない「憂ひ」に、たとえば「国体」(や日本精神)という事後的な根拠を拵えるものであったと言える。こうした無謀な根拠定立への誘惑に取り憑かれた結果、戦後に『旅愁』が「痴呆の書」とまで罵られたことは周知の通りであり(杉浦明平「横光利一論――「旅愁」をめぐって」『文学』一九四七・一一)、そこには一人の文学者が「論理」を放棄して国粋主義に近接するまでの典型的な行程を透かし見ることもできる。

もちろん、それを近代日本における思想的陰画の一断面と括ることは誤りではない。しかし、そのような大きすぎる解像度では、約一〇年をかけて「知性の民族性」をめぐる認識論的な思索とその強引な解決という主題が描かれ続けたことの意味を読み落としてしまうだろう。より重要なのは、一連の葛藤が整序される瞬間に立ち返り、上述の思索が自壊する過程を、同時代の言論環境の攪乱とともに改めて辿りなおすことである。

正しさを根拠づける「科学」という概念装置は、時流の価値規範に尤もらしい理屈を与えながら、あたかも「論理」全般を標榜するような万能性を仮託されていく。その濫用の過程で、そこに繰り込まれた自家撞着への問いが、他者を説得させる根拠を欠いたかたちで「近代の超克」に集約される思想理念を形成し、やがて共時的なナショナル・アイデンティティを確立する企てへと昇華される。こうした幾重もの混乱と欺瞞が、まさに混乱のままに描かれてしまったという点において、なおもこの未完の小説作品は多面的な相貌を覗かせるはずである。

第一〇章 「ポリチカル・エンヂニアー」の戦後——横光利一『微笑』の倫理

はじめに

戦後日本の再出発は、何より科学技術の平和利用の掛け声とともに始まったと言えるが、その際には広義の理科系知識人たちが、あるべき国土再建の担い手として重要な期待を向けられていた。しかし、そこには戦時下において軍事行政へと精力的に参画し、統治権力にも深く携わった職業技術者たちの戦争責任が忘却されている。とりわけ、彼らは取り立てて右傾的な政治イデオロギーを有していたというよりは、往々にして純粋な知的欲求に支えられた善良な意思を持っていたものの、その善良さこそ堅牢な総動員体制の母胎となりえていたことが、後述するように近年の日本科学史研究では明らかとなっている。だが、まさにその善良さを免罪符とすることで、一部の指導的立場にあった僅かな者たちを例外として、概ね戦時下の職業技術者たちは、戦後の言論空間を堂々と延命していくことになる。

　こうした一連の状況背景に対して、長篇『旅愁』(『東京日日新聞』『大阪毎日新聞』一九三七・四・一四夕刊〜『人間』一九四六・四)をついに完成しえず、戦後は帝国主義に加担した作家として否定的な烙印を押されつつあった晩年の横光利一は、どのように対峙していたのだろうか。その潜在的な応答が含み込まれた短篇小説として、本章では『微笑』(『人間』一九四八・一)を読み解いてみたい。『微笑』には、天賦の才覚を持った栖方という帝大の学生が登場するが、その描かれ方には、図らずも前述のような戦中／戦後を跨いだ職業技術者の存在が、密かな影を落としている。栖方は、卓越した研究能力によって海軍による「殺人光線」の開発に協力しつつも、結末では敗戦とともに「発狂死亡」するという劇的な最期を遂げたことが示唆されるが、その特異な人物造型には、一見すると政治イデオロギーとは無縁の無垢さ・純真さこそ、時局において狂乱的な帝国日本への献身行為を導いていたという事態が、極めて寓意的な仕方で刻まれている。

　他方で、こうした栖方の姿態には、右に示したような危うさとともに、そのアイデンティティの所在を曖昧にさせるような設定が導入されている。そこには、戦後論壇における職業技術者の功罪をめぐる単純な二元論的図式に抗う視角を見いだすこともできるだろう。本章では、こうした多面的な相貌を持つ『微笑』の奥行きを再検討することで、横光晩年の〝戦争責任論〟として、その方法意識の在り処を解き明かしてみたい。

一　「ポリチカル・エンヂニアー」の誕生

既存の日本科学史研究において、戦中／戦後を貫く「科学」の〝無謬神話〟は繰り返し論じられている。廣重徹は、戦後論壇において主な敗戦の原因として挙げられていたのは、順不同に「行政機関の分散割拠からくる行政能力の貧困、軍の秘密主義、陸軍と海軍、技術院と文部省のあいだの対立抗争、官僚の科学への無理解、科学者冷遇、科学者の欧米追随、派閥、功利主義、そして、これらの結果としての日本の科学自体の低調・俗悪・貧困」であったと述べつつ、「科学それ自体は善玉であり、悪いのはそれを正しく評価・発展させることを知らなかった軍部、官僚、それと一部のボス科学者だ」という論調が支配的であったと指摘している[1]。中山茂もまた「科学は戦時中から平時に移るに際して、誰からも非難されず、無傷で戦後の世界にまで生き残った」と述べており、科学技術の利用価値に一貫して高い期待が向けられていたと総括している[2]。

こうした戦中／戦後の科学技術に関する持続的な期待の高さは、敗戦下における日本社会の復興に科学技術が大きな貢献を果たす契機となった半面、同時代の職業技術者たちの抱え込んだ戦争責任の所在を曖昧にしてしまう節があった。山本義隆は「大戦中、戦争遂行に必須であるとして科学動員が語られ、研究者にはさまざまな優遇措置が与えられ、科学者も率先してそれに応えてきたのであるが、敗戦の直後、科学者の内部からはそのことへの反省は語られなかった」と述べている[3]。ヒロミ・ミズノもまた、戦後に戦争責任を公に問われた職業技術者は少なく、むしろ無批判に歓迎される風潮が一九六〇年代まで続いていたことを指摘している。以下、こうした先行論を踏まえつつ、本節ではまず改めて戦時下における職業技術者の位置づけを瞥見しておきたい。

本書の第八章でも記したことだが、もともと一九三〇年代の後半から、既に職業技術者が「叩き大工に止ることは出来ない」（白井武「叩き大工に止ることは出来ない」『科学ペン』一九三八・四）と自認されるような時代状況が到来していた。科学技術を利用した戦時体制が整えられつつあった情勢下で、従来は限られた学術共同体に従事していた職業技術者たちもまた、新たに行政への参画が要請されていく。宮本武之輔「国政事務と技術官」（『科学ペン』一九三八・四）や小池四郎「科学国策と技術官」（『科学主義工業』一九三八・六）など、当時の論説には「技術官」という新興の職位を扱ったものが目立ち、国政に登用された職業技術者のあり方に高い期待が向けられていたことが窺われる。もちろん、それ以前にも工政会や日本工人倶楽部などの技術職ギルドは設立されていたが、その存在が国家事業と密接に結びつくような公共的性格を帯び始めたのは、日中戦争の開戦前後からだと言ってよい。

さらに一九四一年、前章でも触れた第二次近衛文麿内閣において科学技術新体制確立要綱が制定されたことに伴い、職業技術者の社会的地位は飛躍的に向上していくことになる。当時、伊藤行男は「世はまさに科学時代である」と謳いつつ、その有様を「科学書は、どし〳〵と出版されて毎日の新聞の広告欄をかざり、劇場は科学者の伝記を上演し、文化映画は科学知識の普及に全力をあげる、科学者はラジオに講演に引きだされて熱弁をふるふ、大学専門学校の技術科方面は志願者が殺到する、娘達は技術者との結婚を希望する、世はまさに科学者の春である」と綴っている（「科学者の春」『科学ペン』一九四一・四)。

こうした「科学者の春」と形容される時勢の到来は、職業技術者の自負を大きく組み換えていくことになった。実際、雑誌『科学主義工業』一九四〇年三月号では「生産拡充政策に就き技術者より現内閣への献策」と題して、主に職業技術者からの読者投稿を募っているが、その誌面ではほぼ全員の回答者から技術官の地位向上と国政参与が主張されている。また、ある座談会(「技術と政治」『科学主義工業』一九四一・一一)で、当時の内閣技術院参技官であった後藤正夫は「日本技術の真義を、技術者の常識として把握することによつて、技術の国家性と、新なる使命感とに目覚め、一段と、その能力を発揮出来ると信じるのです」と述べつつ、「私は今日有能なるポリチカル・エンヂニアー——妙な新語ですが——これが出なければ真の技術行政は行はれないと思ひます」という持論を展開している。

ここに、職業技術者が専門知を超脱した公共意識を持ち、帝国日本の趨勢を左右するような要職へと就くことが奨励される回路が拓かれていくことになる。当時の言論空間を瞥見してみると、後藤の言う「ポリチカル・エンヂニアー」に属するであろう職業技術者が相次いで論説を発表し、座談会などで自身の見解を旺盛に発言していることが窺われる。それらの諸論では、たとえば「現在我が国に於ける科学技術或は科学技術者の歪められたる位置を、その本来あるべき姿までもち来すこと」(野村進行「所謂「技術者運動」に就て」『技術評論』一九四二・一〇)や「生産に従事してゐる如何なる部門の技術者も、今や総力を決戦に集中し生産戦の凱歌をあげること」(石原励「技師の任務」『技術評論』一九四三・一)、また「今日科学技術者の使命や重大であり任務や重しといへるのであるが、さらに我々は我々こそ戦を勝利に導き得る光栄ある立場に置かれてゐること」（有馬頼寧「若き技術者よ起て」『技術評論』一九四四・六）などが強調され、職業技術者の役割と使命は国益に資する学術研究に邁進することであるという風潮が醸成されていく。総じて「日本のすぐれた科学技術者の発言を政治、経済生産のあらゆる面に積極的に浸透させ科学技術の巨大な力をあますところなく発揮して戦争を完遂する、この今日の課題、これを具体的に解決することこそわれわれの責務である」（稲村耕雄「技術戦の勝利を目指して」『科学主義工業』一九四四・九）という共通信念が、戦時下の職業技術者を取り巻いていたことが窺われる。

併せて重要なのは、そのような職業技術者たちが、必ずしも明確な政治イデオロギーを持ち合わせていたわけではなく、単に社会貢献の一環として国家事業へと献身するべきという〝大義〟ばかりを強調していたことである。たとえば、同時代の科学雑誌に掲載された論説を見ると「吾等はこの技術者の時代を謳歌する前に、技術者に与へられたる社会性、政治性をよく認証し、新しい境遇に処して過ちなき様自らを再省三省し、時代の要求する新しい技術者としての自己陶冶に努むべきである」云々（大橋潔「技術者の政治的自覚」『技術評論』一九四一・一）、「科学者が国家の為の科学の建設に全力を尽さねばならぬといふ国民としての職域奉公の祖国意識に甦へらんとし、又国家も大いに期待する機運に向つたことは、日本科学建設のために実に喜びに堪へない」云々（細川藤右衛門「科学研究の国家奉還論」『科学知識』一九四一・三）、「科学技術者組織の統一化は外から強制されてなさるべきではなく、あくまでも主体的な意欲の面からなされなければならない」云々（阿閉吉男「決戦科学技術動員の方途」『科学知識』一九四四・九）などの主張が散見される。ここからも誠実な職業技術者は、各々で「社会性」を獲得し「自己陶冶」に務め「職域奉公の祖国意識」へと「主体的」に目醒めなければならないという風潮が、戦時下の論壇全体で協同的に築かれていたことが窺われよう。

しかし、そのような〝大義〟への遵奉意識こそ、戦時下の総動員体制を維持する紐帯となりえていた。J・ミムラの言い方を借りれば、職業技術者たちは「イデオロギーとは無縁の中立の立場で科学技術と国家を支える公僕に自身を見立てたが、じつは彼らこそテクノファシズムと帝国主義と戦争への進行を中核的に支持した」のである。[5] 本書の第五章でも検討したように、一九三〇年代後半から興隆した科学者共同体の公共意識の高まりが、戦時下において統治権力の思惑に囲い込まれていくような時代状況も、こうした言論のあり方に棹差すものであっただろう。この時期、自身の学術研究の成果を一般社会に還元したいという職業技術者の純真な動機は、端的に軍事兵器の開発協力と表裏一体の事柄にほかならなかった。

そして、この自発的な体制従属を促す善良さが、戦後論壇における職業技術者の処遇を方向づけていくことにもなるのだが、その前に次節では、如上の事情に関する横光の眼差しを確認しておきたい。

二 「少年の面影」のポリティクス

横光は、早い時期から自身の作中に広義の科学者たちを登場させたうえで、彼らの振る舞いに対する倫理の所在を取り扱っている。たとえば、中篇『雅歌』(『報知新聞』一九三一・七・一～八・一九夕刊)では、理論物理学者という設定の羽根田が「他人に破損を与へぬといふこと」を、何よりの

「平凡な道徳」であると信じる人物として描かれている。同じく本書の第八章で扱った長篇『紋章』(『改造』一九三四・一〜九)では、アマチュア発明家という設定の雁金が、醤油醸造の特許権を利用して利潤を出すことを目論む勤務先の同僚たちに抵抗して、自身の研究成果を積極的に「万人のため」に還元することを志すような好漢として描かれている。さらに、短篇『博士』(『文藝春秋』一九三四・一)では「あなたのやうな特殊な自然科学の仕事をしてゐられる方は、科学と道徳の限界といふやうなことを、やはりお考へにならなくちや困ることになるんぢやありませんか」と問う職業作家の「私」に対して、医学博士の肩書きを持つ加羅木という人物が「いったい人間としての行為と、科学者としての行為とは、君のいふやうに分けられると思ふかね」と応じている。横光が、同時代の理論物理学を中心とする自然科学の進展に対して、強い関心を払っていたことは周知の通りだが、その関心の在り処は、自身が抱いてきた認識論的な葛藤に紐づけられるものであったと同時に、具体的な科学技術の担い手による社会貢献(=「行為」)のあり方とも密接に関わるものであった。では『微笑』において、こうした倫理の所在をめぐる問いは、どのような作劇構造のもとで描かれているだろうか。

『微笑』では、栖方の人物像が、視点人物の梶によって執拗に「少年の面影」を持つ存在として強調されている。初めて対峙した時点で、梶は「学帽を脱いだ栖方はまだ少年の面影をもつてゐた」という印象を抱いており、また幾許かの対話を通じて栖方の性格に魅せられていく際にも「少年に見える栖方のまだ肩章の星数を喜ぶ様子が、不自然ではなかつた」云々、「大尉の栖方は若若しいというより、少年に見える不似合な童顔をにこにこさせ、梶に慰めを与へようとして骨折つてゐるらしかつた」云々、「子供らしくさう云ひながら、室の入口へ案内した」云々、「今まで無邪気に天空で戯れてゐた少年が人のゐない周囲を見廻し、ふと下を覗いたときの、泣きだしさうな孤独な恐怖が洩れてゐた」云々など、度々「少年」や「子供」という形容表現が用いられている。作中で、栖方は「殺人光線」の製造を目論む常軌を逸した存在として描かれているが、その動機は大仰な政治的信条に拠るものではなく、極めて純真で「無邪気」な知的欲求であったことが示唆される[6]。

そこには、まさに前節で見たような、帝国日本におけるテクノファシズムの作動原理を重ね合わせることができよう。先述したように、一九四〇年代の職業技術者たちが内面化していた「責務」と、戦時下における統治権力の思惑が結託するという一連のシナリオは、まさに市民社会の担い手として、職業技術者たちには「学徒たる前に、まづ時代の理解者たる事と、国民教育の指導理念を充分に心得てゐる事とを要求せねばならない」という風潮を招来することにもなった（西村真琴「新体制下の科学者に愬ふ」『科学知識』一九四〇・一二）。こうした時勢のもとで、帝国海軍から協力を要請されるだけの明晰な頭脳を持つ栖方が、執拗に「少年」らしさを強調される存在であったことの意味を問い返すことができるだろう。

なお、既に多くの指摘があるように、栖方にはモデルとなる実在の青年が居たようで、特に横光の弟子であった石川桂郎は、斎藤という帝大の学生に栖方という名を与え、石川自身が生活の面倒を見ていたことを証言している[7]。石川は『微笑』でも紹介された数々の逸話――栖方の発明した「電光発射機が実物され、二階級特進の栄誉を得、天皇の御前でお言葉までいただいた」など――の悉くが虚偽であったことを知り、敗戦後に横光を訪ねて詫言を述べたが、横光は「みんな夢をみていたんですよ。しかし栖方君の、あの微笑を思い出して見給え、今日だつて僕達は一緒につられて笑いたくなる。ねえ君ィ、そうじやないですか……」と「ひとこと言われただけだつた」という。

中井祐希は、この石川に拠る一連の証言を参照しつつ「嘘－真実、夢－根実のどちらにも収斂せず、むしろ混在させた中にこそ「微笑」の特異性が認められる」と指摘しているが[8]、ここでは斎藤＝栖方のような「夢」を託された帝大の学生が、その実在の有無は別として、横光の関心を強く惹いていたという事実を確認しておきたい。実際、右に引用した横光の発言は『微笑』において、高田という登場人物の語り口を通じて「でも、何んだか、みなあれは、科学者の夢なんぢやないかと思ひますよ」という栖方の評価へと継承される。横光は、傍目からは「狂人」に映るほどの知的好奇心の高さと無垢さを抱え込んだ斎藤＝栖方の人物造型に、それが朧げな「夢」であることを承知しつつも、強い創作欲求を掻き立てられていたことが窺われる。

加えて留意しておくべきなのは、作中の結末付近において、疎開先の梶の眼に止まった小さな新聞記事を通じて、栖方が「敗戦の報を聞くと同時に、口惜しさのあまり発狂死亡したといふ」事態が伝えられたことである。もともと、この最期も「千米隔て兎を殺す」（『読売新聞』一九四五・一〇・二八朝刊）という実際の新聞記事から着想を得たものであろうことが、既に中井などによって指摘されているが[9]、中井も述べているように「実際の記事には科学者が実験中に発狂したとしか書かれていなかったのが、「微笑」では実験中ではなく、日本の敗戦によって栖方が発狂死したと書き換えられ」ている点を看過すべきではない。「口惜しさのあまり発狂死亡した」という栖方のドラマティックな最期は、まさに戦時下における「無邪気」な純真さと狂気の隣接関係を端的に剔抉しているからである。

従来、栖方の人物造型や『微笑』の作劇構造に、晩年の横光の思想的屈託が認められることは、多くの先行研究でも指摘されていた。たとえば神谷忠孝は、栖方を「科学と人間性の二律背反の問題に苦悩した横光利一の観念の集約であり、近代そのものがはらむ悲劇への予感がある」と評している。[10]また、伴悦は『微笑』を「横光自身戦時下への遡行を果たしながらの自照、自責や懺悔と、一方戦後の自己の在り処をめぐって、その模索の念もこめていたのではなかったか」と総括している。[11]こうした読解を支える共時的な文脈のひとつとして、本章では戦中／戦後における「ポリチカル・エンヂニアー」の存在に眼を向けてみたいと思う。

では、前述のような壮絶な最期を遂げたことが示唆される栖方に対して、実際の戦後日本における「ポリチカル・エンヂニアー」たちは、どのような処遇を施されてきたのか。その点を次節で確認しておきたい。

三　戦争責任の在り処

敗戦直後の『科学朝日』(一九四五・九)における特集「新生の科学日本に寄せる」では、早くも理科系知識人による戦禍の総括が行なわれようとしていたが、そのなかで佐々木重雄は「科学戦敗戦の原因」として「科学者の冷遇、科学行政の失敗、科学教育の失敗、物質文明に対する無批判的蔑視、科学者技術者の習性的欧米追随主義、学界に涵浸せる低俗なる功利主義、軍官民各方面に存在せる抜くべからざる割拠主義等々」を挙げている。同じく『東京朝日新聞』一九四五年九月一四日朝刊の記事「軍、官の縄張争ひ　科学者冷遇と功利主義」では、主に「二流以下の科学者が集まつてゐた軍の研究機関が、軍部外の科学者を真に活用する意思と力に欠けてゐた」と指摘される。

これらの諸論では、ともに「科学者の冷遇」を強いた統治権力の暴走が批判的に検討されているが、戦時下に喧しく討議されていた職業技術者の政治参画という事柄の是非が、ほとんど考究されていないことには注意すべきであろう。如上の例に顕著なように、戦後論壇では、戦時下にあって思想的な先導をもたらした人文・社会系知識人による戦時下の言論活動が厳しく断罪された一方で、前述した「ポリチカル・エンヂニアー」たちは、ある種の死角となることで、敗戦下の復興を支える重要な人的資源として再雇用されることになる。

具体的に見ていこう。雑誌『科学』一九四五年一〇月号の巻頭言「気宇を壮大に」では、次のような立場が打ち出されている。

　いま日本の科学者技術者は敗戦の現実にうちのめされて呻吟すべきときではない。又聯合国の出方によつて自己の進路を定めるといふやうな消極的な立場をとるべきではない。いまこそ力強く立ち上つて全国民に新しい希望を与ふべきではあるまいか。

こうした「科学者技術者」に対する新しい期待の眼差しは、敗戦後の言論空間において他にも散見される。たとえば、小倉金之助「自然科学者の民主戦線」（『中央公論』一九四六・五）では「今日日本の再建に際して、自然科学者に俟つところ、実に甚大なるものがある」と論じられつつ、ゆえに「食糧問題にせよ、産業再建の問題にせよ、その他幾多の重要問題が、自然科学者の協力なくしては、絶対に不可能なのである」と総括される。小倉は、民主主義科学者協会（民科）の初代会長を務めた人物だが、同じ時期に「自然科学者の反省」（『世界』一九四六・四）という論説も発表しており、そこでも「「人類の幸福を増進する」といふ、正しい意味での自然科学」に従事する「自然科学者」の知的活動が、一部の「官僚・財閥」によって歪められたという見解が示されることで、当の「官僚」を構成していた一員のはずである職業技術者たちの処遇が、不問に付される格好となっていた。

とはいえ、それは単に黙殺されていたわけではなく、むしろ仰々しい政治理念に染まらない職業技術者の純真さを免罪符とするような体裁が取られている。たとえば、『科学』一九四五年九月号の巻頭言「科学と自由」では、「戦時中純粋な愛国の熱情から純粋科学を新兵器のために用ひようと身をもつて献身して来た科学者が少くないのではあるが、最も非科学的なる軍部と官僚とが之等の科学者をたくみに用ひ尽し得るものでもなかつたのだし、又束縛と逆境の下にあつた科学者達は〝原子爆弾を発明し得る自由なる民衆〟とはなり得なかつたのである」と指摘される。また、武谷三男「迫害と闘ひし科学者に捧ぐ」（『新生』一九四六・二）では「よく訓練された場合、その生来の理性に於ては合理主義者であり、本質的にヒューマニストである」と論じられつつ、「殆んど秀れた科学者技術者は緒戦の戦果の時に既に今日を十分見透してゐた」がゆえに、「今次の馬鹿げた罪悪的戦争に於て、科学者技術者に発言権が十分あれば当然防げた」はずだと説かれる。田中実「科学・技術をわれらの手で」（『日本評論』一九四六・五）では「今まで科学技術者は帝国主義的侵略のために奉仕しなければならなかつた」ということが前提とされたうえで、「さういふ奉仕のために、科学技術は正当に権威づけられた発展の路をふさがれてしまつた」と概括される。同時代論壇において、戦時下における「科学者技術者」の善良さ（＝「純粋な愛国の熱情」「本質的にヒューマニスト」「奉仕しなければならなかった」云々）が強調されることで、当然に分有されるべきはずの戦争責任が巧妙に漂白されていくことになる。

もとより「ポリチカル・エンヂニアー」として統治権力に加担した職業技術者と、そうでない職業技術者を明確に分ける境界は存在しえない。また、後述するように、官学の政治的結託と、理論系の学術研究者たちが具体的な軍事兵器の開発・製造に携わることは微妙に異なる問題であり、その帰責されるべき宛先が、同時代において適切に見通しえなかったという事情もあるだろう。加えて、批判的な論調が全く皆無だったというわけではなく、たとえば「敗戦に及んで傍観者として軍に協力しなかつたといふ〔……〕科学技術者も嘗て言論報国会の理事として「努力しないと戦ひに敗けるぞ」と叫び、各地を遊説して軍需会社の御馳走になり、徴用工とか学徒に気合をいれてゐたのである」といった揶揄も、同時代には散見される（山本洋一「軍服を被せられた科学者（日本科学技術陣営破れたり・1）」『科学主義』一九四六・二）。しかし、概して国土再建の掛け声のもと、かつての無垢な「ポリチカル・エンヂニアー」たちは、好意的に戦後論壇へと迎え入れられていくことになる。[12]

一九四六年、前述のように日本共産党を母胎として、理科系知識人たちによって設立された民科においても、今後の「科学技術者」が担うべき役割と使命が強調される。[13]「創刊の言葉」（一九四六・三）では「祖国を築く真の科学は科学の圧殺者との妥協のない闘争から生れるのである」ことが説かれ、また同号に寄稿された論説も細川嘉六「民主統一戦線と科学技術者の任務」や渡部義道「日本科学の歴史的環境と民主主義科学者の当面の任務」など、職業技術者の新たな「任務」の所在を示すのが目立つ。こうした論調において、やはり戦時下の「ポリチカル・エンヂニアー」たちは延命していくことになる。[14]

また、たとえば雑誌『近代文学』や『人間』などで断続的に行なわれていた人文・社会系知識人たちの戦後総括をめぐる論説や座談会においても、理科系知識人たちの処遇はほとんど議論されていなかった。とりわけ、座談会「文学者の責務」(『人間』一九四六・四)などで、戦時下の文学者たちに対する旺盛な批判を展開した荒正人は、その一方で次のように述べている。

こんどの戦争のなかから生れたいくつかの画期的な成果として、電波兵器とペニシリンをあげることができよう。化学療法として、新大陸発見にも比すべきペニシリンすら、この原子爆弾のもつ、人類史的意義にはとおくおよばぬものがあらう。順列をつくつてみる。プロメテウスの火、第二の火・電気、そして第三の、おそらく最後の火たる原子核エネルギー。

(『負け犬』真善美社、一九四七・七、初出未詳)

ここで荒は、幾分かアイロニカルな言い方であるにせよ、一連の戦禍の源である軍事技術には批判の眼を向けていないどころか、それを「画期的」なものと称賛している。そこには、まさに戦後復興における「科学」への期待が刻まれていたわけであり、こうした期待のあり方が、敗戦直後の戦争責任をめぐる一連の主張を方向づけていたことは疑いない。
ならば栖方は、こうした時勢に照らしてみたとき、どのような存在として描かれていたと言えるだろうか。次節では、再び『微笑』に立ち返り、その記述のあり方を検討してみたい。

四　栖方の曖昧な所在

従来、横光の国粋主義への近接は、前章で検討した『旅愁』に顕著であったように、ある種の形而上学的な民族理念が先行したものとして語られがちであったが、そうした〝理念先行型〟の国粋主義のみならず、一人の青年が「殺人光線」の製造を企て、持ち前の無垢さによって「発狂死亡」するという『微笑』の筋立てにも、その痕跡は確かに忍び込んでいる。そこには、大日本帝国の政治教条にファナティックな共感を見せずとも、専門知の公共化（とその主導）という思想的課題に応答することを通じて、戦時下の職業技術者が統治権力と結託するという状況背景が、戯画的な仕方で照らし出されてもいよう。時局の政治体制が無垢な職業技術者を利用するという分かりやすい図式ではなく、職業技術者の振る舞い自体に刻まれた政治的位相に眼を向けることで、『微笑』が描き出した戦中／戦後の科学振興をめぐる陰画（ネガ）の側面が顕われてくるはずである。

他方で、黒田大河が述べるように、上述した戦中／戦後の時代相を重層的に交叉させていく記述が『微笑』の表現戦略であったとすれば、そこには戦中／戦後の科学振興に介在していた歪みを「対象化」する視角も見いだせるのではないか。[15] たとえば、多くの先行研究でも指摘されているように、梶と栖方によって交わされる「排中律」をめぐる応酬は、そのような観点から読み解けるだろう。「君、排中律をどう思ひますかね」と問う梶に対して、栖方は「前方の棚の上に廻転してゐる扇風機を指差し」て「零点五だッ」と呟く。このような謎めいた栖方の語りは、結末付近において、戦後社会を「ますます二つに分れて押しあふ排中律のさ中にあつて漂ひゆくばかりである」と考える梶の憂いへと集約されていくのだが、本節では「排中律」の原理的な問題系ではなく、より具体的な次元で、戦後論壇における職業技術者の功罪をめぐる単純な捉え方を、まさに「対象化」してしまう栖方という青年の表象のされ方を確認しておきたい。

　栖方は、帝大の学生でありながら「横須賀の海軍へ研究生として引き抜かれて勤めてゐる」という設定だが[16]、そこには科学技術新体制下における学知と統治権力の捻れた関係が投射されている。元来、帝国大学とは国家事業に資するための教育機関として設立されたものであり、ゆえに栖方の研究活動もまた、始めから統治権力の管理構造に囲い込まれていたとも言える。その一方で、こうした学術体系に拠らない職工技師たちも、当時の海軍には多く雇用されていたわけであり、飽くまで栖方は「研究生」として外部から招かれた存在であった。この点について、河村豊は太平洋戦争以前から帝国海軍に配属されていた職工技師たちと、軍部外からの協力というかたちで貢献した学術研究者（主に理論物理学者）を切り分けたうえで、戦後において後者の活躍を隠蔽する工作が働いたことが、戦後論壇における理科系知識人の延命に繋がったのではないかと述べている[17]。だとすれば、帝大の学生と海軍の「研究生」という二種の肩書きを併せ持つ栖方もまた、歴史の闇に葬られることが宿命づけられた存在であったとも言えよう。

実際、作中でも栖方は所在なさげに振舞う場面が散見される。冒頭から、栖方は高田に対して「もう周囲が海軍の軍人と憲兵ばかりで、息が出来ない」と漏らしていたことが伝えられるほか、ある句会に参加した際に憲兵が周囲を取り囲み始めても、栖方は「入れちや不可ん」と強く異議を申し立てる。ここからは、栖方が自身を「海軍の軍人や憲兵」とは明確に異なる存在として自覚していたことが窺われる。そもそも、母方の家系が「代代の勤皇家」でありながら、父親が「左翼」として投獄されているという捻れた出自を持つ栖方は、二様の価値理念のどちらにも帰属しえない（＝「排中律の苦しみ」を体現する）人物であったことが仄めかされていよう。

加えて「栖方」というのは、単なる「俳号」であり、結末に示された新聞記事でも「発明者の一青年」として報道されるだけで、ついに作中でその名前を明かされることがなかった――梶すらも、最後まで「斎藤」という「仮名」しか知りえなかった――という事実は、その存在がもとより忘却されるべきものであったことを示唆してもいる。極秘に「殺人光線」の開発を志し、独り帝国海軍に献身していた栖方は、戦後社会において、その名を公共的に想起される契機を奪われている。実際、戦後に梶と再開した高田は、栖方のことを問われても「死児の齢を算へるつまらなさで、ただ曖昧な笑いをもらすのみ」であり、既に関心を喪っていることが了解される。

また、作中には栖方の「俳句友達」として、前述の句会を主催していた「飛行機製作技師」が登場する。この「技師」は「栖方と同じ所に勤務」していたが、栖方が「襟章の星を一つ附加してゐた理由を罪として、軍の刑務所へ入れられてしまつた」と高田に報告した後、「空襲中」に「急病で死亡した」という。この名前を持たない登場人物が「技師」と呼ばれていた一方で、栖方は作中で「技師」とは一度も呼ばれず、ひたすら前述のように「俳号」で名指されていたことに留意しておきたい。もちろん、未だ帝大の学生である以上、本来の意味での「技師」ではないわけだが、こうした指示表現の微妙な差異は、やはり栖方という青年の帰属すべき宛先を曖昧なものとし、その社会的なアイデンティティの在り処を霧消させてしまうだろう。

兼ねて『微笑』は、間接的な「噂」として栖方のエピソードが綴られるという体裁であったために、必然的な曖昧さが付き纏っていると指摘されてきたが、栖方の逸話が「噂」であることを差し引いたとしても、なお栖方という青年の表象のされ方には茫漠としたところがあった。そこには「排中律」のように割り切ることのできない、戦中／戦後における職業技術者の社会的位置が刻まれていたと言えよう。

しかし、とはいえ栖方という青年の生涯は、前述のようなかたちで全く忘却されてしまったわけではなく、梶という視点人物の胸中に「かき消えていく多くの記憶の中で、ますます鮮明に膨れあがって来る、一種異様な記憶」として留まり続ける。『旅愁』という小説作品を発表したことから、容易に横光本人を想起させる作家であろう梶という視点人物は、戦後復興の機運を前にして、ただ独り栖方のことを回想し続け、そこに「いまの世の人たれもが待ち望む一つの明晳判断に似た希望」を見いだそうとする。栖方の直截的な知人も含めて、ほとんどの人びとが栖方を忘却するか、関心を払わなくなってしまった状況下で、ただ一人の文学者だけが「異様な記憶」を継承するために、真偽も不明瞭なことを承知で戦時下の不可解な逸話を語り起こすのである。

以上のように『微笑』における梶の語りが、戦後空間における忘却に抗い続けるかのように栖方の所在を留め置こうとした試みであったとすれば、それもまた本章で捉えてきた時勢との緊張関係を抜きにして考えられない。少なくとも、ただ栖方の美しい「微笑」の痕跡だけを想起させるという『微笑』の抒情的な作劇構造には、単なる個人的な追憶とは異なった戦中／戦後の思想的屈折が、確かに照射されていたと言えるのではないだろうか。

おわりに

黎明期の日本科学史研究の泰斗と目される加茂儀一は、敗戦の翌年に「この大切な戦争に於てはわが国の科学技術者の創意は全然用ひられなかつたか或は今や用ひられ始めようとした間際に戦争が終つたのではないか」と述べている（「科学技術者の反省」『科学知識』一九四六・一）。戦時下において「科学技術者の創意」が〝正しく〟用いられなかった（ゆえに帝国日本は政治方針を誤った）という捉え方は、戦後の言論空間において精緻な省察を経ないままに共有され、理科系知識人たちの多くを新生日本の人材として甦らせたのである。

こうして「科学者の理性的な活動こそ将来の社会建設のための唯一の感動力であり、ゆえに「科学者の責務は何ものにも勝りて重大である」という論法を借りて、職業技術者の「責務」もまた抜本的に再定位されていくことになる（前出「科学技術者の反省」）。占領下の日本で、声高に叫ばれた「科学者は宜しく象牙の塔を出て、手を携へて団結しその協同の力を発揮しなければならない」云々（八木秀次「科学者の団結」『科学知識』一九四六・二）、あるいは「科学者であつても人民であるからには、政治の上に関心をよせなければならない」云々（會田軍太夫「科学者の悩み」『科学知識』一九四六・一一）といった主張は、戦時下の「ポリチカル・エンヂニアー」に対して発せられていた文言と一致するだろう。前述した職業技術者の「責務」とは、それ自体が社会規範の変化による帰結として恣意的に仮構されたものにほかならない。

周知のように、一九四九年には、内閣府の所轄のもとで日本学術会議が発足するが、その第六回総会では「これまで日本の科学者がとりきたつた態度について強く反省するとともに、科学文化国家、世界平和の礎たらしめようとする固い決意」が表明される。ここで、職業技術者による反省と総括は、敗戦直後から既になされていたことになり、その見通しが一貫した歴史認識のもとに差し出される。そして、科学振興の掛け声は、誰からの批判も受けない戦後民主主義を推進するスローガンとして流通していくのである。

こうした一連の動きを前にして、敗戦直後に「発狂死亡」してしまった一人の青年発明家を、忘却される寸前のところで書き留めようとした『微笑』の批評的射程が試されることになる。同時代の言論空間が着実に整序されていくなかで、図らずも整序される以前の混沌とした曖昧さが描かれてしまった『微笑』は、そうであるがゆえに、公共的な言論空間には顕現しえなかった夾雑な時代情勢の一面を確実に抉り出している[18]。その意味で、栖方の妖しい「微笑」は、戦中／戦後の職業技術者をめぐる明晰なパースペクティヴを、絶えず動的に躓かせていくのである[19]。

注

序章

（1）　林尚之『里見岸雄の思想——国体・憲法・メシアニズム』晃洋書房、二〇二四・三。

（2）　この点について、岡本拓司は「一九三〇年代にマルクス主義に抗するための科学排斥論が強調されるようになる以前は、国家も、或いは宗教者であっても、科学を広く肯定し、少なくとも許容する姿勢を示すことが通常であった」と指摘している（『近代日本の科学論——明治維新から敗戦まで』名古屋大学出版会、二〇二一・二）。

（3）　加えて、八紘一宇という術語に集約される戦時下の宗教的な保守イデオローグすらも、決して「科学」的な思考のあり方を無視していたわけではなかった。たとえば、中央教科団体連合会の中心的な人物として、長く国民教化の活動に従事した加藤咄堂は、戦時下にあって「真宗教の示す所の正しき信仰は、科学を超越して其の及ばざる所に基礎を置く所謂超科学的であつても、決して人智の精髄たる科学に背く反科学的のものではなく、科学の到る所はこれと合致するものである」と述べ、国粋主義の信仰理念が、単純に「反科学」なものではないことを主張している（『興亜国民の修養』国民教育普及会、一九四二・三）。

（4）　辻哲夫「まえがき」『日本科学技術史大系』第四巻、第一法規出版、一九六六・三。

（5）　佐藤文隆『歴史のなかの科学』青土社、二〇一七・四。

（6）　よく知られているように、正確には「科学」と「技術」が結びついた「科学技術」という術語は、戦時下まで用例が見られるものではなかった。ここでは、便宜的に自動車やラジオなどの文明利器を「科学技術」の成果というかたちで総括している。

（7）　本書で述べる内容が、狭義の「科学史」に関する学術研究に含み入れられるものか否かは読者の判断に委ねるが、少なくとも本節で取り上げたバシュラールの論考や、あるいは「科学的言説の歴史性が、内在的規範を伴いながらもさまざまな事件に遭遇し、障害により遅らされ、予定外の方向に逸らされ、危機すなわち判断や諸契機に中断された計画の具現態を表わしている限りにおいて、歴史的言説の対象は科学的言説の歴史性にほかならない」というG・カンギレム『科学史・科学哲学研究』（金森修監訳、法政大学出版局、一九九一・七）の指摘は、以降の本書の議論全てに底流するものだと考えている。

（8）　P・ド・マン『読むことのアレゴリー』土田知則訳、講談社学術文庫、二〇二二・一二。

（9）　なお、如上の行論については、序章で述べてきた研究目的に鑑みたとき、ある種の偏りがあるように思われるかもしれない。戦間期の科学文化として一般に思い浮かぶであろう映画やレコードなど最新鋭の映像・音響技術や、ビルディングが乱立するモダンな街並みの様子、日常生活を彩り始めた新奇な機械製品の数々などは、ほとんど本書で取り上げることがない。こうした文明の諸成果を、より直截的に扱った小説・詩歌作品や文芸評論なども当時は少なくなかったが、本書の関心は、人文系知識人が先端的な科学理論と接触したことによる思想的問題を捉えることにある。もとより、それら文明の諸成果も充分に思想的な問いを誘発するものであり、本書で主題的に検討している箇所もあるが（特に第三章や第四章、第八章など）、こうした諸々の同時代的な事情も含み込むかたちで、より総合的な〝科学／技術言説の文化史〟を描くことは、今後の研究課題としたい。

第一章

（1）E・カッシーラー『哲学と精密科学』大庭健訳、紀伊國屋書店、一九七八・六。
（2）前出『哲学と精密科学』。
（3）廣重徹『物理学史』第二巻、培風館、一九六八・三。
（4）前出『物理学史』。
（5）J・パワーズ『思想としての物理学』佐野正博ほか訳、青土社、一九九〇・二。
（6）石原の仕事の総体は、西尾成子『科学ジャーナリズムの先駆者――評伝石原純』（岩波書店、二〇一一・九）で明晰に整理されている。
（7）拙著『合理的なものの詩学――近現代日本文学と理論物理学の邂逅』ひつじ書房、二〇一九・一一、特に第二章。
（8）隅谷三喜男『賀川豊彦』岩波現代文庫、二〇一一・一〇。
（9）Thomas John Hastings, *Seeing All Things Whole: The Scientific Mysticism and Art of Kagawa Toyohiko (1888-1960)*, Pickwick Publications, 2015.
（10）C・ゴダール『ダーウィン、仏教、神――近代日本の進化論と宗教』碧海寿広訳、人文書院、二〇二〇・一二。
（11）掛野剛史「新感覚派時代の横光利一――〈生活〉〈人生〉〈主観〉の磁場に抗して」『日本近代文学』第六九号、二〇〇三・一〇。
（12）前出『合理的なものの詩学』。なお、本章では主題的に扱わないものの、拙著では一九二五年前後時点での横光の理論物理学受容が、より正確には二〇世紀物理学というよりも一九世紀物理学に由来するものであったことを論じており、併せて参照されたい。
（13）永井聖剛『自然と人生とのあいだ――自然主義文学の生態学』春風社、二〇二二・一。
（14）ただし、永井は上述の議論に関わる点で、特に川端の「主客一如主義」に集約される描写理念が「すでに自然主義の表現のなかに備わっていたこと」を指摘しており、その点は示唆に富む（「主語の消しかた――方法としての

自然」『愛知淑徳大学大学院文化創造研究科紀要』第一〇号、二〇二三・三）。

(15) 「我々が横光氏の芸術に接して、最初に感じられるのは、その表現の特異点である〔……〕そして動もすれば、その表現の特異点あるがために、作品に発露されてゐる氏の内生が、調子を弱められ、力を薄められてゐるとさへ感ぜられる」（斎藤龍太郎「横光利一氏の芸術――特にその表現に就いて」『文藝時代』一九二五・一）など、当の『文藝時代』誌上においても、横光や新感覚派の文学表現に対して「内生」の弱さを指摘したものは散見される。

(16) たとえば、片山倫太郎「新感覚派理論への一考察――川端康成における認識論的問題」（『岡山大学教養部紀要』第三四巻、一九九四・一）や玉村周「横光利一に於ける〝新感覚〟理論――「感覚活動」の解釈を中心として」（『國語と國文學』第五五巻九号、一九七八・九）など。

(17) 高橋幸平「新感覚派と表現主義の論理――横光利一「感覚活動」から実作へ」『横光利一研究』第一一号、二〇一三・三。

(18) 前出「新感覚派時代の横光利一」。

(19) この点について、宮本顕治は「主観主義を批判しながら、「プロレタリアートの階級的主観に相応するものを現実の中に発見する」というのはわかりにくい命題」と指摘している（「あとがき」『宮本顕治文芸評論選集』第一巻、新日本出版社、一九八〇・一一）。

(20) 「プロレタリア・レアリズム」の表現理念について、蔵原は「何でもかまはずに現実を片つぱしから「客観的」に描いてゆきさへすればいゝのではない」と注意を促しつつ、他方で「自己の狭い階級的主観によつて現実を勝手に粉飾し、改造する所の、公式主義的主観主義とも異なつてゐる」ことを強調する（「最近のプロレタリヤ文学と新作家」『改造』一九二九・一）。その捻れた理路は、やはり前述した蔵原と横光の方法論的な差異が、単純に「主観」対「客観」という対立構図で捉えられるべきものではないことを物語っていよう。

(21) 廣松渉『科学の危機と認識論』紀伊國屋書店、一九七七・一〇。

第二章

（1）鳥居邦朗は、この論説の内容に「科学ないしは物質文明によって脅かされている人間、という現実認識」を読み取っている（「『文芸時代』における文体意識」『國語と國文學』第五二巻四号、一九七五・四）。

（2）その詳細は、速水融『日本を襲ったスペイン・インフルエンザ——日本とウイルスの第一次世界戦争』（藤原書店、二〇〇六・二）などに詳しい。

（3）「科学と神経」は、初の単行本である『午前の殺人』（新潮社、一九二五・六）の「序文」としても所収されている。

（4）小野芳朗『〈清潔〉の近代——「衛生唱歌」から「抗菌グッズ」へ』講談社選書メチエ、一九九七・三。同書には、大正期の衛生学をめぐる知的動向について多くの教示を得た。また、一九二〇年代の一般的な衛生観については、村山達三「急性伝染病」（『家庭科学大系』家庭科学大系刊行会、一九二八・一一）や暉峻義等「衛生」（『万有科学大系』万有科学大系刊行会、一九二九・三）などが参考になる。

（5）中河幹子『ヨーロッパ・アメリカ・日本』白川書院、一九六九・一。

（6）長谷川泉「昭和文学史における中河文学の位置」『中河与一研究』笹淵友一編、南窓社、一九七九・三。

（7）たとえば「形式主義理論の一端——存在は意識を決定する」（『創作月刊』一九二九・二）では「形式主義は唯物論に立脚しながら、生活にまで働きかけるが故に強力なのである」と主張されている。また、翌年の「芸術派とプロ派との討論会」（『新潮』一九三〇・三）でも同様の説明をしている。元来、抽象的な理論趣味が強かったと思われがちな中河だが、同時に「生活」の担い手としての日常的な経験を手放さなかったことは留意しておくべきであろう。

（8）一連の論説は、加筆・修正のうえで『形式主義芸術論』（新潮社、一九三〇・一）に所収されている。

（9）佐々木基一「新感覚派及びそれ以後」『岩波講座　日本文学史』第一五巻、岩波書店、一九五九・八。

（10）新感覚派の文学運動について、谷田昌平は「当時の解体した現実と人間を新感覚によつて回復するという方向に向わないで、解体したままの状態で受けとり、提示したのであつて、そこには人間性喪失の徴候が濃厚ににじみ出ているとも否めない事実であると言えよう」と述べている（「新感覚派の文学の発想と表現」『國文學　解釈と鑑賞』第二八巻九号、一九六三・九）。一方で、瀬沼茂樹は「自我の解体と分裂によって露呈してきた生そのものの根源をつきとめることによって、人間性の回復をめざしていた」とまとめている（『近代日本文学の構造』第二巻、集英社、一九六三・五）。双方は「人間性」の喪失／回復という解読格子によって対立しているものの、しかし重要なのは、その「人間性」なるものの描かれ方が、既成文壇によって主張された「人生」の記述作法と、どのような点で異なるのかを見極めることであろう。

(11)　新感覚派をめぐる一連の論争については、千葉宣一「新感覚派論争」（『國文學　解釈と鑑賞』第三五巻六号、一九七〇・六）などに詳しい。

(12)　以下、その一部を引用しておくと、たとえば「技巧派であるよりも人生派であつて欲しい」（田山花袋「人生の伴侶」『新潮』一九二四・一〇）、「新しい生活も、残酷な思索も少しも見出せない」（藤森淳三「文壇の現状を論ず」『新潮』一九二五・五）、「人生に対する理智によつて征服されてゐる」（木蘇穀「新人生派の勃興を促す」『文藝日本』一九二五・六）、「技巧派文学の亜流にすぎず、技巧派文学の没落と共に没落しなければならぬ」（小島徳彌「人生派文学の復興」『新潮』一九二五・七）、「果して人生に何れだけの深い、必然的な交渉を有してゐるか」（戸川貞雄「芸術的価値と人生的価値」『早稲田文学』一九二五・七）、「僕はゆ（ママ）はゆる新官（ママ）覚派を技巧派の行詰つた一形態、ごく拙い技巧派と考へてゐた」（青野季吉「『調べた』芸術」『文藝戦線』一九二五・七）、「自然主義の反動として起つた「新技巧派」の側腹の子」（戸川貞雄「「新人生派」の文芸観――文壇的雑感の延長」『新潮』一九二五・九）、「神経とか感覚以外の生活では新感覚派は必ずしも新しくはない」（伊藤永之介「神経質でない文芸」『読売新聞』一九二五・一〇・四朝刊）などの指摘がある。

(13)　こうした捉え方に対し、本書の第一章でも言及したように、川路柳虹などは「この人達の立たうとする立脚地は決して誤つたものでなく、今迄の自然主義的、写実主義的作品の「人生」とは異つた観方の人生を表はさうとしてゐるのである」と述べ（「実験室（ラボラトリー）の文学――新感覚主義についての断想」『文藝日本』一九二五・六）、新感覚派の援護を務めた。また、中河の文業とは直截に関わりを持たないものの、新感覚派の作家たちが衣笠貞之助監督とともに作成した前衛映画『狂つた一頁』(新感覚派映画連盟、一九二六・九)なども、同時代評を見てみると「この方法によつて人生を全的に描かうと企てたのでもしあるならば、それは完全な失敗である〔……〕彼は唯人生の一つの断片から純映画的なモメントのみを描出してそれをスクリーンに固着せしめるに満足すべきである」とあり(「主要日本映画批評」『キネマ旬報』一九二六・一〇・二一)、旧来の「人生」をめぐる主題とは異なる尺度で鑑賞することの重要性が説かれている。

(14) 新人生派の集った雑誌『不同調』創刊号の「巻頭言」は、およそ新人生派の活動報告以上に新感覚派への誹謗をまとめたものが目立つ。こうした新人生派による新感覚派の批判に対して、『文藝時代』同人の側も「新感覚派は一つの人生観を持つて居る」云々(片岡鐵兵「新感覚派の表」『新小説』一九二五・六)や、「新感覚派なぞは今日に於て最も新人生派的なものである」云々(川端康成「文壇的文学論(三)」『万朝報』一九二五・一一・一一)など、自身の文学活動がある種の思想的内容を持ち、既成文壇とは異なる仕方で「人生」を描きうるものであったことを盛んに訴え、各々の主張は混迷を極めていった。そのような言論状況は、年末に「一方では人生の意義、生活の意義、苦悶の価値を求めて人生派の芸術を叫ぶかと思へば、他方では新時代をめがけて人生の意義とか生活の意義とか云ふものを振り捨てやうとさへする」と総括されていくことになる(伊藤永之介「十四年度文壇に於ける諸主義」『文章倶楽部』一九二五・一二)。

(15) 狭義の文壇に限らずとも、同時代のジャーナリズムにおいて衛生に関わる論説を繙いてみると、たとえば「衛生の事業並に衛生学の進路には、人間と自然と、人間と人間とのありとあらゆる関係が横はり」云々といった評言も散見される(暉峻義等「衛生学及び衛生の事業の道徳について」『思想』一九二九・九)。この時期の衛生をめぐる学知は、単なる防疫としての観点だけでなく、広く「人間」の生き方をめぐる問題系のもとで議論されていたことが了解できる。

(16) 以下の作品分析については、立論の都合上、本書の第七章と内容の一部が重複している。

(17) 黒田俊太郎は、中河の初期作品について「登場人物の心理を精神病理学的な観点から克明に描いた事にだけでなく、「消毒」という衛生思想に貫通された「科学的」行為への陶酔という自意識」の強さを読み取っている(「メカニズムからの飛躍――中河與一の〈新科学的〉という発想について」『鳴門教育大学紀要』第三一集、二〇一六・三)。

(18) たとえば「若い新聞記者の鈴木定吉は近頃憂鬱に苦しめられ始めた」という印象的な一節で始まる廣津和郎『神経病時代』(『中央公論』一九一七・一〇)は、典型的な大正知識人の直面する鬱屈が描かれており、そこには何よりも廣津自身の怜悧な時代感覚が色濃く投射されていたものと思われる。

大正中期の文壇で「神経症」を扱った小説作品として、中河の『悩ましい妄想』と廣津の『神経病時代』には相同性が認められよう。実際、たとえば「彼の神経にはまるで一つの方向が与へられたかのやうに、一寸した刺戟を受けると、直ぐにもその方向に向つて、彼の理性はそれを否定するのに、それだのにどうしてもさうならずにゐられない苦しい方向に向つて、進み初めるのであつた」という『神経病時代』の記述は、「神経」の働きが人びとの「理性」に優越するまでの行路を描き出した点で、中河の問題意識と極めて近接していると言ってよいだろう。しかし、本節の以下で述べるような点で、双方には重要な差異があるものと思われる。なお、廣津は新感覚派について「人生のもろ〱の活動についての、もつと深い考察がなければならない」(「新感覚主義に就て――片岡鐵兵君に与ふ――」『時事新報』一九二四・一二・一三)と評し、やはり「人生」への思索が欠如していることを論っていくのだが、その意味でも「神経症」というモチーフに関わる廣津と中河の違いは、文芸様式史上の興味深い論点を孕んでいる。

(19) もちろん、こうした従来の形而上学的な内省に対する「物質」の優位という着想自体もまた、同時代に類例が無いわけではない。特に知識階級の精神的な鬱屈や懊悩を、生体反応としての器質的な異和によって描き出そうとする大正文壇の表現動向については、菅野昭正『憂鬱の文学史』(新潮社、二〇〇九・二)などに詳しい。

(20) 笹淵友一「中河文学の本質」(前出『中河与一研究』)。

(21) B・ラトゥール『近代の〈物神事実〉崇拝について――ならびに「聖像衝突」』荒金直人訳、以文社、二〇一七・九。

(22) 中村三春は、初期作品の読解から「一種奇異な条件設定、報告書めいた簡潔な文体、それに皮肉の効いたストーリー展開など」を引き出しつつ、そこに「本来中河の資質が新感覚派風の特徴を宿していた」ことを汲み取っているが(『花のフラクタル――二〇世紀日本前衛小説研究』翰林書房、二〇一二・二)、さらに射程を拡げて後年の作品群との照応関係を探ることも可能であろうと思われる。

(23) 類例は枚挙に暇がないが、たとえば『座談会昭和文学史』(第一巻、井上ひさしほか編、集英社、二〇〇三・九)における「新感覚派は、よくわからないような、少し変な表現が新しいと思ったのでしょう」という加藤周一の発言などがその典型である。

(24) 戦時下における中河の思想的傾向については、拙著『合理的なものの詩学——近現代日本文学と理論物理学の邂逅』(ひつじ書房、二〇一九・一一)の第七章に詳しい。

第三章

(1) 拙著『合理的なものの詩学——近現代日本文学と理論物理学の邂逅』ひつじ書房、二〇一九・一一、特に第三章。

(2) 原田洋将「日本探偵小説文壇における「変格」流行について——大正末期『新青年』読者の視点から」『言語文化学研究』第一四巻、二〇一九・三。

(3) 堀啓子『日本ミステリー小説史——黒岩涙香から松本清張へ』中公新書、二〇一四・九。

(4) 谷口基『変格探偵小説入門——奇想の遺産』岩波現代全書、二〇一三・九。

(5) 長山靖生「解説」『犯罪文学研究』国書刊行会、一九九一・九。なお、その意味で「同世代の多くの作家よりもはるかに論理が尊重されており、真実らしさへの配慮は、ほとんど科学的とさえ言える程のものとなっている」という、セシル・サカイによる不木評価の枠組みは、その「科学的」という形容がどういう内実を持つものなのかという点を、より丁寧に捉えていく必要があると思われる(『日本の大衆文学』朝比奈弘治訳、平凡社、一九九七・二)。

(6) 平林の探偵小説論と合理主義の関連については、池田浩士『大衆小説の世界と反世界』(現代書館、一九八三・一〇)などに詳しい。

(7) 菅本康之『モダン・マルクス主義のシンクロニシティ——平林初之輔とヴァルター・ベンヤミン』彩流社、二〇〇七・一。

(8) この点は、渡辺和靖『自立と共同——大正・昭和の思想の流れ』(ぺりかん社、一九八七・一一)に指摘がある。

(9) 吉田精一は、平林が「方面違いともいうべき科学の大著を努力して訳出したことは、彼の並々ならぬ「科学」的趣味を語るものであり、またそうした彼の性癖が、推理癖をともない、推理(探偵)小説を好んだのみか、進んで自から創作し、推理文学論を試みるような結果にもなった」と指摘しているが(「平林初之輔(1)――「種蒔く人」の理論的指導者」『國文學 解釈と鑑賞』第四二巻七号、一九七七・六)、こうした平林の志向と、同時代の探偵小説界で討究されていた「科学」的なものの微妙な差異を、本章では重視してみたいと思う。

(10) 佐久間光瑞は「不木の示した合理的な「科学」」が、「人の「心理」の深遠なる闇を照らし出したことで、却って不合理な、変格の世界に「探偵小説」ジャンルを導くことになった」と述べている(「大正末期の「探偵小説」と「科学」――小酒井不木の「科学」と「探偵小説」ジャンルの共鳴」『近代文学 第二次研究と資料』第一四集、二〇二〇・三)。佐久間の論考は、不木の功績を探偵小説と「科学」の関連から価値づけている点で多くの示唆を受けたが、同論では不木と平林の文業が、ともに「「論理」と「科学」」が混同されることで、探偵小説の外延が限りなく広がってしまう現象」を共犯的に築き上げていたとまとめられている。しかし、本章で見てきたように、双方の「科学」観は根本的なところで差異を含み込んでおり、その差異自体がやがて探偵小説という文芸ジャンルの質的変容を導くものでもあった。それは、同時代の「本格」から「変格」への通路において、佐久間の言うような「心理」の探究という文学表現の問題系に留まらない、ある別種の力学が働いていたことを意味している。本章では、後述するように、その力学について商業価値を持つ／持たない「科学」という分別の仕方で提示した。

(11) 長山靖生『近代日本の紋章学』青弓社、一九九二・一〇。

(12) 谷口基は「「人工心臓」の世界には、「機械論」と「生気論」のたたかいのみならず、世界を単純化しようとする科学主義への警鐘たりえる批判の心がみられる」と指摘している(前出『変格探偵小説入門』)。

(13) 平林は、兼ねてからマルクス主義者の提唱する「唯物論」を「科学的世界観」と言い換えるべきだと主張しており(「思想の混沌」『新潮』一九二九・六)、平林の言う自然科学の理知性に対する信仰のあり方が「唯物論」の正しさに支えられていることは明らかである。

(14)　拙著『合理的なものの詩学』、特に第六章。

(15)　平野謙は、この点について「かつてのプロレタリア文学運動の指導者が探偵小説の実作者となるなど、むかしの僚友からは恥ずべき堕落・没落とみられたにちがいない」と述べている（『政治と文学の間』未来社、一九五六・一一）。実際、青野季吉は平林が一九三一年にパリで客死した際、その追悼文「平林初之輔論——社会思想家として、文芸批評家として及び人間として」を『新潮』一九三一年八月号に発表しているが、そこでは平林の生涯にわたる業績が詳らかに論じられたものの、探偵小説家としての功績は全く省みられることはなかった。

(16)　この点は多くの先行文献で指摘されているが、たとえば佐藤文隆『歴史のなかの科学』（青土社、二〇一七・四）などに詳しい。

(17)　拙著『合理的なものの詩学』、特に第三章。

(18)　たとえば、森下雨村は「吾々が探偵小説なら長年取扱つて来たのですけれども、局面が展開するといふて却々展開が出来ないから、それよりも範囲を広くして犯罪に関する総ての方面の物を取入れて、それでやつて行かうといふやうな気持がある」と述べている（「探偵術座談会」『文藝春秋』一九二七・一二）。

(19)　この点については、金子務『アインシュタイン・ショック——日本の文化と思想への衝撃』（第二巻、岩波現代文庫、二〇〇五・三）に詳しい。

(20)　金子明雄「探偵小説のジャンル言説と読者像——江戸川乱歩を中心に」『江戸川乱歩新世紀——越境する探偵小説』石川巧ほか編、ひつじ書房、二〇一九・二。

(21)　浜田雄介は「晩年の平林にとって最大の課題の一つ」に「ジャーナリズム問題」を挙げている（「平林初之輔試論——「大衆性」を軸に」『國語と國文學』第六八巻二号、一九九一・二）。

(22)　「文学及び芸術の技術的革命」（『新潮』一九二八・一）や「社会時評」（『新潮』一九三〇・三）など。

(23)　「変格探偵小説」の成立要件については、たとえば中島河太郎『推理小説展望』（双葉文庫、一九九五・一一）や川崎賢子「大衆文化成立期における〈探偵小説〉ジャンルの変容」（『近代日本文化論　大衆文化とマスメディア』第七巻、青木保ほか編、岩波書店、一九九九・一一）などに指摘がある。

（24）もとより、本章の分析は一九二〇年代における探偵小説の定義（内包）をめぐる論議に焦点を当てているため、実際に発表された小説作品（外延）までは考察が及んでいない。同時代には、本章で示した図式から逸脱するような作品群も多く書かれただろうが、その検討は別稿を期したい。
（25）関井光男「科学精神と機械のモダニズム」『『新青年』読本』『新青年』研究会編、作品社、一九八八・二。

第四章

（1）石川喬司『SFの時代――日本SFの胎動と展望』奇想天外社、一九七七・一一。
（2）秦敬一「海野十三の位置――時代を体現したSFの先駆者」『語文と教育』第二一号、二〇〇七・八。
（3）中尾麻伊香『核の誘惑――戦前日本の科学文化と「原子力ユートピア」の出現』勁草書房、二〇一五・七。
（4）笠井潔ほか「昭和モダニズムの光芒――「新青年」の世界」『早稲田文学』一九八八・六。
（5）J・デュボア『探偵小説あるいはモデルニテ』鈴木智之訳、法政大学出版局、一九九八・五。
（6）横田順彌「〈新青年〉とSF――海野十三を中心に」『ユリイカ』第一九巻一〇号、一九八七・九。
（7）中島河太郎「海野十三解説」『日本児童文学大系』第二九巻、ほるぷ出版、一九七七・一一。
（8）その理由のひとつとしては、海野が一九三五年に自身の勤務先であった電気試験所を辞職し、文筆活動に専念することになったという事情が挙げられよう。
（9）趙薬羅「海野十三の科学小説観――一九三〇年前後の「科学小説」と「探偵小説」、そしてラジオ雑誌」『九大日文』第二四巻、二〇一四・一〇。
（10）長山靖生は、海野が早くから探偵小説と「科学小説」を「明確に分離する意識をはたらかせていた」ことを指摘しているが（『近代日本の紋章学』青弓社、一九九二・一〇）、本章で述べてきたように、その分別は最初から備わっていたわけではなく、概ね一九三五年前後を境に出来したものだと思われる。
（11）横田順彌『日本SFこてん古典』第二巻、早川書房、一九八〇・一二。
（12）前出「海野十三解説」。

(13)　「宇宙線」や「サイクロトロン」が登場する海野の小説作品としては、たとえば『宇宙戦隊』(『海軍』一九四二・五〜一九四五・三)や『諜報中継局』(『新青年』一九四四・一二)などが挙げられよう(類例はほかにも散見される)。

(14)　一九三七年、海野は「私が小説に科学的なものを取扱ふと、きまつてこれを荒唐無稽となし非現実も甚だしいものとなし読んでゐて莫迦々々しくなるといふ批評が良く飛び出してくる」と述べつつ、「これが私にはどうも気に入らない」と不満を漏らしている(「探偵小説の批評について」『シュピオ』一九三七・一)。海野の作中に描かれる珍奇な発明の数々は、飽くまで本人の意識としては「荒唐無稽」でも「非現実」でもないものと位置づけられており、後年の研究史における評価と多少の径庭が認められる。

(15)　このあたりの動向は、尹小娟「海野十三における南方体験——科学小説を視座として」(『九大日文』第三一巻、二〇一八・三)に教示を得た。

(16)　尹は、海野が佐野昌一名義を用いることで「愛国者と科学者という二つの顔」を使い分けていた可能性について指摘している(前出「海野十三における南方体験」)。

(17)　同時代言説を参照してみると、たとえば「我に永久不滅の日本精神があるとしても、その精神をこそわが国の科学技術の躍進のために必死に傾注し、刻刻に移つてゆく科学技術戦に対し、常に不敗の態勢を備へて置かなければならないのであります」というように(技術院「戦争と科学技術」『週報』一九四三・一一・三)、ただ「日本精神」なるものを賛美するのではなく、その高まりを具体的に「科学技術戦」へと活かすことの重要性が説かれている。それは、取りも直さず海野の方法意識とも共鳴する考え方であっただろうが、翻って帝国日本の敗色が次第に濃厚になりつつある状況下において、誰よりも帝国日本の軍事力の決定的な不足を痛感していたであろう海野が、なお「科学技術戦」に勝利するシナリオを書き続けなければならなかったことの皮肉が、こうした言説配置のなかに顕われていたとも言えよう。

(18)　なお、戦時下に「発明」を扱った海野の小説作品としては、一九四一年から四四年にかけて『新青年』に断続的に掲載された、通称「金博士シリーズ」と呼ばれる短篇連作を挙げることができる。同作は、金博士という卓越した「発明」の才覚を持つ「国籍のない科学者」が、戦争協力を求めてくる敵国の依頼者を悲惨な境遇に貶めてしまうという常套的な作劇構造を持つ。この小説作品については、別稿で改めて論じたい。

(19) 鳥越信「海野十三の少年SF小説」『國文學　解釈と教材の研究』第二〇巻四号、一九七五・三臨時増刊。

(20) 戦後日本のSFにおける海野の影響は、大伴昌司「日本SF界のさきがけ・海野十三」(『SFマガジン』一九六六・九)や、長山靖生『日本SF精神史——幕末・明治から戦後まで』(河出ブックス、二〇〇九・一二)などに詳しい。

(21) 池田浩士『大衆小説の世界と反世界』現代書館、一九八三・一〇。

第五章

(1) 林淑美「解説」『戸坂潤セレクション』平凡社ライブラリー、二〇一八・一。

(2) A・モーア『「大東亜」を建設する——帝国日本の技術とイデオロギー』塚原東吾監訳、人文書院、二〇一九・一一。

(3) 詳細は Hiromi Mizuno, *Science for the Empire: Scientific Nationalism in Modern Japan*. Stanford University Press, 2010 などに詳しい。

(4) 廣重徹『科学の社会史——戦争と科学』中央公論社、一九七三・一一。廣重は「日本の科学動員は科学者のイニシアティヴで始まったのではな」く、「日本の科学者は、科学動員にたいしてきわめて受け身な対し方しかしていない」と述べる。しかし、少なくとも一九三五年前後における職業科学者の社会参画は、戦時下の科学動員を間接的に支える出来事であったというのが本章の見解である。

(5) 辻哲夫「哲学・科学・社会」『日本科学技術史大系』第六巻、第一法規出版、一九六八・一二。

(6) 田中紀行が指摘するように「大学人の知的ジャーナリズムへの参入が本格化した時期」は、おおよそ大正時代半ばあたりのことであり(「論壇ジャーナリズムの成立」『近代日本文化論』第四巻、岩波書店、一九九九・九)、一九三〇年前後以前に職業科学者が論壇に進出する例が無かったわけではない。しかし、科学者共同体のなかで公共意識の高まりのもと社会参画が叫ばれるほどの事態は、一九三〇年代に入ってから初めて出現したものと思われる。
(7) 竹内や石原が論壇で一定の知名度を獲得した理由としては、本書の第一章でも述べたように、改造社が仕掛けた〝特殊／一般相対性理論ブーム〟なども重要な役割を果たしているが、その詳細は金子務『アインシュタイン・ショック――日本の文化と思想への衝撃』(第二巻、岩波現代文庫、二〇〇五・三) などに詳しい。
(8) 西尾成子が述べるように、石原自身は「最後まで政府の企てる科学動員・研究統制に反対の姿勢をくずさなかった」人物であり(『科学ジャーナリズムの先駆者――評伝石原純』岩波書店、二〇一一・九)、引用文の主張を必ずしも石原自身の企図と一致させることはできないと思われる。
(9) ごく一例を示しておくと、新聞では關口鯉吉ほか「科学者は語る」(『読売新聞』一九三三・八・二〇〜九・二朝刊) や和達清夫「科学者の夢」(『朝日新聞』一九三五・八・一八〜一九三六・一・二六朝刊) など、総合雑誌では水島正彦「新進科学界の人々」(『セルパン』一九三五・九) や原田三夫「最近自然科学上の大発見」(『日本評論』一九三六・五) などがある。
(10) 前出「論壇ジャーナリズムの成立」。
(11) 特に、同時代文壇における「日本的なもの」をめぐる言論形成については、古矢篤史「横光利一「旅愁」と「日本的なもの」の盧溝橋事件前夜――一九三七年の「文学的日本主義」とその「先験」への問い」(『昭和文学研究』第六四巻、二〇一二・三) に詳しい。
(12) 金森修によれば、戦前日本で科学研究の本格的な軍事利用が目指されたのは、諸外国と比べてもかなり遅く、「科学・技術のより高次の統合を目指すために、より積極的な方策が考えられ始めたのは一九三〇年代に入る頃からである」という(「〈科学思想史〉の来歴と肖像」『昭和前期の科学思想史』金森修編、勁草書房、二〇一一・一〇)。
(13) 前出『科学の社会史』、特に第五・六章。
(14) 詳細は『技術官僚の政治参画――日本の科学技術行政の幕開き』(中公新書、一九九七・一〇) などに詳しい。
(15) 岡本拓司『近代日本の科学論――明治維新から敗戦まで』名古屋大学出版会、二〇二一・二。
(16) 一九四二年以降にも、しばしば「今迄科学知識の普及をジャーナリストに委せてゐた悪習を改める時が来たのである」といった主張が散見されるように（平櫛孝「大東亜科学戦」『機械化』一九四二・四）、職業科学者が自発的にジャーナリズムに参画しようとする意志が一層期待されていたことが窺われる。

(17) 拙著『合理的なものの詩学——近現代日本文学と理論物理学の邂逅』ひつじ書房、二〇一九・一一、特に第一章。

(18) 前出『科学ジャーナリズムの先駆者』。

(19) 山本義隆『近代日本一五〇年——科学技術総力戦体制の破綻』岩波新書、二〇一八・一。

(20) この点について、橋川文三は「彼〔戸坂〕の認識論の構造からすれば、科学者は必ず文学を問題にせざるをえない必然をになう存在にほかならなかった」と述べている（「解説」『戸坂潤全集』第四巻、勁草書房、一九六六・七）。橋田の指摘を、時勢の緊張関係と絡めてより深く検討することが本章の意図である。

(21) 戸坂は「文芸学という概念」が「主として近代ドイツの文学史家の手によって造り上げられた概念であるやうに見へる」と述べており（「認識論としての文芸学」『唯物論研究』一九三七・一）、文学研究としての「文芸学」を意識していたことは確かであろうと思われる。

(22) 戸坂の言う「認識論」は、戸坂の仕事の出発点ともなる新カント派の著作を受けた概念用語と思われるが、ここでは大雑把に物事の正しい理解の仕方を捉えなおす試みの総称であると考えてよいだろう。

(23) 林淑美『昭和イデオロギー——思想としての文学』平凡社、二〇〇五・八。

(24) 中川成美「〈近代化主義〉というカノン——戸坂潤の文化批判を起点として」『日本文学』第四九巻一一号、二〇〇〇・一一。

(25) 池田成一「戸坂潤における「文学」の意味をめぐって——現代の「カルチュラル・スタディーズ」との関係で」『唯物論研究年誌』第五号、二〇〇〇・一〇。

(26) 北林雅洋「戸坂潤が「生産を目標とする科学」において試みたこと——「物の生産」に基礎を置く科学観の徹底」『科学史研究』第二六九号、二〇一四・四。上記の先行研究のほか、津田雅夫『戸坂潤と〈昭和イデオロギー〉——「西田学派」の研究』（同時代社、二〇〇九・八）や太田信二「文学‐科学‐道徳——戸坂潤における「認識」

をめぐって」(『國學院大學北海道短期大学部紀要』第三〇号、二〇一三・三)でも、戸坂の論説における「科学」と「文学」の関係が検討されている。

(27) 平林康之は、戸坂が「日本の人民の運動の全体において文化運動の位置と役割を分析し、それを進めることによって、いわゆる政治戦線へ真に運動として結合することを考えていた」と述べている(『戸坂潤』東京大学出版会、一九六〇・九)。それは、同時代の左派論壇が概ね共有していた運動方針だったと言えるだろうが、そこに科学ジャーナリズムの動向を結び合わせることで、戸坂の文業の共時的意義をより明確に理解できるというのが、本章で強調したい点である。

(28) なお、同資料の存在は『戸坂潤全集未収録論文集』(北林雅洋編、こぶし書房、二〇一六・五)に教示を受けた。

第六章

(1) その詳細は、たとえば『革命芸術プロレタリア文化運動』(中川成美ほか編、森話社、二〇一九・二)などに詳しい。

(2) この点について、栗原幸夫は「福本主義が日本マルクス主義にもたらした決定的な貢献は、それをたんなる経済決定論や人道主義的社会主義の水準でとらえていた堺利彦や山川均や河上肇のマルクス主義理解を批判・克服し、唯物論的弁証法によって貫徹された一つの全体性思想として描き出したことである」と指摘している(『プロレタリア文学とその時代』平凡社、一九七一・一一)。

(3) 立本紘之『転形期芸術運動の道標――戦後日本共産党の源流としての戦前期プロレタリア文化運動――』晃洋書房、二〇二〇・三。

(4) 平野謙『昭和文学史』筑摩書房、一九六三・一二。

(5) 赤松常弘『三木清――哲学的思索の軌跡』ミネルヴァ書房、一九九四・五。

(6) 田中美知太郎『時代と私』文藝春秋社、一九七一・四。

（7）坂本多加雄『知識人――大正・昭和精神史断章』読売新聞社、一九九六・八。
（8）寺出道雄「三木清「人間学のマルクス的形態」再読」『三田学会雑誌』第一〇〇巻四号、二〇〇八・一。
（9）土田自身、晩年はロシア共産党を媒介とした同時代日本の教条的なマルクス主義に対して鋭い批判を展開しており、それは『マルキシズム批判』（第一書房、一九三〇・七）などの著作からも明瞭に読み取られる。
（10）岡本拓司『近代日本の科学論――明治維新から敗戦まで』名古屋大学出版会、二〇二一・二。
（11）平子友長「戦前日本マルクス主義哲学の到達点――三木清と戸坂潤」『岩波講座 「帝国」日本の学知』第八巻、岩波書店、二〇〇六・一〇。
（12）位田将司『「感覚」と「存在」――横光利一をめぐる「根拠」への問い』明治書院、二〇一四・四。
（13）絓秀実『探偵のクリティック――昭和文学の臨界』思潮社、一九八八・七。
（14）E・カッシーラー『実体概念と関数概念――認識批判の基本的諸問題の研究』山本義隆訳、みすず書房、二〇一七・四。
（15）実際、同時代のマルクス主義が「旧い物質観」に囚われており、先端的な自然科学の動きに対応できていないことは、当時から鈴木鷲山『マルキシズム駁論』（教育研究会、一九二六・九）などでも指摘されている。
（16）拙著『合理的なものの詩学――近現代日本文学と理論物理学の邂逅』ひつじ書房、二〇一九・一一、特に第四章。
（17）山本亮介『横光利一と小説の論理』笠間書院、二〇〇八・二。
（18）伴悦「横光利一と三木清――一九三〇年代から四〇年代にかけて」『横光利一研究』第一号、二〇〇三・二。
（19）前出『「感覚」と「存在」』。
（20）大久保美花「機械というテクネー――横光利一『機械』と三木清『構想力の論理』における唯物論と真理」『情報コミュニケーション研究論集』第一三集、二〇一七・九。
（21）杣谷英紀「横光利一と「唯物論」――『眼に見えた虱』論」『日本文芸研究』第五五巻一号、二〇〇三・六。
（22）前出「横光利一と「唯物論」」。

(23) この書簡は『定本　横光利一全集』(第一六巻、河出書房新社、一九八七・一二)に所収されている。

(24) 磯田光一「横光利一の時代感覚――「唯物論」の可能性について」『昭和文学全集』別巻、小学館、一九九〇・八。

(25) 位田将司は、ここでの拙論の内容を承けて、三木の言う「人間」が「カントにおける「意識」や「主観」という認識論的構造で理解」すべきものであることを指摘しつつ、一九二五年前後の横光とのあいだに、拙論とは別の脈絡から(新カント派を介した)理論的相同性を明らかにしており、示唆に富む(「横光利一における「唯心論」と「唯物論」――「機械」をめぐって」『東洋学術研究』第六二巻一号、二〇二三・五)。

(26) 前出『合理的なものの詩学』、特に第六章。また、本書の第八章も併せて参照されたい。

(27) 亀井秀雄『小林秀雄論』塙書房、一九七二・一一。

(28) 横光と小林の「共同戦線」については、平野謙「横光利一と小林秀雄――『昭和文学の可能性』VI」(『世界』一九七二・一)などに指摘がある。

第七章

(1) 横光と中河の理論体系を比較し、そこに差異を見いだした先行研究としては、佐藤千登勢「形式主義とフォルマリズム――横光利一と中河与一にみるシクロフスキイの摂取」(『比較文学年誌』第三五号、一九九九・三)が挙げられる。ただし、同論はロシア・フォルマリズムの思想理念と双方の受容の仕方の違いについて検討したものであり、本章での議論とは照準が大きく異なっている。

(2) 拙著『合理的なものの詩学――近現代日本文学と理論物理学の邂逅』ひつじ書房、二〇一九・一一、特に第六章。

(3) 黒田俊太郎は、一連の応酬を「第一次メカニズム論争」(主に『創作月刊』誌上で展開された論争を指すと思われる)と「第二次メカニズム論争」(主に『読売新聞』紙上で展開された論争を指すと思われる)に区別して捉えることを提案している(『「鏡」としての透谷――表象の体系/浪漫的思考の系譜』翰林書房、二〇一八・一二)。また、黒田は本章の議論より先駆けて、石原純「アインシュタインの新学説に就いて」(『改造』一九二九・三)を受けて、中河が「メカニズム」＝「機械的世界観」の否定に舵を切ったことを指摘しており、大きな教示を得た(「メカニズムからの飛躍――中河與一の〈新科学的〉という発想について」『鳴門教育大学紀要』第三一集、二〇一六・三)。この点について、本章の初出時点での筆者の誤解を指摘したものとして、黒田俊太郎「中河與一の科学的ロマン主義――雑誌『新科学的』刊行期間中の思考をめぐって」(『鳴門教育大学紀要』第三七集、二〇二二・三)も併せて参照されたい。

(4)　引用本文は「雑纂」として『定本　横光利一全集』(第一六巻、河出書房新社、一九八七・一二)に所収されている。

(5)　前出『横光利一と小説の論理』。なお、関連して山本は、前出「文芸時評(一)」などで、横光が「アインシュタインの理論も同じく「此のメカニズム」と言っていることなどから明らかなように、「メカニズム」＝「力学主義」という見方は廃され、タームとしてほとんど無内容なものになっている」とも指摘している。確かに、一九二〇年代後半を通じて横光の「メカニズム」概念が、その内実を問えないような側面を持っていたことは間違いないが、それは直ちに「無内容」と評されるべきものではなく、むしろ本章で検討してきたような「心」＝「心理」に関する認識論的な懐疑を含み込むかたちで、一九二八年以降の横光が形而上学的二元論に至るまでの作業仮説として捉えるほうが、一連の議論の見通しが良くなるのではないかと思われる。

(6)　前出『横光利一と小説の論理』。

(7)　特に『雅歌』については、理論物理学者という設定の登場人物が上述の懊悩を問うていることが示唆的である。この点については、前出『合理的なものの詩学』の第五章で詳述した。

(8)　なお、こうした「物質」理解の変転を、狭義の左派論壇で自己流に再解釈した論客として、唯物論研究会にも参加していた梯明秀を挙げることができるだろう。本章で詳述はできないが、梯の主著『物質の哲学的概念』(政経書院、一九三四・二)は、素朴実在論的な世界認識を前提としつつも、他方でC・ダーウィンの進化論などを自在に取り込みつつ、「物質」の多面的な相貌を考究しようとするものであり、唯物論研究会のなかでも明らかな異彩を放っている。
（9）　前出『構造としての語り・増補版』。
（10）　この点について『中河與一研究』（笹淵友一編、右文書院、一九七〇・五）所収の諸論から大いに啓発された。たとえば、長谷川泉は「主人公の神経をむしばむ空想の病気は、医学知識が教える冷厳な科学的知識$HgCl_2$中毒の悲惨な末路と密着している」と述べている（「前期の中河文学」）。笹淵友一もまた、中河にとって「消毒薬は絶対的な信仰の対象であり、また消毒行為は倫理行為であるという意味でそれはストイシズムの原型なのである」と指摘している（「中河文学の本質」）。
（11）　S・ジジェク『イデオロギーの崇高な対象』鈴木晶訳、河出文庫、二〇一五・八。
（12）　前出「前期の中河文学」。
（13）　前出『横光利一と小説の論理』。
（14）　野中潤『横光利一と敗戦後文学』笠間書院、二〇〇五・三。
（15）　小林洋介『〈狂気〉と〈無意識〉のモダニズム――戦間期文学の一断面』笠間書院、二〇一三・三。
（16）　たとえば、菅野昭正『横光利一』（福武書店、一九九一・一）などに指摘がある。
（17）　前出『合理的なものの詩学』、特に第Ⅲ部の諸論。

第八章

（1）　本章で後述する文献のほか、森かをる「横光利一「純粋小説論」の位相」（『昭和文学研究』第三五集、一九九七・七）など。
（2）　松村良は、横光の『愛の挨拶・馬車・純粋小説論』（講談社文芸文庫、一九九三・五）の表紙カバーに書かれた「ふたりの対蹠的な成り行きに、近代の合理的な人間認識と〝日本精神というもの〟との相剋を見る」という内容紹介を挙げつつ、「この対立の図式は根本的に成り立たない」と述べている（「横光利一『紋章』――「近代日本」と「ポスト近代」の「並立」」『学習院大学文学部研究年報』第四一集、一九九四・三）。

(3)菅野昭正『横光利一』福武書店、一九九一・一。
(4)山本亮介『横光利一と小説の論理』笠間書院、二〇〇八・二。
(5)鳥居邦朗「横光利一『紋章』――山下久内の自意識」『國語と國文學』第六三巻三号、一九八六・三。伴悦もまた、雁金について「世間知らずの妥協を知らない直情的人間だけに、近代化された複雑な社会機構の実体をよく理解しえない」人物と評している(『横光利一文学の生成――終わりなき揺動の行跡』おうふう、一九九九・九)。
(6)橋川文三は、早くから『紋章』を「マルクス主義の後退をふまえて、そのよびおこしたインテリゲンチヤの自我と自由の問題を、真向からとり扱った」小説作品であり、ゆえに「当時の文壇と知識人の心理状態をうかがわせる」と評価している(「「文芸復興」と転向の時代」『昭和文学史』吉田精一編、至文堂、一九五九・三)。こうした見方を受け継ぎつつ、本章では橋川の言う「インテリゲンチヤの自我と自由」が、どのような状況背景のもとに成立していたのかをより深く掘り下げてみたい。
(7)もちろん、井手恵子が詳細な調査を施したように、雁金には長山正太郎という実在のモデルがいたことは周知の通りである(「『紋章』のモデルたち」『京都語文』第五集、二〇〇〇・三)。ただ、ここでは横光がそのような人物の肖像を、ほかならぬ一九三四年前後という時勢に描こうとしたことの意味を重視してみたい。
(8)折しも『紋章』の発表と同じ一九三四年に刊行された『日本技術家総覧』(日刊工業新聞社、一九三四・六)を繙いてみると、この時期の職業技術者の学歴や勤務先、専攻分野などが網羅されており参考になる。それによると、専攻分野にも依るものの、小学校(尋常小学校)にしか通っていない職業技術者というのは、やはり当時としても異例であったことが窺われる。この点については、沢井実『帝国日本の技術者たち』(吉川弘文館、二〇一五・四)も併せて参照されたい。
(9)山崎俊雄『科学技術史概論』オーム社、一九七八・六。
(10)中村静治『新版・技術論論争史』創風社、一九九五・一〇。
(11)もちろん、それ以前にも、たとえば一九一〇年代には宮本武之輔による技術者の待遇改善を目指した社会運動(技術者水平運動)などがあったものの、知識人たちのあいだで本格的な議論を巻き起こすまでには至らなかった。

(12) 山﨑國紀『横光利一論――飢餓者の文学――』和泉書院、一九八三・一〇。
(13) 石田仁志「横光利一「純粋小説論」への過程――ポスト近代への模索」『國語と國文學』第七四巻五号、一九九七・五。
(14) 河田和子「科学と文学」『横光利一の文学世界』石田仁志ほか編、翰林書房、二〇〇六・四。
(15) 拙著『合理的なものの詩学――近現代日本文学と理論物理学の邂逅』ひつじ書房、二〇一九・一一、特に第四章。
(16) 一九三三年、横光は「これから文学を志す人々には、広汎な科学知識は欠くことが出来ない」と述べているが(「文学への道」『文藝通信』一九三三・一二)、この「科学知識」の内実は、従来の人文系知識人たちに諸々の葛藤をもたらす思弁的な次元から、より具体的な文明利器の次元へと、その意味するところを変容させたものと思われる。
(17) 加藤周一『羊の歌』岩波新書、一九六八・八。
(18) H・ハルトゥーニアン『近代による超克――戦間期日本の歴史・文化・共同体』下巻、梅森直之訳、岩波書店、二〇〇七・六。
(19) 村田純一「技術の創造性――西田幾多郎と技術の哲学」『西田哲学会年報』第一一号、二〇一四・七。
(20) 芹澤光興「〈敵〉からの〈教へ〉――横光利一『紋章』私見」『昭和文学論考――マチとムラと――』小田切進編、八木書店、一九九〇・四。
(21) 河田和子は「発明の観念自体、国家の経済的発展と繋がっていたし、発明に取り憑かれた雁金が国益を考えるのも、当時としては当然だった」と指摘している(『戦時下の文学と〈日本的なもの〉――横光利一と保田與重郎』花書院、二〇〇九・三)。
(22) 赤澤史朗「大正・昭和前期の社会思想」『新体系日本史――政治社会思想史』第四巻、山川出版社、二〇一〇・一〇。
(23) A・モーア『「大東亜」を建設する――帝国日本の技術とイデオロギー』塚原東吾監訳、人文書院、二〇一九・一一。

（24）たとえば、Hiromi Mizuno, *Science for the Empire: Scientific Nationalism in Modern Japan*. Stanford University Press, 2010. など。
（25）廣重徹『科学の社会史──戦争と科学』中央公論社、一九七三・一一。
（26）大淀昇一『技術官僚の政治参画──日本の科学技術行政の幕開き』中公新書、一九九七・一〇。
（27）古矢篤史は、一九三四年前後の文壇・論壇における「日本精神」という術語の流行を跡づけつつ、そうした時代状況への応答として『紋章』における「日本精神」の発露を捉える視点を示しており（「横光利一の〈長編小説〉に関する研究──一九三〇‐四〇年代の〈日本〉をめぐるメディアとテクストの展開」早稲田大学文学研究科博士課程学位論文、二〇一五・四）、大きな教示を得た。
（28）荒川幾男『昭和思想史──暗く輝ける一九三〇年代』朝日選書、一九八九・八。
（29）前出『横光利一』。
（30）梶木剛『横光利一の軌跡』国文社、一九七九・八。
（31）田口律男「横光利一「紋章」論──「純粋小説論」を光源として」『山口国文』第五号、一九八三・三。
（32）福間良明『辺境に映る日本──ナショナリティの融解と再構築』柏書房、二〇〇三・七。

第九章

（1）石津朋之「総力戦と社会の変化──アーサー・マーウィックの戦争観を中心に」『総力戦の時代』三宅正樹ほか編、中央公論新社、二〇一三・六。
（2）山本義隆『近代日本一五〇年──科学技術総力戦体制の破綻』岩波新書、二〇一八・一。
（3）山本亮介『横光利一と小説の論理』笠間書院、二〇〇八・二。
（4）古矢篤史「横光利一「旅愁」と「日本的なもの」の盧溝橋事件前夜──一九三七年の「文学的日本主義」とその「先験」への問い」『昭和文学研究』第六四集、二〇一二・三。
（5）成田龍一「戦時の自画像──『旅愁』をめぐって」『横光利一研究』第三号、二〇〇五・三。

(6) 松村良「横光利一「旅愁」の〈時差〉」『國學院雑誌』第一〇五巻一一号、二〇〇四・一一。
(7) Hiromi Mizuno, *Science for the Empire: Scientific Nationalism in Modern Japan*. Stanford University Press, 2010.
(8) 岡本拓司『近代日本の科学論——明治維新から敗戦まで』名古屋大学出版会、二〇二一・二。
(9) 前出『横光利一と小説の論理』。
(10) 菅野昭正『横光利一』福武書店、一九九一・一。
(11) 山﨑國紀『横光利一論——飢餓者の文学——』和泉書院、一九八三・一〇。
(12) 渡辺一民『フランスの誘惑——近代日本精神史試論』岩波書店、一九九五・一〇。キクチ・ショーイチもまた、早くから『旅愁』について「「科学」も「論理」も「知識」も、久慈の浅薄なヨーロッパ心酔によつて代表されるようなものとして、「日本人」としての「民族」の認識にとつて無縁なものとして、否定されているのであるが、これは明かに作者である横光氏自身の意図を直接に示すものである」と指摘している（「圧制への郷愁——横光利一「旅愁」をめぐって」『藝術研究』第一号、一九四七・八）。キクチの指摘は、同時代の論評として大変に啓発的なものだが、これも前後半の分裂を考慮しない読解であろうと思われる。
(13) 十重田裕一『横光利一と近代メディア——震災から占領まで』岩波書店、二〇二一・九。
(14) 中村三春『修辞的モダニズム——テクスト様式論の試み』ひつじ書房、二〇〇六・六。
(15) 河田和子『戦時下の文学と〈日本的なもの〉——横光利一と保田與重郎』花書院、二〇〇九・三。
(16) なお、下村は『科学史の哲学』（弘文堂書房、一九四一・一一）などで、同時代の「日本科学」論に対して激しい批判を展開している。
(17) 廣松渉『〈近代の超克〉論——昭和思想史への一視角』講談社学術文庫、一九八九・一一。
(18) 金泰暻『横光利一と「近代の超克」——『旅愁』における建築、科学、植民地』翰林書房、二〇一四・一二。また、木村友彦も「『旅愁』の中での二項対立の図式そのものが持つ、同時代思潮に共有された問題点」を挙げ、その要諦が「近代の超克」と響き合っていたと指摘しており（「『旅愁』と〈近代の超克〉——近代超克の原理」『横光利一研究』第二号、二〇〇四・二）、大きな教示を得た。ただ、過度に一貫した思想構造を『旅愁』に見いだすことは、あたかもその全篇を見渡すだけの視点が、予めテクストのうちに措定できるかのような誤解を生じさせるだろう。
(19) 前出『近代日本一五〇年』。
(20) もちろん、こうした恣意的な「科学」概念の振幅に対しては、同時代から批判が無かったわけではない。たとえば、坪井忠二「所謂科学振興について」(『世界』一九四六・六)は、戦時下と戦後の科学振興の歪んだ連続性を指摘しつつ「「科学」も憮かし苦笑ひをしてゐることであらう」と皮肉を述べている。
(21) 戦後論壇において「科学」は無謬であるという〝神話〟が形成されていたことについては、廣重徹『科学の社会史――戦争と科学』(中央公論社、一九七三・一一)でも厳しく批判されている。

第一〇章

(1) 廣重徹『科学の社会史――戦争と科学』中央公論社、一九七三・一一。
(2) 中山茂『科学技術の戦後史』岩波新書、一九九五・六。
(3) 山本義隆『近代日本一五〇年――科学技術総力戦体制の破綻』岩波新書、二〇一八・一。
(4) Hiromi Mizuno, *Science for the Empire: Scientific Nationalism in Modern Japan*. Stanford University Press, 2010.
(5) J・ミムラ『帝国の計画とファシズム――革新官僚、満洲国と戦時下の日本国』安達まみほか訳、人文書院、二〇二一・一二。
(6) 梶が栖方を語る際に「少年のような無邪気さの印象を強調していること」については、五味渕典嗣が「「国民の赤子」として表象された戦争末期の特攻隊員のイメージと通底している」と指摘しているが(「帝国の残響――横光利一『微笑』再読」『国文学研究』第一九九号、二〇二三・一一)、ここでは別の捉え方を提案してみたい。
(7) 石川桂郎「回想の文学歴遊」『俳句』一九六九・二。
(8) 中井祐希「それでも最期は微笑を浮かべて――横光利一『微笑』論」『国文学論叢』第六六集、二〇二一・二。
(9) 前出「それでも最期は微笑を浮かべて」。
(10) 神谷忠孝『横光利一論』双文社、一九七八・一〇。

(11)　伴悦『横光利一文学の生成——終わりなき揺動の行跡』おうふう、一九九九・九。

(12)　この点については、実際に職業技術者として戦時下に活動していた人物たちの処遇を取り上げた沢井実『帝国日本の技術者たち』(吉川弘文館、二〇一五・四)などが参考になる。

(13)　民科の指導方針については、たとえば廣重徹『戦後日本の科学運動』(こぶし文庫、二〇一二・九)などに詳しい。

(14)　この点について、岡本拓司は「戦前から戦後にかけて科学振興の論調が継続したことは指摘されるが、引き継がれたのはそればかりでなく、社会主義的な統制も戦後なお有力であった」と述べている(『科学と社会——戦前期日本における国家・学問・戦争の諸相』サイエンス社、二〇一四・九)。この意味では「ポリチカル・エンヂニアー」の延命も、広く岡本の言う「社会主義的な統制」との関連から考察すべきものであろう。たとえば、日本共産党科学技術部「日本の科学・技術の欠陥と共産主義者の任務」(『前衛』一九四六・一一)の末尾では「共産主義的科学技術者の任務は、科学と技術の発達を阻害する一切の要因をバクロ(ママ)し、之に対する闘争に広汎な科学者、技術者を動員することから始まる」と記されるが、こうした政治的紐帯によって「共産主義的科学技術者」の連携が図られていた点は留意しておきたい。

(15)　黒田大河『横光利一とその時代——モダニズム・メディア・戦争』和泉書院、二〇一七・三。

(16)　当時の帝国海軍において、職業技術者として従事していた人員の内実については、沢井実『海軍技術者の戦後史』(名古屋大学出版会、二〇一九・三)が参考になる。沢井によれば、海軍大学校専科学生や海軍部内の各種術科学校で専門教育を受けた者のほか、「部外の官公私立大学または専門学校の卒業生である技術科士官」も居たようで、「一般には学生期間中に海軍委託学生(専門学校は生徒)の身分」を手にする者も少なくなかったという。仮に栖方の発言を信頼するのならば、おおよそ栖方も右に示したような社会的地位を与えられていたものと推察される。

(17)　河村豊「戦時下日本で、科学者はどのように軍事研究にかかわったか」『天文月報』第一一一号、二〇一八・三。

(18)　この点について、五味渕典嗣は「戦後日本の主導的な科学者たちは、軍事研究とのかかわりを厳しく問い直す方向で「科学」の場を再編しようと企てていた」わけだが、横光の『微笑』は、そうした「帝国日本の敗戦処理にかかわって、軍事と科学の関係をどう再定義するかが問われていたタイミングの言説を参照しながら、むしろこの二者の連続性を積極的に浮上させている」と指摘している（前出「帝国の残響」）。戦時下における職業技術者の肖像を描きなおす『微笑』の企て自体に、図らずも「敗戦後の日本が公的には否定していく軍事研究と科学とのつながり／かかわり」が書き込まれてしまっているという五味渕の指摘は、多分に啓発的なものだが、本章ではその解読格子を、より各々の職業技術者が胸のうちに宿していた〝大義〟の功罪という観点から検討することを試みた。

(19)　ところで、こうした整序されていく戦後社会のあり方に対して「ますます二つに分れて押しあふ排中律」への抵抗を示す『微笑』の表現戦略は、たとえば同時代の福田恒存による次のような指摘を想起させるだろう。

　ぼくはぼく自身の現実を二律背反のうちにとらへるがゆゑに、人間世界を二元論によつて理解するのである。ぼくにとつて、真理は窮極において一元に帰一することがない。あらゆる事象の本質に、矛盾対立して永遠に平行のまゝに存在する二元を見るのである。この対立を消去して一元を見いださうとするひとびとの性急さが、ぼくにはふしぎに見えてしかたがないのである。〔……〕矛盾を放置してかへりみず、矛盾をそのまゝあらはにしてしかももののいへぬぼくには、この矛盾をいちおう解決した形において述べる科学にいさゝかの関心ももちえない。

（「一四と九十九四と――ひとつの反時代的考察」『思索』一九四七・三）


福田の述べる「科学」とは、もとより「一元に帰一すること」ができない「真理」のあり方を強引に「解決」するものであり、そこに介在していたはずの「矛盾」を糊塗する理屈を総称した概念装置の謂いであった。福田は、こうした観点から「現実はあきらかに合理の領域と不合理の領域とを同時に並存せしめてゐる」と述べつつ、「現実を認識するといふことは、この二つの領域の矛盾を矛盾のまゝに把握することでしか」ない以上、「この地点からさきにおいて、ぼくは科学の無力をいはざるをえぬ」と結論づける。

　実際、戦中／戦後を通じて「科学」という思想理念が、あらゆる言論空間上の混迷や葛藤を「一元」的に調停しつつ、対立する各々の陣営に権威を与える万能の知的意匠でありえたことは、度々本書でも見てきた通りである。それは、時に超越的なものへの逸脱を招来し、論客たちを支える思考の根拠自体を問う視点を消失させてしまう点で、既存の文学研究や思想史研究において批判的に検討されてきた。

しかし、他方で本書では、文学者を始めとした人文・社会系知識人と「科学」の邂逅が、しばしば（福田の言う）「矛盾」を積極的に取り込みつつ、なお戦間期の文壇・論壇を揺動させていくような、実に多様な受容と展開の可能性を含み持つものでもあったことを明らかにした。そのような可能性のあり方は、複数の相反する世界認識のあいだを絶えず揺曳しながらも、戦間期において一種のダイナミクスを形成している。福田の「科学」批判を充分に受け止めつつも、決して「一元」的な解読格子へと回収できない〝科学／技術言説の文化史〟を描きなおすことの重要性を、最後に改めて強調しておきたい。

あとがき

二〇二四年三月、板橋区立美術館の企画展「シュルレアリスムと日本」で、初めて古賀春江『鳥籠』を観る機会を得た。それは、巨大な鳥籠内に囲われた裸婦や、その横に据え置かれた謎の白鳥、そして機械のような用途不明の装置が縦横無尽に描かれた絵画作品であり、タブロー内の全体的な配置自体は極めて明晰であるものの、併せて何とも言いようのない不気味なちぐはぐさが付きまとう。いかにも古賀らしいシュールな作風と言ってしまえばそれまでだが、このちぐはぐさこそは、合理的なものと非合理的なものが鬩ぎ合う戦間期に固有の時代精神──『鳥籠』の制作は一九二九年のことであり、描かれたモチーフの一部は同時代の科学雑誌などから借用してきたものらしい──を、最も端的に示すものではなかったか。もちろん、その場の安易な思いつきに過ぎないけれども、ちょうど本書の原稿を書き進めていたという事情もあり、そのようなことを考えながら館内を歩いていたのを思い出す。少なくとも、筆者が戦間期の文芸思潮に惹きつけられる理由のひとつが、こうした端正かつ理知的でありながらも、同時に絶えざる逸脱を呼び起こすような思考と感性の不穏さにあったことは間違いない。

本書は、旧著『合理的なものの詩学——近現代日本文学と理論物理学の邂逅』（ひつじ書房、二〇一九・一一）を上梓後に発表した学術論文の幾つかをまとめたものである。ただし、単なる論文集というわけではなく、序章でも示したように〝科学／技術言説の文化史〟をめぐる一連の問題意識を取り扱っており、各章の論旨も一冊の本として体系的なものとなるように全体を書き改めてある。

もともと博士論文を書いてから、筆者は全く別の研究テーマに取り組もうと考えていたのだけれども、色々と論じ残している課題があるという実感はあった。特に、ここ数年は人文系の言論空間において、広く知的なものがどう語られ、どう（創造的に）誤読されるかといった点に関心が向いていき、博士論文の内容をより射程の大きな議論と結びつけようとしているうちに、結局はもう一冊の書物になるほどの分量となった、というのが正直なところである。今後、なおも継続的に同様の問いに取り組み続けるか、当初に考えていた別の研究テーマへと進むかは未定だけれども、ひとつの成果報告として本書を刊行できたことは、ともかく有り難いことであった。

旧著でも述べたことだが、筆者の研究動機は大学院生の頃から変わらず、なぜ人は超越的なものに惹きつけられるのか（人は超越的なものとどう向き合うべきか）ということの解明にある。こういうことに関心が向くようになった理由は、ごく私的な人生経験が含まれるので割愛するけれども、今回取り扱った〝科学／技術言説の文化史〟をめぐる分析と考察も、言わば上述した研究動機に関わるひとつのケーススタディにほかならない。それは、狭義の学術論文だけでなく、より一般的な文芸評論として書かれた前著『並行世界の存在論――現代日本文学への招待』（ひつじ書房、二〇二二・一二）にも通底している。取り上げている内容は全く異なるけれども、併せてご笑覧いただけたら幸いである。こうした行論の進め方が、必ずしも昨今の文学研究に求められている社会的需要に相応するものであるかは分からないが、今後もマイペースに「超越への回路」について思いをめぐらせていきたいと思う。

本書の刊行にあたっては、水声社の村山修亮さんに多大なお世話になった。年齢も近く、広い意味での人文知に関わる読書体験も似ている（と勝手に筆者が思っている）村山さんからは、本書の問題意識を的確に抉り出したうえで、多くの助言を頂戴した。途中、諸事情で村山さんに代わって編集を引き継いでいただいたのは廣瀬覚さんである。タイトなスケジュールのなかで迅速にご対応いただき、どうにか予定通りに刊行まで漕ぎつけることができた。お二人のお力添えのおかげで、少なくとも筆者としては確かな手応えを持つ本に仕上がったと感じている。

また、水声社に出版相談の機会を与えていただいたのは、現在の勤務先であるお茶の水女子大学の橋本陽介先生である。お忙しいところ、ご紹介の労を取っていただいたことについて厚く御礼申し上げたい。

そして、前著に引き続き、お茶大の学生たちには校正の協力を賜った。記して感謝を伝えたい。

なお、本書は日本学術振興会科学研究費助成事業（研究活動スタート支援21K19980、若手研究22K13031）による研究成果の一部である。

初出一覧

序章　書き下ろし、ただし一部に下記の内容を含む。「思考の根拠について思考することはいかにして可能か」（『近代文学合同研究会論集』第一七集、二〇二二・三）
第一章　「主観の交響圏――石原純・賀川豊彦・新感覚派」（『國文』第一三九号、二〇二三・一二）
第二章　「「物質」の境域――初期中河與一と衛生理念」（『昭和文学研究』第八四集、二〇二二・三）
第三章　「探偵小説の条件――小酒井不木と平林初之輔の「科学」観」（『文学・語学』第二三三集、二〇二一・一二）
第四章　「発明のエチカ――海野十三の探偵／科学／軍事小説」（『昭和文学研究』第八八集、二〇二四・三）
第五章　「一九三〇年代日本における科学者の論壇進出と戸坂潤の「文藝学」構想」（『科学史研究』第三〇三集、二〇二二・一〇）
第六章　「マルクスの誤読――福本和夫・三木清・横光利一」（『國語と國文學』第一〇〇巻一号、二〇二三・一）
第七章　「超越への回路――横光利一と中河與一の「心理」観」（『日本文学』第六九巻二号、二〇二〇・二）
第八章　「献身する技術者――『紋章』前後の横光利一」（『日本文学』第七〇巻八号、二〇二一・八）
第九章　「帝国の論理／論理の帝国――横光利一『旅愁』と「日本科学」」（『日本近代文学』第一〇八集、二〇二三・五）
第一〇章　「「ポリチカル・エンヂニアー」の戦後――横光利一『微笑』の倫理」（『國文』第一四〇号、二〇二四・七）

著者について——

加藤夢三（かとうゆめぞう）　一九九〇年、東京都生まれ。早稲田大学大学院教育学研究科博士後期課程修了。博士（学術）。現在、お茶の水女子大学基幹研究院人文科学系助教。主な著書に、『合理的なものの詩学——近現代日本文学と理論物理学の邂逅』（ひつじ書房、二〇一九年）、『並行世界の存在論——現代日本文学への招待』（ひつじ書房、二〇二二年）などがある。

超越への回路——戦間期日本における科学と文芸

二〇二四年一〇月一〇日第一版第一刷印刷　二〇二四年一〇月二〇日第一版第一刷発行

著者——加藤夢三

装幀者——宗利淳一

発行者——鈴木宏

発行所——株式会社水声社

東京都文京区小石川二—七—五　郵便番号一一二—〇〇〇二

電話〇三—三八一八—六〇四〇　FAX〇三—三八一八—二四三七

［**編集部**］横浜市港北区新吉田東一—七七—一七　郵便番号二二三—〇〇五八

電話〇四五—七一七—五三五六　FAX〇四五—七一七—五三五七

郵便振替〇〇一八〇—四—六五四一〇〇

URL : http://www.suiseisha.net

印刷・製本——モリモト印刷

ISBN978-4-8010-0828-1